本书为暨南大学中华文化港澳台及海外传承传播协同创新中心资助课题“网络文艺与中华文化海外传播”（项目编号：JNXT2021008）的结项成果。

本书的出版获得中共中央宣传部宣传思想文化青年英才项目“文艺评论与网络文艺治理方式研究”、广东省作家协会第二届签约文学评论家扶持项目、中央高校基本科研业务费专项资金（项目编号：23JNQMX43）的支持。

中国网络文艺的海外传播

郑焕钊　主编

暨南大學出版社
JINAN UNIVERSITY PRESS

中国·广州

图书在版编目（CIP）数据

中国网络文艺的海外传播/郑焕钊主编．—广州：暨南大学出版社，2024.10

ISBN 978-7-5668-3943-5

Ⅰ.①中…　Ⅱ.①郑…　Ⅲ.①文艺—网络传播—研究—中国　Ⅳ.①I0-39

中国国家版本馆CIP数据核字（2024）第103842号

中国网络文艺的海外传播

ZHONGGUO WANGLUO WENYI DE HAIWAI CHUANBO

主　编：郑焕钊

………………………………………………………………………………………

出 版 人：阳　翼
策划编辑：潘雅琴　潘江曼
责任编辑：张　钊
责任校对：刘舜怡　陈慧妍
责任印制：周一丹　郑玉婷

出版发行：暨南大学出版社（511434）
电　　话：总编室（8620）31105261
营销部（8620）37331682　37331689
传　　真：（8620）31105289（办公室）　37331684（营销部）
网　　址：http：//www.jnupress.com
排　　版：广州良弓广告有限公司
印　　刷：佛山市浩文彩色印刷有限公司
开　　本：787mm×1092mm　1/16
印　　张：13.75
字　　数：216千
版　　次：2024年10月第1版
印　　次：2024年10月第1次
定　　价：59.80元

目　录

引　言

中国已经成为全球最重要的数字文化领军市场。庞大的市场规模，逐渐成熟的产业发展，推动网络文艺的更新与迭代，使网络文艺成为增长快、创新性强的文化领域，成为中国文化“走出去”的强大引擎与动力。在这一过程中，网络文艺显示出向外开拓市场、促进文化贸易、增强文化走出去的趋势。当前数字文化内容出海，网络游戏、网络文学呈现出强劲走势，网络动漫、网络视频、网络音乐、直播、短视频等多元化形式的发展，使数字文化呈现出传播度高、受众群体广、商业化程度高等特点，在构建人类命运共同体的时代主题下，逐渐形成全球范围数字文化的中国力量。

中国文学和艺术的海外传播研究，是海外汉学研究、中国现当代文学研究中的一个重要议题。早在20世纪90年代，就已有一部分学者开始对中国文学“走向世界”的域外传播和影响进行研究。其中，北京大学乐黛云教授主编的“中国文学在国外”丛书，由国内比较文学界著名学者完成，从比较文学的实证和平行的角度，对中国古典文学在不同国家的传播进行深入的解读和研究，成为此一领域一批学术经典。相比于古典文学海外传播的研究，对中国现当代文学的海外传播的系统研究相对薄弱。近年有施建业、钱林森、王家平、姜智芹、杨四平、季进、李凤亮等学者的一批成果涌现。这些成果或集中于某一时期的文学和某些作家，研究其在海外的传播，或集中于宏观的中国文学海外传播的整体梳理，有筚路蓝缕的开辟之功和梳理版图脉络的学术贡献。目前的研究集中于文学领域，尤其是现当代文学名家与名作的海外研究，而对中国网络文艺所代表的大众文学的研究较为薄弱。

目前对中国网络文艺海外传播的研究，主要是咨询机构（如艾瑞）、平台（阅文集团和腾讯研究院）、行业协会完成的调研报告和行业年度报告中对网络文学、网络游戏、网络视听海外传播的现状描述和数据分析。相对深入的研究，主要有邵燕君、吉云飞、夏烈、吴赟、顾忆青、刘阳、尤达等学者对中国网络文学、网剧的海外翻译与传播在宏观层面所发表的一些论文。此外，有一些研究生将学位论文选题集中于海外网络文学网站或翻译实践，开展了相关研究。中国网络文艺海外传播的研究整体上凸显三个特点：其一，在研究对象上，大部分研究集中在网络文学的研究，对网络视听、网络游戏和短视频的海外传播的研究仍较少。其二，在研究内容上，侧重于现状描述和产业研究，相对集中的研究是网络文学的翻译研究、“网游出海”的行业研究、网络视听输出的数据分析。除了吉云飞、刘阳、尤达等少数学者对网络文艺海外传播的媒介和文化规律进行探究之外，对网络文艺更深层次的规律与问题的探究仍处于起步阶段。而在网络文艺与中华文化海外传承传播的关系、机制方面，几乎还没有专门的研究。其三，在研究方法上，量化研究和个案研究居多，更多为相关行业部门提供的年度报告，以数据分析为主，更深层次的文化规律、文化经验的理论研究相对匮乏。

本书立足数字文化、时代文化跨界融合生产与传播的新特征，基于文艺学、传播学和产业学的交叉学科视野，将网络文学、网络影视、网络游戏视为一个整体的文化体系，集中研究网络文艺与中华文化海外传播的路径与机制。本书内容总共分为四章：

第一章题为“中国网络游戏的海外传播”。中国网络游戏的爆发式增长在海外引发广泛关注，以《原神》《万国觉醒》《荒野行动》为代表的国产游戏占据了欧美、日韩等地游戏畅销榜榜首，也为中国游戏产业创造了不菲的收入。而由于网络游戏本身所携带的文化基因与传播优势，“网游出海”已从单纯的商业活动逐渐转变成一种独特的跨文化传播现象，网络游戏作为中华文化海外传播媒介的潜在价值也日益受到各界关注。廓清网络游戏跨文化传播的动力机制与基本形态，探讨其发展规律与传播效果，分析文化传播过程中将会遇到的风险，是增强中华文化传播力、影响力的必然需要，也是贯彻落实文化强国的题中之义。该章既从宏观层面梳理中国网络游戏海外传播的语境、历程、效果与面临的困境，也从区域的层面分析中国手游（可以在手机及平板电脑等移动终端上玩的游戏）在欧美的传播策略，同时从国内外生产的以中华文化为内容的游戏个案讨论中，为中国网络游戏海外传播提供立体的考察。

第二章题为“中国网络文学的海外出版”。随着“起点国际”“武侠世界”等网络文学平台在海外的创立，中国网络文学通过授权、翻译乃至培育所在国网络文学作家等形式，其影响已经遍及200多个国家和地区，在北美、东南亚和非洲拥有广泛的读者，已经成为一种独特的国际流行文化现象，被誉为美国好莱坞电影、日本动漫、韩剧之后的第四种全球流行文化。这种说法尽管有夸张的成分，也在一定程度上体现了中国网络文学作为一种独特的网络文艺形式，对中国文化海外传播所发挥的重要作用。该章通过梳理中国网络文学海外传播的模式，同时通过对《盘龙》《斩龙》等个案的海外传播、接受的研究，探讨中国网络文学海外出版的平台路径，以及作品传播的策略。不同于以往通过媒体机构所进行的传播，在全球数字文化时代，以产业为基础的数字文化平台已经成为数字文化跨国传播的主导形式。同时，在以“Z世代”为主体的当下，网络文学如何借力全球青年所熟悉的文化经验实现传播？这是文化传播需要特别关注的问题。《盘龙》以西方奇幻文学为基础融入中国文化，成为较早影响西方读者的中国网络文学；《斩龙》则以电子游戏为基础，对其文化融通经验进行讨论分析，对促进中国网络文学在海外的进一步传播具有特别的意义。

第三章题为“中国电视剧/网剧的海外流行”。相比于中国网络游戏、网络文学海外传播所取得的产业成就和文化影响而言，中国电视剧/网剧的海外传播相对滞后。近年来，随着中国影视行业的改革，尤其是网剧制播模式的创新，一批具有较高制作质量的影视作品也逐渐引起海外观众的注意；国内影视数字平台（如爱奇艺、腾讯等）也借力海外社交媒体（如YouTube、X[①]等）开设传播平台，推广中国影视剧。此外，通过与海外其他国家的影视机构和平台合作，以精编版本、海外改编等形式，推动包括

① 即Twitter，中文为“推特”。

网剧在内的中国影视作品的海外传播，尤其在东南亚、韩国等地，实现了中国影视文化的较好传播。如果说传统影视剧主要通过版权购买的方式实现海外传播，那么在粉丝文化和IP运营的新模式中，中国影视剧和网剧的海外传播不再局限于版权的输出，而是通过所在国机构对作品的本土化改编，同时借助IP本身的影响力实行对版权输出国的回返，形成一种独特的跨国文化交流的新形式。本章基于中国电视剧/网剧海外传播的现实情况，通过对海外翻拍模式、在东南亚和韩国的文化“回流”等进行专题调研与分析，并在此基础上，借助美国流媒体平台Netflix推动全球数字文化传播的“球土化”策略的经验，为中国影视作品海外传播提供借鉴。

第四章题为“海外社交媒体短视频呈现的中国形象”。中国形象包含许多层面的意义。其宏观上包括科技腾飞等国家发展成就；微观上包括具有成就的个体及其所体现的中国精神等。“日常化”的中国形象以大众的风俗习惯、底层边缘人物的立体故事等为主体。在传播中国声音时，面对庞大的素材量，哪些是适合中国民间自媒体采用的？哪些是“洋网红”实践过并取得一定成效的？又有哪些是海外受众最感兴趣的？……这些问题都值得我们深究。本书以海外视频网站YouTube上“歪果仁研究协会”（简称“歪研会”）的个案为研究基点，采用“扎根理论”进行评论分析，探讨“洋网红”这个使中国形象走向国际的新突破口，探究“歪研会”在跨文化传播视域走红的用户心理，以及其视频呈现的话语体系和叙事路径，并与其在B站形成的传播效果作对比，以期形成中国形象构建的参考路径。

相比于现有的行业性报告和单篇的论文研究，本书立足中国网络文艺海外传播的总体趋势，对网络游戏、网络文学、网络剧、短视频四种主要的网络文艺类型海外传播的总体情况、传播路径、区域经验与文化经验，进行了专题调查和研究。本书系统整理和呈现了各种不同网络文艺海外传播的数据，总体把握了中国网络文艺海外传播的历程与脉络，重点分析了中国网络文艺海外传播的路径与机制，对比讨论了不同案例所表征的网络文艺传播中华文化的经验；以类型为基础，初步总结了中国网络文艺海外传播的规律和经验，为进一步研究中国网络文艺海外传播、数字时代中国文化海外传播提供借鉴。

但鉴于网络文艺海外传播的范围广、类型多、作品数量庞大，本书集中于其主要类型和主要问题的研究，对于一些重要的现象，尤其是短视频现象，未开展深入的研究。此外，鉴于研究对象范围广、规模大，本书的主要工作是对现象的梳理与类型的扫描，而对作为整体的网络文艺海外传播的规律、传播中华文化的规律的深层次把握，需要后续工作来完成。

第一章　中国网络游戏的海外传播

第一节　中国网络游戏海外传播的路径、效果与困境

一、大航海时代到来："网游出海"的多维驱动

凭借技术优势和媒介迭代的用户红利，网络游戏在国内市场取得了令人瞩目的成绩，销售收入和用户规模远超传统文化媒介，成为最具影响力的大众娱乐方式。而随着政策、市场以及企业自身发展等多重要素的影响，在国内市场"躺平"已久的网络游戏产业逐渐告别"舒适区"，朝着更为广阔的全球游戏市场进发。

（一）政策导向：国内政策助推

在经历漫长的疯狂生长后，中国游戏产业产能过剩与价值失衡间的矛盾日渐突出。2016 年 5 月，国家新闻出版广播电视总局下达了《关于移动游戏出版服务管理的通知》，要求游戏上线必须具备国家新闻出版广播电视总局下发的批文号（后称"游戏版号"），未经审核批准的游戏产品一律不得上线运营。自 2016 年 7 月起，各大游戏厂商急于给不符合上线规范的游戏"上户口"，版号发放数量一度飙升至月均 600～700 款。为尽快完善游戏版号审批制度，结束游戏产业乱象，自 2018 年 3 月起，版号审批全面冻结，将狂飙突进的中国游戏行业带入了首个"冷静期"。同年 8 月，教育部等八部门印发《综合防控儿童青少年近视实施方案》，再次明确要求国家新闻出版署实施网络游戏总量调控，控制新增网络游戏上网运营数量。国家新闻出版署公布数据显示，2016—2022 年，国内新增上线游戏数

量大幅减少，版号审批日趋规范，获批数量从 2016 年的 4021 个降低至 314 个（截至 2022 年 11 月），如图 1－1 所示。

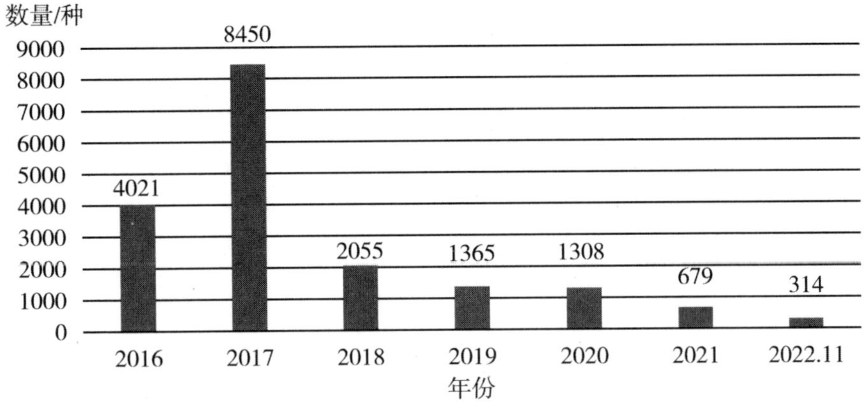

图 1－1 2016—2022 年国产游戏获批版号数量

2018—2022 年，国家新闻出版署、国家广播电视总局等部门陆续出台一系列政策，逐步构建了以游戏市场准入与未成年用户保护为重点的多维度政策监管体系，从游戏内容、服务时长、实名登录、规范付费等多方面着手，监管上线游戏的数量质量，限制未成年人的游戏时长和付费情况，见表 1－1。

经营压力使游戏厂商纷纷开始放眼全球。自 2018 年游戏行业进入全面“监管”时代后，此前一直成绩平平的海外游戏市场开始持续发力，2018 年创造了收入 95.86 亿美元的历史纪录，并在 5 年间始终保持稳定增长态势。

表 1－1 2018—2021 年游戏行业主要监管政策文件

时间	颁布主体	政策文件	主要内容
2018 年 8 月	教育部、卫健委等八个部门	《综合防控儿童青少年近视实施方案》	要求国家新闻出版署实施网络游戏总量调控，控制新增网络游戏上网运营数量，探索符合国情的适龄提示制度，采取措施限制未成年人使用时间

（续上表）

时间	颁布主体	政策文件	主要内容
2019 年 11 月	国家新闻出版署	《关于防止未成年人沉迷网络游戏的通知》（国新出发〔2019〕34 号）	实行网络游戏用户账号实名注册制度，严格控制未成年人使用网络游戏时段、时长，规范向未成年人提供付费服务，探索实施适龄提示制度
2019 年 11 月	文化和旅游部	《游戏游艺设备管理办法》	实施游戏游艺设备分类管理，明确了设备机型、设备内容、未成年人保护等方面的相关规定
2020 年 10 月	全国人民代表大会常务委员会	第二次修订《中华人民共和国未成年人保护法》	网络游戏等网络服务提供者应针对未成年人使用其服务设置相应的时间管理、权限管理、消费管理
2020 年 12 月	中国音像与数字协会	《网络游戏适龄提示》团体标准	根据不同年龄段未成年人的成长特点，对游戏作品的类型、内容与功能等多方面要素进行评估，提示其所适合的未成年用户年龄段，并在游戏作品相关界面给出明确建议
2021 年 8 月	国家新闻出版署	《关于进一步严格管理　切实防止未成年人沉迷网络游戏的通知》（国新出发〔2021〕14 号）	进一步严格管理措施，坚决防止未成年人沉迷网络游戏，切实保护未成年人身心健康，严格限制向未成年人提供网络游戏服务的时间，严格落实网络游戏用户账号实名注册和登录要求
2021 年 9 月	国务院	《中国儿童发展纲要（2021—2030 年）》	要求网络游戏针对未成年人使用其服务依法设置相应的时间管理、权限管理、消费管理，实施国家统一的未成年人网络游戏电子身份认证，完善游戏产品分类、内容审核、时长限制等措施，加强儿童个人信息和隐私保护

数据来源：国家新闻出版署。

（二）市场驱使：蓝海市场召唤

国内日趋紧缩的市场空间则是促成“网游出海”的动因。自 2014 年起，国内游戏市场销售收入增长率已呈下降趋势。尽管受这期间“宅经济”的刺激，2020 年我国移动游戏市场销售收入增长率同比回升至 20.7%，但随着“宅经济”热潮的消退，2022 年上半年，中国游戏市场销售规模为 2 477.89 亿元人民币，同比下跌 1.8%。与此同时，如图 1－2 所示，2021 年中国移动游戏用户相较于 2020 年仅增长 0.22%，用户规模趋于稳定。可见国内游戏市场的用户红利已逐渐消失，留给游戏企业的空间所剩无几。

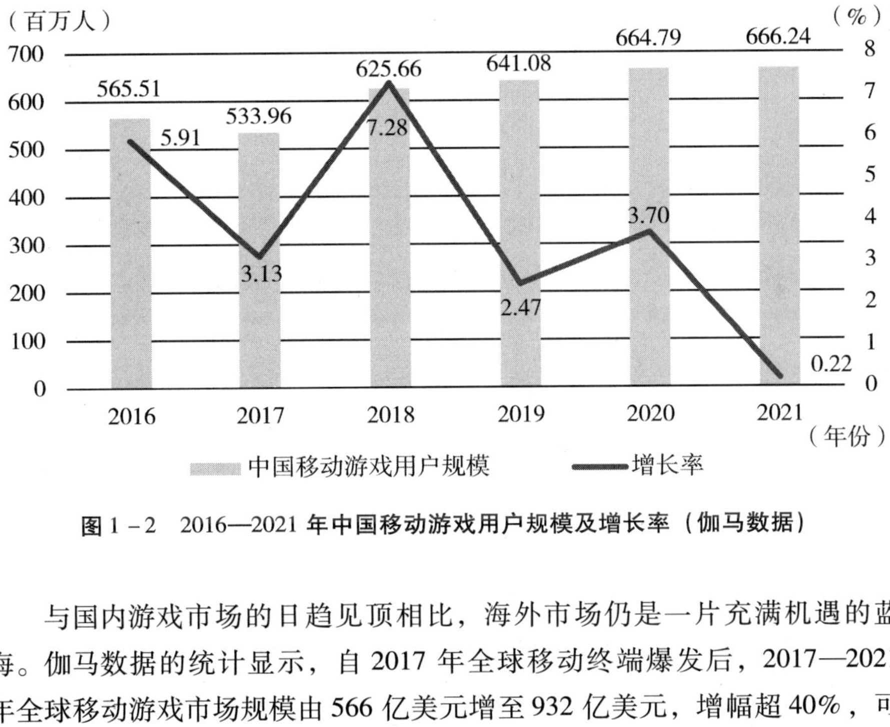

图 1－2　2016—2021 年中国移动游戏用户规模及增长率（伽马数据）

与国内游戏市场的日趋见顶相比，海外市场仍是一片充满机遇的蓝海。伽马数据的统计显示，自 2017 年全球移动终端爆发后，2017—2021 年全球移动游戏市场规模由 566 亿美元增至 932 亿美元，增幅超 40%，可见全球移动游戏市场仍处于设备渗透率的上升红利期。而 2021 年全球智能手机渗透率仅为 49.48%，表明海外游戏市场仍然存在着广阔的用户存量空间。与此同时，较低的市场集中度也为中国企业出征海外创造了良好的条件。国海证券的研究报告显示，在美国、日本、韩国、欧洲、东南亚等五个主要游戏市场中，收入排名前十的产品的市场集中度均低于中国，“马太效应”不明显。这足以证明当地用户并未完全从被动接受的用户转化为能动性、互动性较强的粉丝型用户。广阔的海外市场为中国游戏厂商厚植了优良的发展前景，也为中国游戏厂商打开局面、培养当地玩家、进军海外头部市场提供了可能。

（三）企业因素：公司战略需求

在政策与市场等外部环境的影响之下，中国游戏厂商固有的发展模式被打破，推动许多原本植根国内市场的游戏公司，纷纷开始思考如何调整自己未来的发展战略。早在寒冬来临之前，以 FunPlus、网易、腾讯为首的游戏大厂就已未雨绸缪，着手规划其海外市场布局。

受限于研发技术与发达国家的差距，2013 年前只有少数有海外市场经验的公司敢于通过产品出海淘金。由海外发行起家的 FunPlus 便是出海的先行者，自 2011 年便规划了海外市场布局，次年更是凭借《家庭农场》打开了海外市场大门。而深耕网页游戏开发的三七互娱也在 2012 年确立了全球化战略，并成立了“37 Games”主管海外研发与发行业务，积极布局海外。而其他互联网大厂忙于国内市场的发行运营，出海战略以稳扎稳打的资金出海为主。例如，腾讯选择以投资促发展，在 2018 年前便已投资超过 625 亿美元用于海外游戏公司的收购或并购；而以代理海外游戏发家的网易，则在与国外游戏厂商的长期合作关系中丰富了自身的全球化 IP 储备。随着国内市场红利消退，2014 年起，腾讯、网易、米哈游等大型游戏厂商便掉转车头，迅速组建海外发行团队，创建海外研发品牌，依靠在国内市场中得到检验的热门手游产品，集体走向了自研出海之路。

而对于一些中小厂商而言，研发技术、开发资本、渠道推广的限制是其改变发展战略的主要原因。国内游戏市场格局已定，中小厂商的产品往往难以在短时间内追赶头部厂商的开发效率，运营成本的不断提升，势必使其在国内市场的生存空间受到进一步挤压。而资本市场对于游戏公司的投资热情消退，A 股上市门槛的陡然提升，都让中小厂商的运营状况雪上加霜。与此同时，随着短视频等流量平台的崛起，游戏公司的平台买量成本不断提升，Android 用户的转化成本从十几元涨到上百元，iOS 用户更是早已超过百元，这使得众多依靠买量推广游戏的中小厂商不堪重负。而版号的停发不过是那最后一根稻草，“不出海，便出局”的现实状况，将原本依靠国内市场赚快钱变现的中小型游戏公司推上了一条出海谋生的新路。

二、一直游到海水变蓝：“网游出海”的三重阶段

“网游出海”的历史由来已久，但由于技术与文化的双重影响，中国游戏的出海之路始终踏步于周边的“浅海舒适区”。而随着媒介终端技术的发展变迁，中国游戏企业抓住了这一产业重要转型节点，依靠移动端网络游戏开发优势，消除“水土不服”的文化屏障，不断拓宽自己的出海半径，打开了全球游戏市场大门。

（一）初始期：打造中国游戏后花园（1994—2015 年）

在各国文化交往的过程中，源于历史人文的文化隔阂是天然存在的。[①]跨文化传播的奠基者爱德华·霍尔提出“文化即媒介”的观点。在他看来，文化如同一台巨大的、复杂的、精密的计算机，它的程序指导着人类生活的各个行动和反馈。拥有相同文化传统、生活方式、风俗习惯、宗教信仰的受众，更容易在跨文化传播过程中形成认同。[②] 因此，切入文化背景更为相近的东亚圈，成为中国网游出海的第一步。

早在 1994 年，中国第一款单机游戏《神鹰突击队》就曾被韩国 LG 公司代理发行并推出了韩国版本。但这一时期，中国游戏行业尚未形成规模，出海传播也仅是浅尝辄止。2004 年，越南网民数量已占该国总人口的

---

① 曾培伦、邓又溪：《从“传播载体”到“创新主体”：论中国游戏“走出去”的范式创新》，《新闻大学》2022 年第 5 期，第 94 – 104 页。

② ［美］爱德华·霍尔著，何道宽译：《无声的语言》，北京：北京大学出版社，2010 年，第 20 页。

六分之一，与之极不匹配的是当地网络游戏开发技术的空缺和网络游戏市场发展的极度滞后，仅有《奇迹 MU》和《坦克宝贝》两部网络游戏处于上线运营阶段，在线人数总计勉强达到一万。金山公司最早注意到越南市场的潜力，与 VinaGame 合力将《剑侠情缘（网络版）》推入越南市场，并将其更名为《武林传奇》。这次合作不仅使 VinaGame 迅速占据了越南网络游戏市场 70% 的市场份额，也进一步增强了中国网络游戏，尤其是武侠题材网络游戏在东南亚地区的影响力。《剑侠情缘（网络版）》的现象级走红使越来越多的中国游戏厂商看到了海外市场的潜力。

从 2008 年开始，包括完美世界、巨人、蓝港、4399 在内的诸多游戏厂商纷纷尝试在东南亚市场破冰。凭借东南亚受众对于中国武侠、仙侠、三国类题材的文化接受优势，以及远超当地厂商的开发制作水平，中国网络游戏在东南亚游戏市场大获成功。2010 年中国游戏的海外收入达到 2. 3 亿美元，在同年的中国互联网大会上，时任麒麟游戏副总裁的邢山虎首度提出“东南亚是中国网游后花园”的宣言，昭示着中国“网游出海”的首战告捷。

（二）探索期：手游产品出海存量市场（2015—2018 年）

相较于东南亚市场而言，欧美、日韩游戏市场发展更为成熟，并具有用户人均收入高、付费意识强的优势。部分中国游戏厂商也尝试以自研产品撬开欧美市场大门，如 2012 年成都尼必鲁科技推出的《银河帝国》就曾登上 iOS 北美畅销榜首；此后第七大道的《神曲》与游族的《女神联盟》等网页游戏也在欧美得到一定程度的认可。但由于欧美游戏工业体系成熟较早，在 IP 影响力、工业化研发、全球化经验上更胜一筹，在端游（客户端游戏）时代一直与中国保持着 1∶10 的游戏输出逆差。落后的游戏开发技术与难以弥合的文化差异始终是阻碍中国网络游戏全面出征欧美、日韩等成熟游戏市场的因素。

而媒介的革新却为中国游戏产业的海外拓展带来了难能可贵的机遇。随着 2012 年 App Store 正式开放中国区应用商店，国内游戏用户迅速完成了从电脑客户端向手机移动端的迅速转移，中国也随之成为仅次于美国的第二大游戏市场。当欧美厂商仍在固守端游赛道之时，原本落后于世界的中国游戏厂商凭借在国内市场积累的研发与发行经验，在国际游戏市场上实现了弯道超车，以手游打开了包括欧美、日韩在内的成熟游戏市场的大门。

2014 年，智明星通凭借 SLG 手游《列王的纷争》出征海外，在全球突破了 6 700 万下载量，并在美国 iOS 收入榜排第五名，成为首款进入欧美市场头部梯队的中国游戏作品。2016 年，网易则凭借在国内经历过市场考验的成熟手游《阴阳师》《荒野行动》，打开了曾被称为"孤岛"的日本市场大门，《荒野行动》更是多次位列日本区 iOS 畅销榜榜首，并一度成为日本的"国民游戏"。此后 FunPlus 的《阿瓦隆之王》《火枪纪元》、三七互娱的《永恒纪元》《大天使之剑 H5》、米哈游的《崩坏 3》、莉莉丝游戏的《剑与家园》、壳木游戏的《战火与秩序》以集团冲锋的形式迅速占领了西亚、拉美、非洲等海外存量市场。

中国网络游戏逐渐在国际市场闯出了一条"求同存异"的发展新路，以贴近输出国受众游戏习惯的游戏品类、美术风格、叙事结构，有效地缩小了跨文化传播产生的文化落差，形成了中国声音的海外本地化表达，实现了与成熟游戏市场的贸易顺差，并将中国"网游出海"推入新阶段。

（三）发展期：爆款游戏海外突围（2018—2022 年）

2018 年也被业界称为"网游出海元年"，版号寒冬使得之前不温不火的海外市场迅速升温。随着高质量、多品类的网络游戏在国际游戏市场崭露头角，中国网络游戏逐渐摘下了"抄袭""同质化"的标签，走向了精品游戏出海道路。有 19 家公司共 35 款游戏进入海外国家和地区市场年度收入 TOP10 榜单，包括"超休闲""大逃杀""MOBA"等多样玩法，扩充了中国网络游戏的出海赛道，文化影响力迅速提高。

其中 IGG 的《王国纪元》无疑是最大的赢家。这款产品挤进了 16 个地区年度收入 TOP10 榜单，并在越南、印度尼西亚、新加坡、土耳其、马来西亚、泰国、俄罗斯、西班牙等 8 国市场中挺进收入前五，吸金实力不容小觑。而腾讯研发的 *PUBG Mobile* 在营收与口碑上均表现亮眼，在 2018

年成功进入了全球 18 个国家地区年度下载量的 TOP10 榜单，更是在次年获得“金摇杆奖”的“最佳移动游戏”，并一举拿下 Google Play 的“年度最佳游戏”“最受粉丝喜爱游戏”“最佳竞技游戏”等三大奖项。网易则继续深耕精品游戏的长线运营，旗下的“三驾马车”——《荒野行动》《第五人格》《终结者 2》，合计进入了 11 个地区的下载榜 TOP10。除了大厂与熟悉的老牌出海厂商之外，部分新晋中小厂的身影也出现在了出海头部名单，创酷的 *Be The King*、卓杭的《放置奇兵》、天上友嘉的《三国志 2017》、绝地科技的 *My Country* 都在海外有着亮眼表现。同年，《人民日报》发表了一篇题为《中国游戏，世界着迷》的报道，指出“与影视、文学、动漫等其他文化产品相比，游戏的强互动性使其不是单向地输出，而能在与玩家的高频互动中形成浸入式体验，从而提升文化代入感”①。报道中擘画了游戏在文化输出中的巨大潜力，游戏出海由单纯的产品输出逐渐向文化输出转型，产品的国际影响力不断提升。

经历两年的沉淀与打磨，中国“网游出海”的格局再度更新，爆款游戏的出现引发了中国游戏在全球市场的口碑巨变。2019 年莉莉丝游戏的《剑与远征》上线，刷新了“国产 SLG”出海的收入纪录，并在 65 个国家和地区的 iOS 游戏畅销榜上荣登第一。此前一直专注于国内二次元游戏市场的米哈游也在次年向海外市场扔出一颗重磅炸弹——《原神》。作为一款开放世界手游，《原神》打破了被“SLG”和“大逃杀”等强玩法轻内容游戏垄断的出海市场，将中华传统艺术与价值观念融入其中。截至 2022 年 4 月，《原神》在全球范围内总收入已超 30 亿美元，实现了出海游戏商业价值和文化价值的统一。《原神》的出圈在于“运用了一种新鲜的方式，向全球的玩家展现了中国传统文化的魅力”②。可见文化因素已逐渐成为“网游出海”发展期的制胜法宝，出海游戏的研发重心将不断向内容倾斜。

---

① 《中国游戏，世界着迷》，《人民日报》，2018 年 2 月 6 日第 12 版。

② 宣晶：《中国戏曲为何让全球玩家一秒“入坑”？〈原神〉新角色云堇又火了!》，《文汇报》，2022 年 1 月 14 日第 3 版。

三、打造复合出海策略："网游出海"途径分析

在数字技术的驱动下，中国网络游戏借助媒介优势，立足文化融合视角，以投资、产品、IP 等不同形态不断拓展自己的传播域，将传播链条延伸至文学、影视、动漫、文旅等多渠道领域，扩大了游戏的跨文化传播价值。

（一）投资出海：拓宽游戏事业版图

在 2018 年中国网络游戏全面出海之前，部分游戏企业已未雨绸缪，"资本先行"成为诸多大厂迈向海外市场的第一步。2016 年，中国游戏企业的投资规模已反超美国，达到 267 亿美元。如今中国游戏企业的海外投资版图已基本实现全球覆盖，包括 Riot Games、Epic Games、蓝洞、育碧、动视暴雪在内的国际顶尖游戏公司背后都有着中国资本的力量。

"投资出海"无疑是绕开文化壁垒的出海捷径。其中以腾讯的海外投资版图最为宏大，从收购《英雄联盟》的研发商 Riot Games，到买入 Epic Games 超过 40% 的股份，再到投资冰岛的游戏开发商 Plain Vanilla。腾讯在全球范围内持续投资、收购优质游戏厂商，为其出海布局奠定了坚实的基础。一方面，投资的海外游戏公司表现不凡，继 Epic Games 于 2018 年贡献了全球现象级游戏《堡垒之夜》，快速拉动腾讯收入后，自 2019 年第四季度起，Supercell 收入并入其财务报告，也使得腾讯游戏收入增速翻倍，进一步增加腾讯整体业绩。另一方面，腾讯通过"以投资换合作"的方式，取得了与有版权的海外游戏大厂共同研发的机会，其旗下重点海外战略产品 *PUBG Mobile* 及《使命召唤》手游的 IP 分别来自蓝洞（已更名为 Krafton）和动视暴雪，并分别联合腾讯旗下光子工作室群、天美工作室群开发。直至今日，这两款游戏在海外依旧保持着强劲的吸金能力。2022 年 5 月，腾讯光子工作室群及 EA 共同研发的 *Apex Legends Mobile* 国际服正式上线，于上线次日一举取得了 72 个国家的 iOS 免费榜第一，并在短时间内成为上半年日本下载量最多、美国下载量第二的中国出海游戏。

随着出海步伐的加速，中国游戏厂商间的投资竞争也日趋白热化。网易此前已分别投资了英国的 Bungie 工作室和 Improbale、Bossa 等游戏技术公司，又于 2022 年入股曾出品《底特律：化身为人》《暴雨》等精品主机游戏的法国独立游戏公司 Quantic Dream。三七互娱则收购了出品《街霸》等游戏的日本 SNK 公司近八成的股权；完美世界投资美国的 Runic Games；掌趣科技投资韩国的 Webzen；游族收购德国的 Bigpoint。中国一跃成为全球最活跃的游戏资本市场，游戏厂商投资遍布亚欧美三大洲的十三个国家与地区，被投公司类型涵盖了基础引擎技术、游戏研发、渠道发行、社区平台四大领域，形成了手机、电脑、主机多终端布局，构筑了从研发到发行的完整生产链。同时，与国内厂商相比，海外本土游戏开发大厂多年来专注于 PC 和主机游戏开发，除了研发的核心优势外，对其本地文化习惯也有着更深刻的理解，可以减少研发的本地化成本，有效提高中国游戏厂商的海外市场话语权，为自研产品出海保驾护航。

（二）产品出海：立足文化融合视角

与投资出海不同，网络游戏作为融聚了大量文化与现实社会信息的复杂符号系统，在其作为产品的出海传播过程中必然受限于语言、传统、政策等多重因素而引起符号意义的接受差异。经过了从网页游戏时代到手游时代的不断探索，中国游戏产业终于实践出了一条全球本地化之路，以实现游戏产品的跨文化传播。

在乔治·亨伯特·米德看来，符号意义交换的前提在于传者和受传者对传播中所使用的语言、文字等意义符号达成共识，从而形成共通的意义空间。若传受双方有着一致或接近的生活经验和相应的社会文化背景，那么所谓的“共通的意义空间”将更容易达成。① 霍斯金斯（Hoskins）等学者也认为，文化产品市场的界定和划分来自语言而非国界。因此，跨越语言障碍是产品出海的第一步。为了克服海外市场间的语种差异，包括《原神》、*PUBG Mobile* 在内的出海主力游戏都拥有 10 种以上的语言版本，《无

① ［美］乔治·亨伯特·米德著，赵月瑟译：《心灵、自我与社会》，上海：上海译文出版社，2018 年，第 151－152 页。

尽对决》仅语音包就多达 20 余款，更是针对柬埔寨的高棉语、菲律宾的他加禄语等小语种专门定制了本地化界面。此外，消解异质话语间的文化壁垒也是产品出海的一大挑战。面对海量的游戏文本、独特的游戏话语体系、迥异的文化传统，翻译者必须从受众的思维模式与语言习惯出发，用具有相似意义的符号包装本土性所指，使对话双方能够抵达同一对话场域。例如，《仙剑奇侠传》官方英文译名为 Chinese Paladin，其中 Paladin 意为“圣骑士”，正是利用了西方骑士精神与东方武侠文化中的共通性，跨越语言差异，使海外受众更容易理解文字背后的符号内涵。

游戏产品的跨文化传播既依赖建立共同的语言环境，又来自对文化差异的理解与尊重。2019 年，历经两年的《王者荣耀（海外版）》出海受挫，腾讯不得不遗憾宣告解散欧美工作室，而《无尽对决》作为一款核心玩法、操作方式都对标《王者荣耀》的游戏，却意外地成为中国厂商应用出海收入排行榜的第 12 名（据 App Annie 2021 年 5 月发布）。《无尽对决》的成功正是来源于对建立文化认同感的理解。为了能够迅速打入东南亚市场，《王者荣耀（海外版）》不惜重金购买了 DC 英雄版权作为游戏的核心卖点，却没有得到玩家青睐。而《无尽对决》则针对目标市场，以印度尼西亚和马来西亚神话角色、历史人物为原型，利用具有东南亚特色的画风、故事等元素，拉近了与当地用户的文化距离，更好地融入了当地文化语境。与此同时，《无尽对决》充分发挥了 MOBA 类游戏的竞技优势，将全球同服作为卖点，在匹配过程中加入国旗元素，还在线下举办东南亚联赛，通过激发玩家的爱国热情，从而增强游戏的吸引力，赢得海外玩家青睐。乔纳森·弗里德曼认为文化认同既是一种生物遗传，也是人们在历史、语言和种族等因素基础上“社会性建构”的现实。[①]《无尽对决》的成功也恰恰说明了，对自身文化的确认和对他者文化的包容都极大程度影响着跨文化传播效果。成功的全球化游戏在于依托全球玩家共同的生活经验，打破宗教、种族、文化的束缚，将不同国籍受众的情感维度聚集在同一产品之下，满足他们的情感需求，实现情感共鸣。

---

① ［美］乔纳森·弗里德曼著，郭建如译：《文化认同与全球性过程》，北京：商务印书馆，2003 年，第 109 页。

（三）生态出海：塑造游戏 IP 价值

随着数字技术与移动终端的发展进步，媒介之间融合不断加深，网络游戏与文学、戏剧、影视等多种媒介的关系愈发紧密，不仅冲击着传统的文化生产方式，而且引发了“Z 世代”网生原住民文化消费观念的变化，在生产与消费的双重因素的推动下，网络游戏的出海也演变出全新的业态，由单一的产品出海，逐渐朝着多元共生的“IP 驱动”新阶段转型。

鲍德里亚探讨过“消费社会”问题，并指出商品“它被消费——但（被消费的）不是它的物质性，而是它的差异（difference）”，即商品消费所遵循的消费逻辑实则是符号的差异逻辑。① 而日本学者东浩纪则在鲍德里亚的消费理论基础上提出了“数据库”消费观点，他认为文艺创作已经逐渐要素化，并构成了一个庞大的数据库。各类文艺元素的自由组合所形成的作品世界并不能成为消费者关注的重点，他们只“单独就与原著故事无关的片段、图画或设定进行消费”②。因此，从消费文化语境来看，当下消费者的需求已不再囿于文化产品本身的功能性利益，而是更加注重情感性利益和内在心理需求，IP 作为经过市场验证的用户情感载体③，在网络游戏的出海过程中发挥着至关重要的作用。

随着媒介融合趋势的凸显，建构以 IP 为核心的跨媒介生态圈正成为媒体娱乐文化生产的一个重要趋势，奠定了数字文化产业生产的未来走向。美国学者詹金斯认为：“在媒介融合的时代，同一故事在跨媒介的传播过程中，每一种媒介都对整个故事作出了独特的贡献，构建出一个更为广阔的故事世界，创造出更丰富的叙事体验。”④ 玛丽·劳尔·瑞安也提出“世界”的隐喻将决定未来叙事的走向。基于好莱坞以电影故事世界为核心的

---

① ［法］布希亚著，林志明译：《物体系》，上海：上海人民出版社，2001 年，第 223 页。

② ［日］东浩纪著，褚炫初译：《动物化的后现代：御宅族如何影响日本社会》，台北：大鸿艺术股份有限公司，2012 年，第 61 页。

③ 程武、李清：《IP 热潮的背后与泛娱乐思维下的未来电影》，《当代电影》2015 年第 9 期，第 17－22 页。

④ ［美］亨利·詹金斯著，杜永明译：《融合文化：新媒体和旧媒体的冲突地带》，上海：上海商务印书馆，2017 年，第 157 页。

全产业链开发策略的启迪，网络游戏的全球化生产研发策略也从早期以游戏玩法为核心的“规则型”创作，转变为以世界观、人物设定、剧情叙事为核心的“故事型”创作，有意识地将游戏剧情内容体系化，通过提升故事衍生性来增加游戏IP的创意价值，从而实现游戏IP的价值赋能。网易正是借助了媒介融合背景下优质原创IP的传播优势，在短短六年时间内便以“阴阳师”宇宙为依托，在硬核对战、轻度休闲、偶像养成等多条游戏赛道布局，并通过动漫、电影、舞台剧等多种媒介形式“破圈”，以全链路协同开发的生态出海模式，拥抱更为广阔的文化消费主体，不仅发挥了“粉丝参与”的互动效应，丰富了“阴阳师”宇宙内涵，同时大大提升了《阴阳师》的品牌影响力，逐步将其打造成为一种文化符号甚至生活方式。

如今，随着“元宇宙”概念的提出，打破虚实边界、布局全链路协同开发的生态出海模式更是成为当代“网游出海”的必经之路，包括米哈游、腾讯、网易、三七互娱、莉莉丝游戏在内的出海大厂纷纷成立海外品牌，都在以强势自研游戏IP为依托，积极打造优质游戏矩阵，拓展大众用户联结，以提升其在海外的品牌效应，实现游戏IP价值的可持续生产。

四、传递中国文化名片：“网游出海”传播效果

文化的媒介化是现代文明最显著的文化景观，无数技术发明被转化为文化的生产、流通与接收方式，社会大众必须直面一种由各种媒介传递的符号文化。[①] 网络游戏作为数字技术与现代人类身体机能实现平衡的重要媒介，在当代文化符号生产、传播、诠释过程中展现出强大力量，并逐渐成为中国文化走向海外的一张重要名片。

（一）游戏出海量齐飞，展示文化创造实力

中国音数协游戏工委数据显示：2013年我国自研游戏出海经历了跨越式增长，随后开启了年均10亿美元以上的收入增长时代，出海产品的上

① 周宪：《文化表征与文化研究》，上海：上海人民出版社，2015年，第259页。

线数量也从同期开始快速发展，并且基本保持着稳步增长态势。到2021年，我国自研游戏海外市场销售收入180.13亿美元，较2020年增收25.63亿美元，同比增长16.59%。即便在全球“宅经济”消退影响下增幅有所减少，但仍然呈现着稳定上升态势，2022年上半年我国自研游戏海外市场实际销售收入已达89.9亿美元，同比增长6.16%。① 据国海证券的研究报告预测，中国手游出海市场规模到2024年将有望达1674亿~2152亿元，为中国文化产业发展作出可观贡献。

中国游戏厂商通过丰富的品类和题材供给，逐渐打开海外市场，培育当地玩家。从中国自研游戏重点地区收入分布来看，游戏产业发达、游戏市场相对完善的发达国家的收入占据58%以上，其中美国市场收入蝉联第一，日本、韩国位居第二、三名，充分说明中国游戏的生产水平显著提高，游戏产品的国际竞争力不断增强。与此同时，受到国内的鼓励政策影响，来自其他地区，尤其是“一带一路”周边国家的收入占比也在逐年上升。海外市场的拓展有力推动了文化产业的“网游出海”，体现了强大的文化自信，传承了中华优秀传统文化谱系，也将中国精神、中国价值、中国力量带向世界，对人类命运共同体倾注了深刻关切，对人类共同的未来赋予了想象和希望。

策略、角色扮演和射击仍是中国“网游出海”占比最高的品类，持续受到海外玩家认可，但中国“网游出海”的品类也已逐渐突破中重度为主的局限，面对多元化的海外市场需求，消除类②、棋牌类等品类占比也在大幅上升，整体品类向“多赛道”趋势发展。大中厂商间竞争激烈，排名变动较频繁，头部梯队门槛逐年提升。2021年米哈游、腾讯、莉莉丝游戏、网易、三七互娱为中国出海收入TOP5厂商，以“出海集团军”的形式在东南亚、日韩、欧洲、北美乃至南美、中东等海外市场攻城略地，共同谋求新的增长。其中异军突起的米哈游全年出海流水约94.63亿元，仅

① 中国音数协游戏工委（GPC）、中国游戏产业研究院：《2022年1—6月中国游戏产业报告》，游戏产业网，发布日期：2022年8月22日，http：//www.cgigc.com.cn。

② 消除类游戏是一种玩家通过交换、匹配或连接相同元素来消除它们，以达到过关或得分目标的益智游戏。

《原神》海外最高月流水已超过 15 亿元，展现出远超大部分国外厂商的产品迭代能力和细分品类深耕能力。在 Twitter 发布的 2022 年第一季度“全球十大话题度最高的游戏”榜单中，《原神》更是击败了《艾尔登法环》《Apex 英雄》《最终幻想》等众多国际热门游戏产品，荣登网络热门游戏话题榜首，可见中国国产网络游戏的国际影响力已获得长足进步。

从过去五年发展走势看，我国游戏出海呈现平稳上升态势，创新开发能力显著提升，在由单向进口向反向出口裂变。具有国际影响力的游戏核心 IP 逐渐增加，“游戏 +”的多元融合加速了内容产品的横向拓展，推动包括小说、动漫、电影、舞台剧、电竞赛事等文化衍生形式同步布局，在海外逐渐形成健康可持续发展的产业生态圈，在创造经济价值的同时，积极与教育、文旅、医疗、公益等领域相融合，深耕网络游戏的社会价值，获得了全球玩家的广泛参与和认可。网络游戏的海外传播也正在从区域到全球、从输出到联动实现多元化、规模化的整体性增长，在创造了巨大经济利润的同时，也形成了价值和意义生产的新场域，成为我国文化软实力与国际竞争力的集中体现。

（二）铸造游戏文化内核，传递中华文化价值

中国网络游戏的强势出海，不仅为我国文化产业带来了巨大的经济收入，而且借由游戏玩家的参与式媒介实践，转为拥有主体意味的文化本身，进而成为传递中华文化价值、展现中国文化精华、凝结民族文化情感的重要媒介。

2014 年，游戏《巫师 2》作为波兰的国礼被赠予美国总统，足以彰显游戏在文化对外交流与传播中的重要地位。与文学、电影、电视的单向传播不同，网络游戏以数字信息技术优势为依托，将图像、文字、视频、音频等各类要素进行编码和再现，并将其纳入生动鲜活的游戏符号系统之中，构建起一个让目标国受众置身于社会身份的桎梏之外的替代性场景。当玩家化身游戏人物进入游戏空间时，可以从现实性的空间与身份中短暂抽离出来，从而淡化意识形态的偏见。对游戏世界观的融入、虚拟身份的认同以及游戏规则的遵循，可以迅速拉近玩家与游戏的心理距离。在包括

《梦幻西游》《率土之滨》《太吾绘卷》等具有浓郁中华文化特色的网游出海过程中，传统服饰、古典建筑、民俗活动等元素增进了玩家对于中华文化的了解，同时在作为游戏核心的任务系统中也凸显着“舍己为人”“行侠仗义”“接济苍生”等具有中华文化特征的价值观念，实现了中华传统价值观念的隐形表达，从而激发游戏玩家对于根植其中的中华文化的共鸣。

与此同时，网络游戏作为一种具有极强参与性的互动媒介，实则也拓宽了中华文化的展示渠道，以物理模拟技术、3D渲染技术、图形计算技术为代表的多技术协同运用，为传统文化的数字化呈现提供了坚实的技术支撑。《故宫：口袋宫匠》联动故宫博物院，使玩家沉浸式参与故宫建造过程，全方位近距离感受故宫传统建筑的中式美学与古典智慧。《折扇》则利用高质量的3D建模技术，通过制作一把折扇的过程，向玩家展示折扇的形制、工艺与历史。不论是山川河流、森林湖泊的自然风光，还是宫殿庙宇、亭台楼阁的人文艺术，通过数字技术的赋能，都可以以极其真实细腻的形式还原到游戏场景中，给游戏玩家带来视觉刺激和想象沉浸，赋予玩家强烈的“到场性”。

网络游戏作为开放式的奇观化文本，具有极强的参与式文化特征，对于网生代受众有着天然的输出优势。《原神》B站官方账号粉丝数超400万后，部分外国网友就计数方式展开热烈讨论，讨论内容从东亚计数方式是否源于中国，到《易经》《筹算》《三字经》等中国古籍，引发了诸多海外网友“想学学这些历史”的热情。2022年初，《原神》推出由上海京剧院国家一级演员、荀派花旦杨扬配音演唱的戏曲唱段视频《神女劈观》，更是将“中国戏曲”“京剧”“中国音乐”等关键词送上海外热搜。《神女劈观》在YouTube上播放量超500万次，收获了超过1万条评论。许多外国玩家留言表示“为听懂戏曲而自学中文和戏曲唱腔”，可见优质网络游戏的出海为海外受众带去了中华传统文化的新鲜体验，更重要的是将被动传播变为主动吸纳，引起海外受众对于中华文化的兴趣与好奇，建立海外受众与中华文化的情感纽带。

（三）联动优质文化资源，带动文旅产业发展

网络数字技术的更迭，日益模糊了现实与虚拟的界限。而与媒介技术紧密相连的网络游戏则“作为一种由媒介技术、社会文化和青年自我意识互相勾连而形成的消费实践，不断嵌入青年群体的日常生活”①。随着社会经济形态从传统经济向体验经济转变，消费者的旅行动机已不再仅仅满足于被动式的物质性“得到”，而是更加注重主动的精神性“获得”。② 网红“打卡”式消费现象在各大社交平台十分普遍。在这一新型消费模式的推动下，凝聚着剧情与回忆的游戏名场景的“打卡”“巡礼”，成为宣传中国优质旅游文化资源、吸引“Z 世代”海外游客的文旅新业态。

“我渴望有一天能去中国看看大自然中的岩之瞳。”在海外社交平台上，一位外国玩家的留言获得众多玩家点赞认同。所谓“岩之瞳”指的是游戏《原神》中散落在地图各处的采集物，是与游戏冒险息息相关的体力补充道具。由于亚文化粉丝群体的封闭性，包括“岩之瞳”“岩神像”“传送锚点”等承载着游戏情感的文化符号，无形中已构筑了一套粉丝身份识别机制。当这些虚拟世界的地标“复活”到现实中的 5A 级景区时，游戏粉丝通过线下“打卡”拍照的过程实则已经完成了对于群体身份的自我确认，并通过发布照片、短视频等方式赢得群体归属与认同。

年轻受众的这一身份消费需求，为移动互联网时代游戏与文旅跨界融合构筑了宝贵基础，也助推了虚拟游戏粉丝向现实世界旅游消费者的身份转换。米哈游陆续与张家界、黄龙、桂林等旅游景区联手，打破现实与游戏的“次元壁”，将游戏场景的山水设计与景区文化内涵深度“绑定”，形成互为表里的紧密关联。《原神》官方 Twitter 和 Facebook 账号发布与景区的联动内容后，不少海外玩家因中国美景而发出惊叹。这带动了“动漫游戏 + 旅游景区”的文旅联动新模式。无独有偶，同程旅游也嗅到了与腾讯

---

① 柳莹：《青年网红打卡文化的符号消费及反思》，《江西社会科学》2021 年第 9 期，第 238 – 245 页。

② 王昭：《体验经济视域下数字沉浸文旅的创新性发展》，《江西社会科学》2022 年第 8 期，第 190 – 197 页。

游戏合作的商机，以游戏《天涯明月刀》为主题，整合张家界、凤凰、芙蓉古镇等地旅游资源，开辟了首条大湘西国风游戏文旅专线；《梦幻西游》则用游戏中的人气宠物“泡泡”联动桂林漓江伏龙洲景区、黄山太平湖景区，举办“泡泡绮梦之旅”。《第五人格》《王者荣耀》《神武》也纷纷与线下旅游进行深度合作，以 IP 联动实现品牌赋能与用户引流，有效助推了疫情后旅游产业的复苏。

此外，凭借着虚拟现实技术优势，以“沉浸体验”为核心的“虚拟旅游”形式率先在网络游戏中付诸实践。在《黑神话·悟空》的实测视频发布后，便有网民根据游戏里出现的佛头造像，考证出这个场景参考了重庆大足宝顶山摩崖石刻中的《观无量寿佛经变相》。除此之外，五台山佛光寺、佑国寺，晋城青莲寺，陵川县崇文镇西溪二仙庙，朔州市应县木塔，大同市云冈石窟，杭州市灵隐寺、飞来峰等中国历史风景名胜，都通过 Unreal Engine 5 的引擎渲染优势，精细还原到游戏场景之中，视频 24 小时内便在 B 站上获得了破千万的播放量，在 Reddit、Twitter 等国际平台上也广受赞誉，提高了部分小众文化旅游景区的知名度，同时向国际展示了丰富多彩的中华文化资源。《永劫无间》则以 3D 建模的方式细致还原了马首刀、秦风战甲、汉朝战甲、明光铠等珍贵历史文物，将与平遥文涛坊古兵器博物馆、金沙遗址博物馆、龙门石窟等历史文化单位合作，让玩家在游戏中得以近距离一睹神兵风采。虚拟技术与文旅资源的联动结合，打破了古与今、虚拟与现实的界限，同时破解了场馆建设、文物搬运、保管等诸多难题，即便远隔重洋的玩家也可以通过数字化近距离领略中华文化的无限魅力，彻底改变了消费者与数字文旅的关系。

五、隐形的鸿沟：网络游戏的海外传播困境

文化产品的国际贸易与价值理念的跨文化传播，是实现中国文化“走

出去”的一体两面。[①] 作为文化产品的中国网络游戏在海外获得商业成功后，如何克服文化语境障碍，平衡二元价值，以网络游戏为媒讲好当代中国故事，仍是亟待解决的中华文化海外传播障碍。

（一）“文化折扣”与地区接受差异

全球化背景下，技术已不再是决胜国际市场的关键因素，文化因素才是真正影响产品销量的重要原因。[②] 霍斯金斯与米卢斯第一次将“文化折扣”（cultural discount）概念引入对于美国电视节目的国际贸易研究中，他们发现文化产品在不同国家的市场接受度与输入国和输出国间的文化距离息息相关。随着网络游戏海外市场的不断扩大，受到语言与价值观念影响而产生的地区性接受差异不断扩大。这一差异尤其体现在具有高文化辨识度的中国网络游戏的海外传播上，包括《梦幻西游》《剑侠情缘（网络版）》《天龙八部》等在东南亚市场广受好评的游戏作品，在欧美、日韩、中东等市场却始终反响平平，足以证明“文化折扣”依然是中华文化海外传播需要克服的首要障碍。

爱德华·霍尔认为文化语境的差异是产生“文化折扣”的主要根结。他依据符号表达对语境的依赖程度将文化分为高语境和低语境文化。[③] 中华文化作为博大精深的复杂文化体系，其大量信息都蕴含于文化使用者共通的文化系统之中，可被归类为高语境文化的典型代表。当通过网络游戏媒介向低语境文化国家进行传播时，中华文化中所蕴含的神话传说、历史典故、传统文化习俗，在游戏世界中形成大量的“潜文本”。在面对具有相同相似文化背景的游戏受众时，这些“潜文本”所勾连的象征、隐喻从“互文性”的场景中涌出，可以省去很多不必要的背景叙事，还可以建构起一个更感性直观的多维世界，让网络游戏获得文化增值；但在面对历史

---

① 萧莹莹：《中华文化走出去的现状分析与发展思考》，《现代传播》2012 年第 1 期，第 84－86 页。

② 刘阳：《中国网络文学对外传播的“在地化”建构：历史、现状和思辨》，《现代传播》2019 年第 5 期，第 85－91 页。

③ 曾庆香：《 跨文化传播：内涵错层与价值冲突》，《河北大学学报（哲学社会科学版）》2022 年第 2 期，第 146－153 页。

文化背景迥异的西方玩家时，则适得其反。由于西方玩家对这些文化元素背后的共通文化系统一无所知，在消费过程中形成符号内涵的接受错位，从而大大增加“网游出海”的“文化折扣”。

除此之外，价值观念差异也是“文化折扣”产生的主要原因。在跨文化传播中，为了理解对方所传达的信息，受众必须调用自己文化的知识经验和价值观念。由于人类对世界的认知不可避免地存在着以自我经验为参照系的现象，价值观念的形成具有一定程度的自我中心主义倾向。即便网络游戏所构筑的虚拟世界可以使玩家暂时摆脱社会身份的桎梏，但刻板印象以及同质文化圈的理解限制依然存在。以《永劫无间》为例，部分西方玩家难以理解“劫”在中国文化语境的含义，这与其宗教文化长期熏染所形成的生死观念息息相关，并最终使得玩家体验游戏时的理解成本陡然提升。而西方文化中对于个人英雄主义的推崇，与中华文化崇尚集体主义的传统同样有着不可调和的矛盾冲突，促使海外玩家在接触以中华传统文化为背景的游戏作品时很难代入游戏剧情，无法与游戏人物共情，从而影响游戏在海外市场的运营与传播。

不可否认，“文化折扣”是跨文化传播过程中必然存在的障碍。随着“网游出海”进入深水区，游戏开发者必须自觉建立文化通约意识，深化对世界各国各地区文化的了解。发掘中华文化中既要保持民族性，也要以更为贴近输出国用户文化习惯的呈现方式来表达，从而真正打破文化壁垒，降低网络游戏海外传播的“文化折扣”。

（二）价值传递与市场盈利失衡

在经历了从“外包代工”到“买量换皮”，最终走向精品自研的艰难发展过程后，2021 年国产自研游戏海外市场营收超过 180. 13 亿美元，占全球游戏总收入的十分之一，大批精品游戏登上欧美、日韩、东南亚等多个地区的畅销榜。动辄数亿元的超高流水标志着“网游出海”的阶段性成功，网络游戏成为我国文化产业出口创汇的主力军。但作为价值与文化生产的场域，“网游出海”的市场盈利与价值传递间所存在的效果悖论与落差也日益凸显。

纵观出海排名前三十的网络游戏作品，包括 *State of Survival*、《火枪纪元》、《王国纪元》在内的策略游戏仍然占据了榜单的半壁江山。策略游戏为了拉近与目标国用户的文化距离，大多采用深度本地化策略，主推极具西方特色的世界观与美术风格，有意减弱了“中国制造”的身份标签，以迎合海外玩家的需求。而以《原神》《幻塔》为代表的二次元题材游戏，则依然沿袭日式幻想的主题风格，开发者虽有意以中国为原型设置游戏场景，并将中国山水、戏剧经典、传统服饰等中华文化的传统元素融入场景与人物设定中，但架空背景的虚拟世界观难以成为中国形象的有效代言，虚构零散的叙事更加无法实现中国故事的精准表达。即便得到了市场层面的认可，从其文化角度而言，出海头部游戏产品仍未彻底摆脱日本 ACG 文化的审美与价值体系，形成中国独有的文化竞争力。

而以《江南百景图》《佳期：团圆》为代表的传统文化游戏，虽然凭借优秀的品质、丰富的文化内涵获得北美、欧洲等多地 App Store 推荐，但是在出海过程中明显面临着“叫好不叫座”的窘境，始终无法收获市场层面的广泛认可。海外用户对于不同类型游戏的接受差异，影响了游戏企业的生产选择。对于游戏企业来说，“网游出海”是寻求更丰厚市场利益的主要路径。即便政府出台了相关政策，激励游戏企业积极履行文化传播责任，生产更具文化底蕴的游戏产品，但在利益驱动之下，为规避“文化折扣”带来的盈利风险，游戏企业依然会以“强玩法轻文化”的游戏作为主要研发对象，从而进一步造成“网游出海”的创收能力与文化传播效果间的落差。

网络游戏作为一种特殊的文化产品，兼具文化与商品的双重属性。要想实现文化价值与商品价值的双丰收，则必须着力解决两者之间的矛盾冲突，既要做到游戏生产的提质增效，保证游戏企业的基本利益诉求，也要将中华文化价值融入网络游戏编码之中，承担其作为文化载体的传播使命，以“产品”走出去带动“文化”走出去，开拓中华文化海外传播新范式。

（三）中国当代文化的传播失语

网络游戏作为一种极具当代特征的文化产品，与所处时代的生活方式、群体心理有着紧密联系。而在以往的“网游出海”实践中，中华文化的海外输出依旧以传统文化为主力。中国功夫、传统戏剧、古典名著、节庆民俗等具有典型中国特色的传统文化符号，在不同作品中被反复运用，甚至跃升为中华文化在海外的代名词。随着时代发展与国际环境的改变，这些看似极具代表性的传统文化符号，已经很难发挥文化传播效能，甚至极易固化为一种“东方刻板印象”，造成中国当代文化的“失语”。

诚然，传统文化是中华文化的重要组成部分，但如果仅仅将网络游戏作为传统文化的载体，单一、重复地照搬传统文化元素，则丧失了网络游戏对现实文化的建构作用。2022 年 5 月 27 日，习近平总书记在主持中共中央政治局第三十九次集体学习时指出：“对中华传统文化，要坚持古为今用、推陈出新，继承和弘扬其中的优秀成分。”网络游戏开发只有不断推动传统文化的创造性转化与创新性发展，使其与当代生活和价值观念相适应，与“后喻文化”审美与接受习惯相契合，才能推动建立传统文化与当代文化需求的对话。《少年三国志》系列 IP 的成功正在于对传统文化的创新性继承，游戏在保留传统文化核心价值的同时，以贴近用户年龄层的少年形象重绘三国人物，以符合后喻文化审美的叙事方式重述三国历史，以新的时代观、英雄观重构文本价值，为经典文本赋予具有时代特色的“青春感”，扭转了三国题材游戏空心化、同质化趋势，使传统文化焕发出新的生机与活力。

而在跨文化传播过程中，网络游戏要“讲好中国传统文化故事”，更要注重传递“当代中国”，甚至展现“未来中国”的风貌与价值。① 在以往的游戏生产创作中，疏于对中国社会发展、经济进步、科技创新的呈现与表达，海外玩家难以通过网络游戏媒介第一时间了解中国的新形象、新面貌。而由中国青少年新媒体协会指导的城建游戏《第九所》，则填补了网络游戏生产传播的这一空白，以我国从“两弹一星”到“载人航天”的重大科研项目建设为背景，讲述了前辈们爱国奉献、艰苦奋斗的感人故事，弘扬了追逐梦想、勇于探索、协同攻坚、合作共赢的航空航天精神，

---

① 曾培伦、邓又溪：《从“传播载体”到“创新主体”：论中国游戏“走出去”的范式创新》，《新闻大学》2022 年第 5 期，第 94 – 104 页。

实现了当代中国形象、中国精神、中国气派的海外传播。而网易代理的《我的世界（中国版）》则发挥了游戏参与式文化优势，由知名开发者团队设计建造的火神山、雷神山两大医院同名地图，以及“致敬白衣逆行者”的抗疫医护人员游戏皮肤，得到了全世界玩家的加油点赞，借助网络游戏的符号资源，迅速激发世界人民的共同情感，为人类命运共同体谱写新的篇章。

随着我国国际传播能力建设的加速，对于当代文化的表达与呈现，既是文化自信的根本体现，也是文化“走出去”的必然需要。在未来的“网游出海”过程中，游戏企业应该以现实生活为源头活水，致力于生产创作更多植根于中华大地的游戏产品，向海外年轻玩家讲好当代中国故事，向世界展示一个更加形象、生动的当代中国。

六、结语

2021 年，未成年人保护政策的持续出台，以及国内有关部门对游戏版号的严格控制，推动了国内游戏厂商又一次出海。而欧美国家不断加码的用户隐私保护政策，却在不断提升中国游戏出海的准入门槛。2022 年上半年，中国自主研发游戏海外实际销售收入为 89.89 亿美元，增幅为 6.16%，较上年同期下降 5.42 个百分点，标志着中国“网游出海”已开始进入下半场。当《原神》《万国觉醒》等爆款的流水逐渐衰退后，中国网络游戏新产品如何摆脱“青黄不接”的困境，继续保持游戏出海的传播优势，全面提升国际传播效能，将是中国游戏产业未来需要思考和解决的新问题。

第二节　中国手游在欧美国家的传播策略

网络游戏被称为“第九艺术”，在全球范围内拥有广泛受众和较大文化影响力。与其他形式相比，游戏拥有互动性这一天然优势，能够给用户带来较强的体验感和代入感。在中国，移动游戏（手游）作为推动我国文化娱乐行业发展的引擎之一，其发展状况和发展态势一直备受关注。21 世纪以来，随着移动互联网以及智能移动终端设备在我国的快速发展，我国游戏市场规模持续扩大，其中手游的发展速度远超端游和网页游戏。中国音数协游戏工委（GPC）与中国游戏产业研究院共同发布的《2021 年中国游戏产业报告》显示，2021 年中国手游市场的实际销售收入为 2255.38 亿元，同比增长 7.57%。从萌芽到步入正轨，中国逐渐成为全球规模最大的手游市场。①

但随着手游市场逐渐进入成熟期，中国游戏厂商也开始陷入转型困局。国内游戏用户趋向饱和，上升空间不断缩小，“内容精品化”和“品牌虹吸效应”的作用被放大，加之政策监管力度加大，国产游戏的版号发放收紧，国内游戏市场竞争进一步加剧。因此，在多方因素的影响下，游戏厂商开始将目光投向海外，加快探索、开发国际市场的步伐。谋求发展机会更大的海外市场成为国内游戏厂商转型的主流选择。

近年来，我国游戏产业出海规模持续增长，中国本土网络游戏在出海上获得了极大进步。伽马数据发布的《2021—2022 中国游戏企业研发竞争力报告》显示，中国游戏企业自研手游 2021 年在欧美手游市场的流水出现大幅度增长，其中欧美地区成为游戏出海的重点地区。出海产品类型更加多元，呈现多品类并进发展的趋势。同时，我国游戏厂商的全球化竞争力也有所增强，米哈游、FunPlus 和腾讯等公司一直占据出海厂商的头部位置，《原神》、*PUBG Mobile* 和《万国觉醒》等游戏持续领跑中国游戏出海业务。② 在拓宽海外市场并创造巨大商业效益的同时，中国的“游戏出海”也将中国文化和中国价值传递给世界，形塑着全球“Z 世代”对中国的整体形象。出海对于不少游戏厂商来说，正在从可选项变成必选项。出海团队如何在瞬息万变的海外市场中成功抓住机遇？现实对游戏厂商提出

① 中国音数协游戏工委（GPC）、中国游戏产业研究院：《2021 年中国游戏产业报告》，游戏产业网，发布日期：2021 年 12 月 16 日，https：//www. cgigc. com. cn。

② 《2021—2022 中国游戏企业研发竞争力报告》，伽马数据官方微信公众号“游戏产业报告”，发布日期：2022 年 3 月 21 日，https：//mp. weixin. qq. com。

了更高的要求。

国内已有学者开启对于中国“手游出海”的相关研究，但大多数研究分析是以个别游戏厂商为研究主体，或者是集中于日韩、东南亚等国家的传播策略研究，针对欧美国家的研究并不多。本节将紧密结合中国手游在欧美国家的传播策略来展开分析。

一、中国手游在欧美市场的 SWOT 分析

近年来，中国手游在欧美国家日趋风靡，多款头部产品在欧美排行榜上常居高位，但也面临着国际市场的竞争压力与威胁。因此，本节将通过 SWOT 分析法，以部分游戏厂商的头部产品为研究代表，对中国手游出口欧美的现状进行分析。

（一）优势

1. 资本实力雄厚，全球布局多线作战

在大众印象中，提到中国手游出口欧美，首先想到的是产品出海，因为建立自己独特的品牌标识往往是占据市场的第一步。但中国头部游戏厂商选择另辟蹊径，一开始并不以自主生产的游戏出海，而是采取投资海外、与海外相对成熟的游戏公司合作的方式，利用资本的海外并购来取得行业内的坚固地位。

以腾讯这一类头部大厂出海为例，其最鲜明的优势是资本化运作，以投资换合作是其游戏布局海外的核心战略之一。而腾讯雄厚的资本实力则是其深入投资、扩张海外布局的强劲动力。2010 年以来，腾讯进入发展快车道，资本成为企业发展的主要驱动力，债券融资、银行贷款和股权融资使企业的资金筹集方式进一步优化，加之游戏产品营收、跨行业投资以及对全产业链有效的把控使腾讯的资本迅速膨胀，充足的资金使其海外投资并购的规模化发展成为可能。①

① 张树森、金永成：《国际化浪潮下网络游戏“出海”现状与策略研究——以腾讯游戏为例》，《新媒体研究》2021 年第 16 期，第 101 - 106 页。

腾讯的出海历程最早可以追溯到2005年，至今已经投遍全球游戏的研发、运营、渠道及辅助各个环节。据不完全统计，自2005年至今，腾讯共发起56笔海外投资，其中对于芬兰的Supercell和美国的Riot Games（拳头游戏）的投资，让腾讯成功拿到《英雄联盟》、*PUBG*等游戏的代理权。这两家欧美头部手游研发商使得腾讯一跃成为中国游戏出海中“第一个吃到螃蟹的人”。在射击类手游研发能力上有着绝对优势的腾讯，与海外知名端游IP合作发行的*PUBG Mobile*自上线起持续占据欧美国家下载榜榜首，至今依旧是欧美市场最头部的射击手游。而与美国Riot Games发行的《英雄联盟》依靠原本端游的玩家基础，也牢牢占据着排行榜的头部位置。

为了更好地整合企业内部的多种资源，2021年12月，腾讯宣布正式推出国际业务品牌Level Infinite。这一品牌升级是腾讯进一步迈向全球化游戏市场的信号，意味着Level Infinite此后将正式承担起腾讯游戏对外输出的职责，为腾讯构建全球游戏生态系统提供坚实的基础。通过收购工作室来形成海外投资并购的规模化，加上建立集成游戏研发、发行的自主品牌，腾讯依靠强大的资本实力，使中国手游在全球游戏资本中占有重要地位。以腾讯为领头羊，中国游戏厂商正是依靠这样的资本输出迈出了中国“手游出海”的第一步。①

2. 深耕优势品类，形成品质差异化

据中国音数协游戏工委与中国游戏产业研究院发布的《2021年中国游戏产业报告》显示，在2021年中国自主研发手游海外地区收入分布中，策略类游戏收入占比为41.40%，角色扮演类游戏收入占比为13.46%，射击类游戏收入占比为12.96%。从近三年的市场收入占比来看，策略、角色扮演、射击三类游戏一直是中国“手游出海”的主力军。② 而中国游戏厂商显然也注意到了这一点，在出海之路上加强了对策略类手游的输出。

SLG产品作为策略类产品的头部主导者，一直都是中国游戏厂商出海

① 张树森、金永成：《国际化浪潮下网络游戏“出海”现状与策略研究——以腾讯游戏为例》，《新媒体研究》2021年第16期，第101－106页。

② 中国音数协游戏工委（GPC）、中国游戏产业研究院：《2021年中国游戏产业报告》，游戏产业网，发布日期：2021年12月16日，https：//www.cgigc.com.cn。

的热门品类。据移动应用和手游情报平台 SensorTower 发布的 2022 年 7 月中国手游在海外市场收入 TOP30 榜单显示，莉莉丝游戏研发的《万国觉醒》作为榜单前列少有的 SLG 产品，自上线到现在仍然牢牢占据“手游出海”的头部地位。在莉莉丝游戏之前，国内已经有不少优秀的 SLG 产品进入海外市场，如 FunPlus 的《阿瓦隆之王》《火枪纪元》、IGG 的《王国纪元》等。品类中产品的大量集聚造成了用户审美的不断提升。而《万国觉醒》之所以能够在海外市场拔得头筹，最重要的支撑来源于其与其他 SLG 产品泾渭分明的差异化特色。

工欲善其事，必先利其器。面对同类竞争加剧的情况，莉莉丝游戏采取的做法是通过技术升级来实现玩法的创新。《万国觉醒》中基础养成维度的长线调整和内线与大世界地图的无缝化等特色内容，都是莉莉丝游戏能冠以“品类进化”之名的巨大突破，与市面上《三国志》等头部 SLG 产品代表性的“地缘玩法”形成了鲜明的对比。其 RTS 自由行军系统在同类游戏里更是独一档，打破了传统 SLG 游戏中出兵后无法操控的设定，使得两军碰撞不再是一组组数据的对抗，而是真实地发生在目光所及的每一处。玩家也可以根据自己的多重策略，来制定自己的战术，战局也更符合真实的战场逻辑，进一步增强了玩家的体验感和代入感。

而在剧情设计上，莉莉丝游戏则选择突破 SLG 常见的三国题材，也没有选择沿用当时海外流行的西方魔幻、古战争题材，而是结合全球范围内的各大文明，在原先基础上加入中国、日本、古罗马、德意志等多文明阵营，实现了游戏中的中西文化大融合。玩家进入游戏后，可以在十一个势力中选择其一，每个势力都有其独特的单位，比如古代中国的特殊兵种是诸葛弩兵，德意志帝国的特殊兵种是条顿骑士，英格兰地区的则是长弓手。甚至在游戏细节上，莉莉丝游戏都进行了独特的体验优化。游戏里的建筑皆与玩家所选择的时代息息相关，比如中国进入青铜时代后，建筑上的文字都采用了小篆。在社交功能方面，玩家在世界聊天频道上看到的所有信息都可以自动翻译为母语，最大限度解决了全球同服的玩家沟通问题。由此一来，在游戏过程中，玩家能够直接感受到自身种族及国家的历史文化信息。莉莉丝游戏成功地调动了各国玩家的“文化自信”，在欧美地区实现了有针对性的本地化设计。

类似的做法使得中国手游在出海的道路上奇招频现。中国游戏厂商充分发挥了中国人骨子里的“工匠精神”，力图在手游中也做到锐意创新、精益求精，给欧美玩家献上了一份完美答卷，也让世界了解到中国手游出海的真挚诚意。这份匠心在现今竞争加剧、利益驱动的全球手游市场上是不可多得的。

（二）劣势

1. 运营机制相对完善，但产业链环节较为薄弱

中国最不缺的就是营销机制。通过以手游为主的游戏产品盈利模式的创新与探索，基于全球最为庞大又相对封闭的玩家市场，中国游戏产业实现了产值上的弯道超车，并在出海过程中延续了已经较为成熟的运营方法。但就像缺了一个角的五角星永远不能在天空上绽放出最亮的光芒一样，在产业链的其他环节上，如软硬件基础设施、游戏研发等技术方面，中国长久以来的弱势地位仍使得中国手游出海遇到了较大的阻碍。

以游戏引擎为例，引擎是支撑网络游戏运行效果的核心技术，不仅影响玩家对游戏的忠诚度，而且是企业立足海外市场的核心竞争力所在。全球当下两大主流商业游戏引擎是 Unity 和 Unreal Engine（UE）。腾讯、网易等大部分中国头部游戏厂商使用的正是这两家引擎。它们占据了国际市场绝大部分的市场份额，其内置功能全面，画质优于同类引擎，且对于硬件配置要求不高。对于大型出海游戏项目来说，Unity 和 UE 应是多数企业的最佳选择，但其总流水 5% 的授权费用对于出海游戏企业来说也是一笔不小的开支。而这笔开支回归到游戏本身时最终还是需要玩家买单。虽然国内目前已有厂商开始自主研发引擎，但是还不够成熟，与国际顶尖商用引擎相比仍存在较大差距。

同时，这两大主流商业游戏引擎目前都受控于美国企业。一旦美国政府像禁止中国芯片制造使用美国技术一样禁止中国企业使用美国技术进行游戏开发，对于仍然依赖相关引擎的中国游戏企业而言会是沉重打击。

2. 出海游戏缺乏文化深度，IP 储备不足

IP 是游戏产业发展过程中所积累的文化价值的直观体现，是游戏内容

的高度凝练。深入挖掘IP价值能够不断提升用户的付费意愿，延长游戏生命周期，提高用户的游戏体验和用户黏性，故IP成为游戏厂商的核心资产之一。但国内的游戏产品向欧美等海外市场扩张的过程中，很容易发现这些区域的玩家偏爱幻想题材的产品。因此，一款完全符合中国玩家偏好、具有中国特色的游戏显然不能迎合欧美市场玩家的偏好。

面对这样的情况，国内头部游戏厂商选择跟随海外IP的脚步，研发具有强烈海外IP文化色彩的产品。以网易游戏为例，其选择与欧美IP合作，先后推出《哈利波特：魔法觉醒》《暗黑破坏神：不朽》等，以IP为载体来顺应当地市场。这些海外IP原本即具有强大的粉丝基础。高度还原IP细节、延续IP价值，这一做法成功地将原生粉丝转化为游戏玩家，极大提高了游戏上线初期的热度。但随着热度衰退，游戏本身对粉丝的吸引力也在减弱，玩家的上线积极性大大下降。由此可见，背靠IP做产品并非游戏吸睛的长远之道，长此以往容易造成游戏厂商的依赖心理；仅仅依靠IP原生的粉丝基础来吸引玩家，最终受益的只会是IP本身而非游戏。而没有足够海外IP支撑的厂商，则选择走轻量化路线，例如腾讯的头部游戏则多为策略类和休闲类，一般趣味性较强，但缺乏具有深度的文化内涵。在文化逐渐成为各国对外输出的重要因素的时代，其很有可能因为失去文化传播价值而成为市场竞争的败者。

面对现今全球化IP的发展趋势，如何对中国数千年来传承下来的本土文化资源进行有效开发和创新，形成与中国当前文化贸易规模和西方流行文化产品相对等的全球化IP，将成为影响未来中国游戏出海与文化交流最为关键的因素。

（三）机遇

1. 人类命运共同体背景下国内的政策支持

从“一带一路”倡议的提出到“人类命运共同体”的建设，中国经济持续采取“走出去”的发展方向。而国家相关政策及法律法规的颁布能够为手游产业发展提供支持，进而为“手游出海”提供保障，营造健康、公平的发展环境，鼓励中国手游对外传播中国文化。

以上海为例，作为中国游戏行业的示范城市，其于2020年7月率先发布国内首个聚焦游戏企业出海的政府扶持项目“千帆计划”，提出了政策支持、版权服务、出海保障、战略研究、贸易渠道等五大服务目标，为上海游戏行业出海发展工作提供了系统化的战略布局。

2021年10月12日，商务部、中央宣传部等17部门也联合印发了《关于支持国家文化出口基地高质量发展若干措施的通知》（商服贸函〔2021〕519号）。在“健全共建机制”这一项措施中，通知指出，加快发展新型文化企业、文化业态、文化消费模式，壮大数字创意、网络视听、数字出版、数字娱乐、线上演播等产业，鼓励优秀传统文化产品、文化创意产品和影视剧、游戏等数字文化产品“走出去”。在全球政治经济局势紧张的当下，各国贸易保护主义猖獗，国家政策层面对文化娱乐的大力扶持，肯定了游戏在文化输出中的重要地位，无疑为“手游出海”提供了底气和动力。

2. “宅经济”激活手游意义，巩固用户群体

“宅经济”从字面意义上理解，即为“宅”在家中的经济。它的兴起与互联网移动端等新基础建设的发展息息相关。在新冠疫情暴发后，“宅经济”再度成为热议话题。在疫情蔓延时期，线下经济受到冲击，而“宅经济”的发展给互联网应用和在线娱乐产业发展带来了新的想象空间，其中游戏产业的发展尤为抢眼。在“全民宅家”的日子中，具备社交属性的游戏能够承担起人与人之间的交际职能。

伽马数据于2020年第一季度发布的《疫情防控期游戏产业调查报告》显示，在拥有游戏业务的上市企业中，净利润增长超过30%、50%、100%的企业数量占比均超过去年的水平，部分企业净利润同比增长甚至超过200%。以《王者荣耀》《阴阳师》为代表的国民级游戏，其热度在疫情发生以来持续升温，成为“宅经济”中最先受益的板块。以《王者荣耀》为例，该手游在2020年1月24日（除夕夜当天）的单日峰值流水高达20亿元，与去年同期相比攀升约50%。

《2019年中国游戏产业报告》指出，当代年轻玩家主要有三个特征：忠诚度高、社交意愿强、对商业化更宽容。这样的用户画像，使得游戏产

业在疫情期间获得了更大的成长机会。高忠诚度指的是超过一半的游戏玩家每天游戏上线超过一小时，他们在游戏过程中高度专注。疫情期间，受出行限制，玩家则会更愿意遵照以前的习惯，将更多的时间精力花费在游戏当中。社交意愿强指的是玩家在社交平台上重视个性表达、具备很高的互动意愿，如分享游戏新鲜事、发布经验和吐槽游戏等。在线下社交被暂停之时，通过游戏粉丝圈层，这一用户群体仍能够实现社交需求。而对商业化更宽容指的是经过十几年的市场教育，现在的玩家对虚拟产品付费、娱乐内容商业化变现等行为有着更高的包容度。这样的用户商业基础持续反哺着游戏产业的长远发展。以上三点在“宅经济”的趋势下，为疫情期间游戏产业的发展带来了热度基本盘。

疫情期间的游戏增长带来的用户影响还体现在扩大潜在用户群体这一方面。荷兰哲学家约翰·赫伊津哈在《游戏的人》中指出：“游戏把一种暂时而有限的完美，带入不完善的世界和混乱的生活当中。它承载着意义，也传递着意义。”在超长假期带来的室内家庭娱乐中，游戏的“意义”开始被社会大众重新审视，部分中老年消费者也开始跟年轻人一样进行线上游戏娱乐。在数字反哺逐步推进的当下，这一部分人群未来有望成为新一批网络文娱消费的主力。疫情期间用户养成的习惯，在疫情后将被大部分保留下来，从而形成第一批新生用户。而在欧美各国的社会文化环境下，中老年群体对游戏的接受度也会有所提高。因此，出海手游若进一步挖掘“潜在用户”，有利于在原先基础上扩大用户市场，老幼结合，实现游戏的全民化接受、全民化流行。

（四）威胁

1. *头部竞争激烈，寡头效应加剧*

随着近年来国内行业管控紧缩、竞争持续白热化，越来越多的游戏厂商开始探索出海的可能性。但出海的基础取决于各家企业的实力。在国内，游戏厂商呈现“2 + N”的竞争格局，以腾讯、网易为首的头部企业占据国内市场的较大份额，即便到海外后游戏市场份额变得较为分散，其雄厚的企业实力仍然能够为出海提供坚实基础。而具有后发优势的米哈游凭借《原神》等游戏的传统文化底蕴，也快速垄断了海外市场。这些头部企业的影响力从国内延续到国外，导致游戏出海呈现出强者愈强的“马太效应”。

面对这种头部企业竞争格局略显固化的情况，中小手游厂商只能被迫加入市场中下游位置的竞争，许多新生力量通过转移到东南亚、南美等新兴市场，来摆脱头部企业的垄断地位。但长久来看，这一转移则很有可能会造成欧美等热门市场的竞争格局进一步固化，头部大厂缺乏竞争推动而停滞不前，东南亚、南美等新兴市场由于中小企业的集聚竞争而产生新的寡头效应。①

2. 盲目追求经济效益，版权纠纷屡见不鲜

在“手游出海”之路中，IP 往往是中国游戏厂商扩展海外市场的重要布局因素。但在“掘金”的同时，不少游戏厂商往往因为忽略知识产权问题而频频“触礁”。其中最经典的案例是 2014 年莉莉丝游戏出品的手游《刀塔传奇》抄袭电脑游戏《魔兽世界》一案。

2014 年，莉莉丝游戏旗下的《刀塔传奇》在游戏设定和美术素材上大量“搬运”了端游《魔兽世界》的原作元素，但并未取得《魔兽世界》开发团队的授权许可。但过高的成绩和媒体的好评让莉莉丝游戏选择性地忽略了侵权的事实。而市场给当时的莉莉丝游戏上了一课，诉讼结束后，去除抄袭元素后的《刀塔传奇》名声逐渐下滑，再也没能在瞬息万变的游戏市场上掀起新的波澜。而这次教训也让莉莉丝游戏开始重视原创，在公司内部建立“原创性审查”机制来对产品进行把关。

目前国产游戏全球化发展的主要变量之一，就是侵权和合规风险有所上升。在出海过程中，许多游戏厂商追求好的产品，往往是对好的效益的追求，却忽视了产品研发源头或过程中的原创性。与产品走红后的巨额收益相比“不值一提”的侵权成本让他们愿意以身试险，从而被海外市场抓住把柄。而在全球贸易保护主义盛行的环境下，出于保护本国市场的心理，一旦产生侵权问题，欧美各国所采取的措施会更加严格。

① 刘哲：《对外传播视域下中国手游产业研究》，湖南大学硕士学位论文，2019 年。

二、中国游戏在欧美市场的策略分析

（一）游戏深度本地化，做到“入乡随俗”

中国手游出海发行就如同在海外经营一家中餐馆，如何克服水土不服，灵活且专业的本地化至关重要。本地化指的是将一个产品或服务进行改造或移植，使其更加适应某一具体语言或者国家中受众的需求。一个好的本地化运营能够贴近市场，让当地玩家体会到游戏厂商的尊重之心，从而扩大玩家群体，使国产手游在全球游戏市场乘风破浪，而在这其中最重要的是游戏的包装本地化。

长期以来，中国的传播模式是“高居庙堂式”的传播，在“手游出海”过程中，立足受众、避免单向灌输是国产手游成功占领海外市场的重要策略之一。以《万国觉醒》为例的 SLG 手游，则是从游戏类型方面精准把握了欧美玩家对策略类产品的极大热情，在源头上将游戏吸引力拉到最高。在活动策划上，据 Twitter 发布的《无界畅游：2022 年 Twitter 游戏出海全球洞察白皮书》显示，SLG 品类在美国地区的地域特色是“美国地区享受竞争和追求刺激的玩家较多”，因此游戏内的大型、多阶段解锁活动颇受欢迎。《万国觉醒》采用了各个阶段逐步释出新内容的机制，使得美国玩家在 SLG 游戏活动期间保持了高参与度。

在本地化之路中，提前了解当地的文化风俗，尤其是宗教信仰，是每一个游戏厂商不可回避的。这一举措的目的在于避开相应的禁忌，减少“文化折扣”。通过分析欧美各国排名前列的中国手游可以发现，国产游戏出海时，都选择了以目标市场的文化导向作为自身导向，以更好地融入当地的文化语境，从而吸引更多的本地玩家。由 FunPlus 发行的《阿瓦隆之王》在进军西欧市场时，选择了以欧洲群众耳熟能详的“亚瑟王传说”作为剧情背景，以各国复兴的历史作为游戏主线，在整体设定上实现了对当地文化的贴近。而智明星通在俄罗斯市场发行《列王的纷争》时则选择了在游戏中添加感恩节内容、减少“熊”的元素，使得游戏设定和美术画面更加符合俄罗斯人的审美观。

中国游戏出海的进阶之路，就是从“Copy to China”到“Copy from China”，最终实现“Born to be global”的过程。如今正处于“Born to be global”的关键发展阶段，即要生于全球、用于全球。关注目标市场的动态信息，随时根据当地市场变化和用户诉求对游戏作出优化调整，实现本土化的推进，能让国产手游最大限度地贴合不同地区游戏玩家的需求，从而促成长线收益的实现。

（二）打造高效平台投放，提升游戏推广效果

游戏厂商要想提升游戏推广度、占领玩家心理，捷径是品牌必须出现在玩家所关注的时间和空间内，而平台将会是最好的助力。未来出海赛道会越来越像国内赛道，除了产品本身实力过硬以外，平台投放将发挥越来越重要的作用。如何提升平台投放效果，日渐成为中国“手游出海”的关键环节。而提升平台投放效果集中在两个方面：精准对接玩家活跃平台和提高广告素材吸引度。①

NielsenIQ BASES 和 The Trade Desk 联合发布的《2022 北美手游市场品牌出海增长白皮书》数据显示，东西海岸居民和千禧一代玩家成为北美手游市场主力军，但在玩家习惯上，这两类玩家的关注点并不相同。东西海岸居民更习惯于通过目标定位广告来了解和接受一款新游戏，如通过 Google 等传统搜索引擎平台来了解游戏的内容，在应用商店里获取游戏的评价。而千禧一代玩家生于智能科技飞速发展的年代，大量的手游信息流广告充斥于他们所处的环境里，因而相比于单一的接收广告信息，千禧一代玩家偏向于选择以游戏为中心的社交媒体平台，TikTok、Instagram、Twitter 等社交媒体平台是他们更常“聚居”的领地。② 由此可以看出，社交媒体广告和社交媒体平台的应用在海外游戏推广中的重要性日益凸显，逐渐成为玩家获取游戏信息和作出游戏下载决策的核心驱动力。

---

① 翁福龙：《游戏产品出海营销策略研究——以 LT 公司为例》，厦门大学硕士学位论文，2019 年。

② 《2022 北美手游市场品牌出海增长白皮书》，微信公众号“199IT 互联网数据中心”，发布日期：2022 年 10 月 19 日，https://mp.weixin.qq.com。

在平台型媒体盛行的现今，TikTok 作为社交媒体的当红新星，已经成为中国“手游出海”的一个新切入点，为出海游戏带来了强大势能。目前，TikTok 已经覆盖全球超 150 个国家地区，以多元化内容深耕海外当地场景和用户喜好，聚集了当下最具活力的一批用户。调查显示，截至 2021 年，TikTok 全球月活跃用户数已经超过 10 亿大关。而 TikTok 之所以能够集聚如此庞大的用户圈层，在于其能够覆盖从“发现”“互动”“分享”到“创造”的全链条的娱乐消费场景，从用户圈层内部切入，完成一个娱乐载体的传播和盈利。同时，从 TikTok 的用户画像来看，其覆盖了全世代的玩家，人群分布更加均衡，用户普遍拥有强烈的交流欲望和购买能力。而中国游戏厂商则很好地抓住了这颗新星。以腾讯旗下国际业务品牌 Level Infinite 发行的开放宇宙手游《妄想山海》为例，其在预热期间首先选择了在 TikTok 上进行内容的自运营，发布了多条点击率超 10 万的爆款视频，并联系了部分达人账号，通过移动意见领袖的传播，实现了全球范围的铺广。

除了精准对接玩家活跃平台以外，在内容为王的时代，打造高质量的手游广告素材也是游戏厂商着手的重中之重。以益智解谜品类为例，智力的运用始终是这类游戏不变的内核，也是广告首先需要强调的重点。根据 AppGrowing Global 发布的《2022 年 Q1 海外市场移动广告投放趋势洞察》，2022 年第一季度海外市场益智解谜类游戏的广告文案关键词主要是“Brain”“Puzzle”“Shoot”等。这类词语放置在广告素材中，将益智解谜类游戏能够锻炼大脑、提升智力的特点展现在了用户面前，使用户看到广告后能够迅速明白游戏玩法，从而判断是不是自己喜欢的游戏类型。① 同时，休闲游戏的受众主要取向之一是释放压力，多数游戏广告则会通过故意激发用户压力，引导用户亲自上手。如乐逗游戏发行的休闲益智类游戏《梦幻花园》在 TikTok 投放的动画广告，则采取设置游戏主角身陷险境、急需救援的情景，营造紧张的氛围感，引导玩家下载游戏，打破困局。

① 《2022 年 Q1 海外市场移动广告投放趋势洞察》，微信公众号“AppGrowing 出海观察”，发布日期：2022 年 5 月 6 日，https：//mp. weixin. qq. com。

（三）根植现实文化符号，注入中华文化灵魂

中国“手游出海”一直是将手游作为一种文化产品输出的，因此离不开游戏作为“第九艺术”所承载的文化影响力。2021 年 12 月，由米哈游发行的二次元游戏《原神》斩获了 2021 年度 TGA“最佳移动游戏”大奖，这是中国首个原创 IP 获得此项荣誉。从产品本身来看，米哈游在游戏元素构建中对文化的重视，是《原神》成功走向海外的关键因素，这也使得其成为中国手游文化输出的典型范例。

作为一款开放世界的冒险类游戏，《原神》在设计之初便始终坚持以打造真实世界的理念来展开布局，为玩家呈现出了一个名为“提瓦特”的幻想世界。在提瓦特大陆上，玩家可以在七个不同的城邦冒险，邂逅性格各异、能力独特的伙伴，和他们并肩作战，寻回失散的亲人。而这七个各具特色的城邦，实际上都对应着现实世界的自然风貌，其中第二个开放的世界区域——港口城市“岩之城”璃月所对应的，正是奇幻世界观下的中式风格。璃月要以什么样的自然风貌作为中国风的代表，以及如何在游戏中体现璃月的中式风格，并将中式美传达给全球玩家，同时要保证所有人对这种要素的接受度，成为米哈游团队研发过程中的重点。最终，团队选择了以张家界、黄龙、桂林等地作为璃月的场景建模原型。

张家界作为中国首批国家 5A 级景区，其以砂岩峰林为主的地貌不仅与璃月在属性上十分相符，而且因流水侵蚀、重力崩塌、风化等地质营力形成的各种象形山石景观也能在观感上向全球玩家彰显东方之美。为了在璃月的场景中完美呈现张家界的奇峰秀水，米哈游收集了大量的影像资料并多次实地采风，最终决定利用二次元卡通渲染特有的清新明快的画风来进行奇幻感的营造，既实现了游戏内容与传统文化元素的交融，也传达了原神 IP 的美术特色。

以游戏中璃月西北部常年云雾缭绕、仙人出没的绝云间为例，其场景设计正是融合了张家界天子山景区颇具异世界奇幻感的特色。而张家界景区的三千奇峰、八千秀水也让绝云间的奇幻风格有了更好的表现载体，带来了更多的想象空间，让人不禁联想到中国传统山水画的神韵意境。而璃

月港的必经之路——天衡山入口的设计灵感则来自雄奇险峻的天门山，其间建构的路径取材自张家界的传统栈桥和吊桥，用以营造古朴奇幻的氛围，在塑造中式美的同时加深了玩家在冒险过程中的独特体验。

在璃月地区的角色设计上，NPC角色魈则融入了中国民间传说和宗教故事的色彩。作为“三眼五显仙人”，魈的角色设定取材自明清神魔小说中“三眼五显”华光天王的守护属性。同时根据这一角色战斗动作迅捷轻巧的特性，策划团队将佛教故事和中国市井传说中的“夜叉”意象运用到其技能设计中。最终呈现在玩家面前的魈，融合了鬼蜮山魈、道教灵官、护法夜叉、金翅鹏鸟等意象，承载着深厚的中华文化。

以“游戏出海”为基础，《原神》成为海外玩家了解中国的极佳窗口，在海外引爆了一场“文化出海”的热潮。来自现实的东方美景、来自历史传说的东方幻想元素和来自历史积淀的东方文化使得游戏本身成为彰显东方之美的最佳载体。这种植根于《原神》中的现实文化符号和中华文化灵魂，正是中国手游海外传播的最佳动力。传统文化所蕴含的宝贵财富，在文化出海的同时也反哺了游戏本身，既为海外玩家提供了新鲜感，也因独特的产品设计避开了同质化竞争。

三、结语

综上所述，随着欧美国家手游市场的开发，中国“手游出海”市场的发展前景十分广阔，相较于东南亚、日韩市场，欧美国家的手机普及率、居民消费能力较强，且手游市场未被深度开发，因此将为全球手游市场提供更大的活力与规模增量。在中国“手游出海”欧美之路上，提高自主研发能力，对中国数千年来传承下来的本土文化资源进行有效开发和创新，将会是未来中国游戏厂商的重要着力点。而在打造游戏的深度本地化、提升游戏的推广效果的基础上，中国手游也将带着中国传统文化符号的印记，在游戏出海的同时传播东方文化，成为向海外传播文化的最佳载体。

第三节 《原神》：网络游戏中的中国文化

作为近几年来既“叫座”又“叫好”的一款国产网络游戏，《原神》既在商业上获得了成功，也收获了官方和行业内各种权威奖项，是我国文化传播的现象级产品，在2021年获得了国家IP金奖。《原神》在海外的成功体现在许多方面。在出海收入方面，作为一款在主机、电脑（PC端）、手机（移动端）上均可运行的“全平台”网络游戏，仅凭借其移动端就进入了游戏出海收入榜单的前三位。除了游戏流水，更重要的是《原神》成了海外玩家重要的网络社群内容，在社交媒体如Twitter、Reddit上，随着游戏对人物或版本的更新动作，亦常有“霸榜”的时候。不同于其他国产网络游戏，海外玩家对《原神》的消费力度更大，形成了围绕一款文化产品而产生的大规模网络社群。这在我国“文化出海”中尚属首次，为探究网络游戏中的文化传播提供了鲜活的案例。

一、后发先至：《原神》的媒介优势

《原神》曾拿下2021年度TGA的“最佳移动游戏”“最佳持续运营游戏”两个奖项。TGA作为“游戏界的奥斯卡”，展现了行业对《原神》这款现象级游戏的理解：《原神》的成功凭借的是移动端的优势和持续运营的内容输出能力。

《原神》获得成功的基本条件是它的工业基础：它是一款优质的主机、电脑、移动端全平台游戏。一方面，它最早期的开发成本巨大——由500人团队耗时三年开发，开发成本为1亿美元。1亿美元是游戏工业中开发“3A大作”的成本惯例，在国产游戏中则是先例。这使得玩家可以在全平台，尤其是移动端划时代地获得了近似玩“3A大作”时的游戏体验。《原神》问世当年即获得了IGN平台9分的评价和Fami通“白金殿堂”的评级。这些行业内的肯定在国产游戏中尚属首次。2022年8月，《原神》问

世3年后，其开发费用已高达5亿美元，为历史之最。另一方面，它借由手机的媒介优势渗透进了玩家的碎片时间。此前的高质游戏需要在游戏主机和电脑上游玩，而我国并没有游戏主机的消费传统，也错过了电脑端游戏发展的窗口期。随着手机性能的普遍提升，国内游戏企业的开发重心基本在手机游戏上。当传统游戏强国停留在主机、电脑端研发的媒介惯性当中时，我国在手机游戏产业中抢到了优势身位。2022年全年，移动端游戏在世界游戏的份额中占53%。到了2023年4月，全球最赚钱的移动端游戏有四成来自中国。[①] 产业链条的完善为国产移动端游戏精品的开发打下了至关重要的物质基础，其中《原神》所属的公司米哈游在游戏开发能力方面长期处于第一梯队，其在《原神》前开发的作品《崩坏3》就曾树立了手游的新标杆。

作为一款全平台游戏，《原神》在电脑端上的表现已经足够亮眼。在2023年专业游戏数据公司Newzoo的报告中，《原神》在全世界电脑端/主机游戏的排名已经进入前20，超过了*Dota 2*和《魔兽世界》两款经典游戏。而如果只把《原神》看作一款移动端游戏，它各方面的领先程度让很多同赛道竞争者难以望其项背，为行业高标准设立了新的门槛。本节将分析的核心放在《原神》在移动端的表现方面。

但是一款工业产品的成功中包含着普遍性与特殊性的辩证关系，工业的普遍和产品的特殊只能在对产品个体的充分讨论中被完成。如果仅仅以打通全平台，尤其将手机作为主要物理媒介来解释《原神》的成功，远远不足以将其特殊性描述清楚。要对《原神》进行充分讨论，需要将它媒介上重要的普遍要素逐层拆解开来，结合其选择来思考。

如果把视角转换到将电子游戏作为媒介本体，就需要分析它使用的视听风格和游戏类型。《原神》在这两个方面的选择使它获得了成功，这是其很重要的两个媒介优势。除此两点外，《原神》作为持续运营的网络游戏，其运营方式也需要纳入我们的分析视野。因为这种运营方式使得《原神》可以长期创造“事件”，这也是其重要的媒介优势。

---

① Newzoo：《2021全球移动市场报告》，微信公众号“GameRes游资网”，发布日期：2021年10月11日，https：//mp. weixin. qq. com。

首先，《原神》在视听层面是一款典型的“二次元”游戏，其核心用户是“御宅族”。这也是米哈游从成立的时候就明确的企业定位。这个文化群落有其变化。东浩纪曾在《动物化的后现代》中将“御宅族”的状态断代为“现代的超越性”与“后现代的超越性”。这种断代来自日本“御宅族”的心态从“痛”到“萌”的变化。[①] 这个变化在米哈游的创始者和游戏玩家身上也可以看到。2011 年，上海交通大学的硕士研究生刘伟作为主创之一参加创业大赛。他把自己的游戏制作团队和目标玩家都定位为“宅男”，并将“宅男”描述为“一群很好、很善良、很有爱但是很可怜的人，他们内心有着强烈跟异性交流的需求，却因为巨大的心理压力不敢行动”[②]。相对于刘伟此前的剖白，如今的“二次元”与“宅文化”已经不需要再以这样的姿态为自己正名，而是有了相对自洽、自足的文化环境。这样的变化在全世界都有痕迹，只是阶段不同，或快或慢。总体上来看，“二次元”已经有了越来越泛化的趋势，时常会被其他文化作为要素使用。本节所言及的“二次元”始终只针对其核心人群的行为。

当“二次元”的视听风格作为一种语码被广泛接受后，便有了自身的媒介性。东浩纪曾将这种消费方式描述为人们对宏大叙事解体后故事消费得以成立的新方式，“无数萌要素构成一个庞大的数据库，萌要素的组合构成角色，进而生成故事，人们不再消费故事背后的宏大叙事，转而消费这一数据库”[③]。作为一款“二次元”游戏，熟谙“萌元素”法则的米哈游为消费者供应了高质量的欲望客体。随着电子游戏的技术进步，对画面尽可能地求真是视觉表达里一个重要的发展方向，但如果要贴合现实世界的“真”，对于游戏中的人物来说，画面将呈现为人物边缘线的隐匿和人物同环境间的高融合度。这种视觉特点是欧美“3A 大作”的主流方式。因此，虽然在品类上欧美传统游戏跟“二次元”游戏同属“ACG（动画、漫画、游戏）”，但其视听语言的呈现却往往差别很大。而《原神》的

① 姜宇辉：《宅兹游戏——御宅、电子游戏与人类世的“栖居”政治》，《文化艺术研究》2023 年第 2 期，第 1 – 11 页。

② 来源：B 站，https：//www. bilibili. com/video。

③ 王玉玊：《萌要素与数据库写作——网络文艺的“二次元”化》，陶东风、周宪主编：《文化研究》第 40 辑，北京：社会科学文献出版社，2020 年，第 70 – 86 页。

"二次元"画风继承自日本动漫的"赛璐璐"风格，它色彩鲜明、边缘明显，且不会在环境中被环境光源所影响，可以最大限度地保证玩家的视觉聚焦于人物设计上，因此成为贩卖角色最好的视觉选择。[①] 由于在"二次元"的视听规则中视觉是主导因素，在人物完成图像和背景设定后，再让配音演员根据所提供的台词进行配音。"二次元"群体会要求配音尽可能地贴合人物，即所谓"贴脸"，因此本节将这些声音元素归之于视觉讨论。

"二次元"群体中对"数据库"的共享既来自社群之间的交流，也促使他们不断产生新的交流。正如千野拓政所言："亚文化的粉丝们（有时候更）忠实的就是同好之间的交往，他们热衷于通过网络或社团活动讨论作品里的角色、世界观等问题……"[②] 米哈游为此做了大量网络社群激励措施，并开放了《原神》人物3D模型的使用权，使得《原神》相关的二次创作、游戏攻略等社群衍生活动都获得了很好的创作条件。这也使得《原神》在国内最大的"二次元"平台——哔哩哔哩（简称"B站"）上很快形成了头号游戏社群。

其次，从游戏类型来看，《原神》是一款弱联机的开放世界冒险游戏。开放世界代表了高度自由的游玩方式，玩家可以在"提瓦特大陆"上做自己想做的事情。游戏设计者为这个空间提供基础的物理引擎和符合人们基本认知的一些交互反应，比如用火可以点燃地上的草，用风可以扩散火以大面积烧伤敌人；或以各种方式杀死动物后可拾取肉类用以烹饪。人物的高矮胖瘦决定了在水里是游泳还是走路，面对一个狭窄的洞口是顺畅通过还是就此卡住。在这个基础上，《原神》里的游戏类型可以不断叠加，除了主线任务和支线任务，还有常驻卡牌类游戏"七圣召唤"、限时活动"躲猫猫"等。

除了基础玩法，游戏类型中还包含了对游戏内空间等具身性因素的相关设置。弱联机保证了玩家可以最大限度地享有自己的游戏空间，只有在玩家同意的时候，别的玩家才能够到自己的世界来，一个世界最多容纳三

---

① 来源：B站，https：//www. bilibili. com/video。

② 邓剑编译：《探寻游戏王国里的宝藏：日本游戏批评文选》，上海：上海书店出版社，2020年，第2页。

名其他玩家。其他时候《原神》就是一个高质量的单机游戏。相比于传统的大型多人在线（Massive Multiplayer Online）游戏所提供的同服务器玩家共享的空间，弱联机的方式成为玩家可以最大限度体验《原神》故事内容的空间基础，使得玩家可以获得买断制精品游戏的游玩体验。它的弱联机将别的玩家们安放在了社群的公共空间当中，让“二次元”们可以“宅”在游戏里，取消了一切被动社交，尽可能地迎合他们的娱乐习惯。《原神》的视听元素、游戏类型、社群行为由此达到了一个均衡点。

但游戏也有自身相较于其他视听媒介而言更加本体性的要素——玩家具身性的操作。如果没有玩家的操作，游戏中的空间也只是另一个意义上的电影空间。祁林把游戏同影视间的媒介差别解释为游戏有了需要交互的“界面性”：“玩游戏，一方面视听效应也会产生沉浸感，另一方面用户的‘眼睛’和‘手’又必须相互配合，按照相应的技术逻辑而做出各种动作。观看影视是眼睛和大脑解读画面表征的内容，而通过界面玩游戏则是亲自‘动手’处理各种数据的呈现。前者是纯粹的视觉观看，而后者则是亲身的视觉和动作的实践。”① 因此，大部分电子游戏为了将玩家的操作体验最大化，会将很多资源用在开发战斗系统上。而《原神》的另一个类型标签“动作角色扮演游戏”（Action Role Playing Game）正是最注重此道的一个品类。刘伟曾言及“二次元玩家”和“主流玩家”的核心差异：相较于“主流玩家”的“为仇恨付费”，“二次元玩家”是“为爱买单”的。② 而所谓“为仇恨付费”正是指向游戏最本质的战斗系统。如果开发者掌握了足够好的“打击感”技术，就能成为行业顶级游戏公司，比如被称为“动作天尊”的日本卡普空。《原神》把移动端作为自己的核心载体，移动端相较于其他端硬件而言条件有限，因此游戏需要在动作方面“就低不就高”。对此，《原神》创造性地开发了元素战斗系统，共有火、水、雷、冰、草、风、岩七种属性，每个属性配合角色的不同技能，可以打出非常复杂的操作，把战斗上限大大拉高。

---

① 祁林：《界面革命》，《中国研究》2015 年第 2 期，第 193 页。

② 《米哈游“大伟哥”十年前就道破了二次元游戏的秘密》，微信公众号“游戏寿司”，发布日期：2023 年 10 月 7 日，https：//mp. weixin. qq. com。

最后，《原神》的持续运营有两个层面的意义：商业层面的持续经营和游戏本体上的内容持续补全。在商业经营方面，《原神》不同于“一手交钱，一手交货”的买断制游戏，所有人都能够免费下载和体验。但是要想拥有更多人物和武器，仍然需要玩家“氪”（充值）或者“肝”（花更多时间去获得游戏内的既定资源）。如今手游主要的充值抽卡系统几乎都是抽数越多概率越高，抽到一定抽数也会有“保底”的止损机制，有很高的运气成分，运气好的玩家可以用极少资源获得自己想要的人物或武器。游戏人物是《原神》绝对的卖点，武器大多数情况下是人物的配件，玩家购买游戏内的“月卡”也是为了获取和提升人物、武器的资源。而人物需要存在于剧情中，游戏的剧情也需要跟着运营进度写下去，于是随着版本的迭代，《原神》的游戏内容也在不断膨胀，平均 42 天就会有一个新版本问世。新的游戏版本代表着新人物、新地图、新的世界交互和战斗体验。版本正式发布前期，米哈游会发布新角色的个人剧情、技能演示 PV（即 Promotion Video），并进行前瞻直播为新版本的正式上线预热。

此类持续经营的大型网游往往剧情量巨大，如《魔兽世界》有自己的多部官方编年史。“找人”是《原神》的核心剧情，玩家扮演的人物是一位需要寻找自己亲人（亲人为哥哥或者妹妹，取决于在游戏开始时玩家作出的选择）的旅行者，他们此前在不同的世界旅行，当旅行到提瓦特大陆的时候，亲人被一个神强行带走了。提瓦特大陆有七位主要的神明，他们用不同方式掌管着七个国家，玩家需要去找他们打听自己亲人的下落。与此同时，提瓦特大陆也有自己的“元问题”。在每个国家的世俗生活之上，还有一群掌管着大陆一切规则的神，住在天空岛，他们是“天理的维系者”。今日提瓦特大陆的政治格局由 500 年前的魔神战争定下，七神与“天理”一同覆灭了当时有着最高文明的古国坎瑞亚后，又爆发了七国执政集团之间的战争。截至 2023 年 5 月，《原神》的七个国家已经问世了四个，分别是蒙德、璃月、稻妻、须弥，前三个国家以中世纪欧洲、中国、日本为原型，须弥的原型则混合了波斯、埃及、印度、阿拉伯地区的文化。

虽然这样连续经营的方式对于游戏来说是本体补全的过程，但是对于全球玩家来说是一个个“事件”，是对于连续性日常生活的“爆破”。正如消费者对于“哈利·波特”系列丛书的追捧，该系列最后一部出版时引发了全球性排队大潮；又如粉丝对于漫威电影的关注，《复仇者联盟3》中反派灭霸随机消灭了地球上一半生物的剧情引爆了全球各语种网络平台的讨论。而这些深度的追踪式消费在流行时间较短的全球流行文艺作品上很少得见，比如《鱿鱼游戏》。在我国当代的流行文艺作品中，这样“环球同此凉热”的传播度在《原神》以前很罕见。

综上而言，在工业基础领跑移动端游戏赛道的前提下，《原神》的目标用户从来都十分清晰，视听风格上的“好看”和游戏本体的“好玩”最大限度帮助其完成了目标。如果将《原神》放置在时间维度上，在商业成功的同时，其中的未完结性也使得它有了不断创造全球性“事件”的可能。这三者使得它将自身的媒介优势做到了最大化。

二、电照风行：《原神》的海外传播

前文所言及的是《原神》作为产品个体的资质，但世界上的每个地区对于《原神》的接受方式不尽相同。为了清晰和高效地描述海外玩家的接受效果，本节将以前文所述《原神》所展现的媒介优势作为观察框架，分为对《原神》“二次元”视听风格的接受、《原神》玩家的网络社群行为、对《原神》运营方式的接受三点，并将海外的玩家群体划分为日韩玩家群体、欧美玩家群体、东南亚玩家群体。

首先，在《原神》“二次元”属性的传播方面，日韩两地的玩家接受的方式大致相同。日本作为“二次元”文化的发源地，无论在官方还是在民间ACG相关元素都是原生文化，而非传统意义上的“亚文化”。在2016年里约奥运会上的“东京八分钟”环节上出现了许多ACG元素，时任日本首相安倍晋三扮演“超级马里奥”从哆啦A梦打通的水管里穿越地球，出现在了里约奥运会现场。在这场“cosplay”后，安倍内阁的民调达到62%，上升了4%。在《原神》之前，米哈游《崩坏》系列的手游在日本获得了诸多好评。在《原神》发售后，米哈游也毫无障碍地接受了它的影音表现形式。仅就投放的线下广告而言，和在其他国家的地标上“快闪”式宣传不同，米哈游不仅将广告投放到了日本许多重要商圈、重要交通干线上，而且长期在东京秋叶原这个日本“二次元”圣地投放了大量广告。《原神》的广告甚至被日本网友戏称为“东京土特产”。这些线下广告的内容几乎都是人物的超大幅“立绘”。这些立绘在视觉上传达了《原神》“二次元”人物的特点。这些特点本就来自于“萌元素”的“数据库”，对于在此种文化中浸润的日本人来说，没有任何“文化折扣”。《原神》在日本人的日常生活中已经形成了一种景观。同日本一样，韩国是 ACG 产品的消费大国，也曾经在世界电脑端游戏的生产上占有重要地位，出品了大量全球流行的电脑端游戏，对“二次元”的接受也相对顺理成章。不过相比于在“二次元”发源地日本的“造景”，米哈游在韩国更偏向节日和会展方式的营销，如 2022 的首尔夏日庆典吸引了几万人大排长龙。

欧美玩家对“二次元”这种非原生文化并没有表现出如同日韩玩家那样的狂热。“二次元”对他们来说是一种典型的亚文化，在不同世代间分化明显。在欧美的许多书店中都会有“Manga”（日语“漫画”的音译）这一分类，但所占书架的比例往往都不高，远少于科幻、超级英雄等传统图书类型。架上“二次元”漫画基本来源于日本，且都是在世界上颇有盛名，已经经过动画化传播的作品，如《火影忍者》《进击的巨人》《鬼灭之刃》等。不过，虽然欧美的“二次元”人群比例没有东亚高，但是在这个亚文化群体当中，《原神》的影响力非常高。米哈游虽然也有在欧美各大城市的地标和公交系统投放立绘广告，但其密度无法和日本的“浸润式”广告相比。取而代之的是展览形式，如在巴黎举行的艺术展，将游戏内的设计理念和文化来源进行了详解；或者依托一系列“快闪”活动，如在阿尔卑斯山的马特洪峰（游戏中以此峰为原型设计了“龙脊雪山”地图）设置巨幅立绘，并放置了游戏中可以帮助玩家在地图上随时移动的“锚点”等。此类活动因为足够独特，往往可以在欧美的《原神》玩家群体里形成渗透式的传播效应。

同欧美一样，东南亚的“二次元”群体占比不大，也没有太多原生的世界流行文艺，如欧美的“超级英雄”传统和科幻传统等。因此，东南亚市场也很容易受到各种强势流行文艺的影响。这里的玩家往往不是因为习惯“二次元”而接受《原神》，他们对待各种移动端游戏的态度回归了游戏的游戏性。当他们接受《原神》后，《原神》的故事和人物让很多游戏玩家获得了某种“二次元”的“ACG 启蒙”，《原神》和韩国偶像产业一样成为东南亚目前的强势流行文化产品，因而也对他们的生活产生了可见的影响。米哈游在东南亚主流电视台上举办了马来西亚、新加坡、泰国、印度尼西亚四国的游戏知识竞赛。[①] 在菲律宾，《原神》相关信息成为两大国家电视台 GMA 和 ABS 的流量新来源，菲律宾大学还就《原神》的内容举办了严肃的学术研讨会，相关主题涉及生态、政治、地理等。[②]

其次，在玩家的网络社群方面，每个地方的《原神》玩家社群表现出了高度的一致性。其主要原因在于“二次元”游戏本身就自带互联网基因，这种基因一定程度冲淡了现实世界的地域性，且不同地区每个接受了《原神》“二次元”风格的玩家也如前文所言，乐于在社群中与同好进行分享，尽管每个地区玩家表现出了一些不同的侧重点。而由于没有强势的社群交流平台且语言混杂，东南亚的许多《原神》玩家也大多在诸如 Twitter、YouTube、Reddit 等网络平台上参与社群交流，并使用英语，因而此处将其与欧美玩家的社群行为合并讨论，并集中在这三个特定平台上。

中国的手游或米哈游对于日韩玩家来说并不陌生，在这两个国家的市场占有率一直很高，米哈游的《崩坏 3》在日韩手游市场也早已经被认可。当《原神》以一种“划时代”手游的质量出现在日韩玩家面前时，很快被玩家接受。相比于许多中国玩家初期因为质疑其抄袭日本任天堂的游戏《塞尔达传说：旷野之息》，而对《原神》进行线上到线下的强烈抵制，日韩玩家在一开始就更加聚焦于其游戏质量上。不少日韩玩家在各种平台为《原神》评分时都提到了“开放世界冒险”这个游戏类目，并以此作为自己好评的依据。自从《原神》问世以来，其在两国应用商城上的相关类目中的排名一直居高不下。它在日本几乎维持在 TOP5，且时有登顶，在韩国始终维持在 TOP10 以内，亦有登顶之时。在角川 ASCII 综合研究所发布的

① 来源：B 站，https：//www. bilibili. com/video。
② 来源：B 站，https：//www. bilibili. com/video。

《Fami通移动游戏白皮书2022》中，《原神》在统计期间的相关Twitter数量约为3159万条，平均下来每天会有超过10万条《原神》相关推文，超过了第二名日本本土游戏《赛马娘》近1900万条，更远远将其他日本游戏甩在身后。[①] 作为《原神》海外第一大市场，在《原神》将要发行一周年时，Twitter日本版使用者在没有任何官方动态的时候，自发将入坑《原神》的契机的话题顶上了热搜第六，其中大部分玩家表示是因为被《原神》某个人物所吸引。与在日本的接受相比，《原神》虽然也曾在韩国热搜登顶，但遭遇了更多有民族主义倾向的质疑。

同日韩玩家一样，其他地区的玩家在网络社群中的表现也十分活跃。YouTube、Twitter、Reddit分别承担了不同的社交需求。《原神》的官方账号在YouTube和Twitter上都是颇有影响力的“大V”，YouTube的《原神》玩家绝大多数情况下用英语交流，其他语言在大多数情况下也会被网站自带的翻译系统翻译成英语。《原神》在YouTube上被观看最多的十条视频几乎全部来自其官方账号，内容为某版本的主要剧情或某个人物的专属PV。在人物PV中，被观看次数最多的是璃月的神——钟离。截至2023年5月26日，这个PV已经被观看了3087万次，并且在评论区不断有新的观众留言表示自己对于这个视频的喜爱。YouTube在《原神》整个国外网络社群当中类似于B站在中国本土市场上的定位，除了负责官方视频的推送，也有一系列衍生视频，比如游戏攻略、同人二创、直播剪辑或反应类视频[②]等。此外，YouTube为适应移动端需求，引入了竖屏小视频模式，有许多《原神》的竖屏视频也颇受好评，其中一个同人相关视频被赞76万次，甚至评论都有4万赞。Twitter的玩家生态则跟微博类似。正是因为Twitter的这种更贴合日常生活展示的状态，玩家也会更多地使用自己的母语。因此，《原神》官方除了有一个主要的账号以外，还有其他主要语种的账号，比如法语账号等，同任天堂等公司的做法一致。Reddit则是这几个平台中垂直性最强的平台，生态近似于国内豆瓣的“小组”。《原神》官

---

① 《日本手游白皮书：〈赛马娘〉营收冠军，〈原神〉推特话题王》，网易，发布日期：2022年2月8日，https：//www.163.com。

② 视频网站上一般称“reaction”或同步视听，内容是某人观看某主题视频的实时反应。

方小组成立于 2019 年 6 月 7 日，其热度一直维持在全站热度排名的前 1%，长期超过其他热门游戏小组，热度经常位列第一。

纵观以上三个社群，玩家讨论的内容集中于《原神》的视觉属性，即它的“好看”，对游戏游玩攻略的关注要远小于对游戏人物的关注。截至 2023 年 5 月 27 日，在世界最大的游戏直播平台 Twitch 上，《英雄联盟》作为多人在线战术竞技游戏，有近 3600 万名关注者。而 *Apex Legends* 作为一款动作射击游戏，有 1800 余万名关注者。这远远超过了《原神》的 586.2 万。而以上两款游戏在 Reddit 和 Twitter 上的热度与《原神》甚至不在一个数量级。这也充分说明虽然每一款能够长期成功的游戏都必须要兼顾“好看”与“好玩”，但不同游戏也明显有不同的侧重点。《原神》虽然给玩家带来的即时性快乐更少，但它的类型可以承载更多内容，天然拥有更大的话题量和衍义空间。

最后，在《原神》持续运营方面，三地玩家有着明显不同的接受路径。在日韩玩家，尤其是日本玩家那里，“二次元”手游需要“氪金”几乎是理所应当的。《原神》在成为日本 Twitter“话题王”的同时，在日本手游吸金榜单上的排名为第七，虽然日本玩家已经是《原神》除中国外的第二大“氪金”群体。① 手游“氪金”抽卡的系统模式就起源于日本，日本玩家早就已经习惯于在各种手游上付费。甚至相较于日本的国民手游 *Fate/Grand Order Arcade*，《原神》的保底机制为获取限定角色设置了上限，备受日本玩家的好评。在手机游戏的“氪金”上，韩国玩家跟日本玩家的消费理念相近，他们是《原神》第三大消费群体。

同在日韩的长驱直入不同，《原神》这种“氪金”的手游在欧美最先导致的情绪是反感。欧美市场有着最成熟的游戏玩家群体。以德国为例，每十个德国人中就有七个游戏爱好者，在如今移动端游戏影响如此巨大的情况下，主机和电脑这些传统渠道对他们来说也很重要，他们甚至每周在主机和电脑端游戏上平均花费的时间要超过移动端近一小时。对“氪金”游戏的反感情绪来自他们对游戏付费机制理解不同，此前国产抽卡手游在

---

① 《日本手游白皮书：〈赛马娘〉营收冠军，〈原神〉推特话题王》，网易，发布日期：2022 年 2 月 8 日，https://www.163.com。

欧美的评价极低也源于此。他们更加看重玩家作为操作者的能力，而非用充钱且“赌博”的方式去“pay to win”（付费去赢）。他们把免费游玩却内置付费的游戏统称为“gacha game”，并批判这样的系统容易让人轻易成瘾，是不道德的。不同于韩国网友对《原神》“文化入侵”的担心，欧美玩家对其警惕的重点一开始就放在了机制上。但《原神》最终成功进入了欧美的主流市场，为 gacha game 正了一次名。其一是《原神》中的抽卡资源并不一定需要购买，他们可以通过“grind”（本意为“研磨”，即中文语境中的“肝”）来获取资源。这些资源一般来说足够他们获取自己想要的角色。在各种社交媒体上不乏此类攒了许多资源去获取自己喜欢角色的视频，其中许多视频点击率很高，讨论也很热烈。还有许多视频教新玩家如何获取全部游戏内资源，不用去“氪金”。其二是即使没有限定的五星角色，操作过关的玩家同样可以用自己的四星角色通过游戏中的所有战斗。但在接受了《原神》后，欧美玩家也不再排斥在其中花钱。2022 年中期，美国玩家人数已经高居《原神》付费玩家排行榜的第三位。

东南亚玩家在游戏上的付费意愿则迥异于其他地区。虽然《原神》在东南亚玩家群体内影响力不小，但是东南亚玩家日常生活中的绝对宠儿是可以在游戏内社交的那些游戏。因此，他们对《原神》的商业经营模式并没有太大反应，也很少讨论。在东南亚各国中，2022 年印度尼西亚游戏玩家人数达到 1.85 亿，为东南亚之最。此处以其为例。2022 年 *Mobile Legends*《王者荣耀（海外版）》在印度尼西亚的渗透率甚至超过了《王者荣耀》在中国的渗透率。但即便如此，《原神》在东南亚的营收仍然有着不俗的表现。Sensor Tower 数据显示，《原神》在东南亚的年收入在 2021 年就已经超过了 1 亿美元。

三、探骊得珠：《原神》的重要启示

《原神》的空前成功为我们带来了三个层面的重要启示。一是从认识的层面打破主客二元理解范式的重要性；二是从产业的层面告诉我们消费者到底会为什么样的产品买单；三是从政治性的角度看游戏的文化传播。

首先，从认识的层面来看，我们可以清楚地看到米哈游的轨迹是从“二次元”中来，到“二次元”中去。在刘伟习惯性的表达中，他和玩家们都是“宅男”。这里说话的刘伟是一个“中介”，身份迥异于“建构者”。姜宇辉曾经在文章中引用了东浩纪将“御宅族”断代为“现代的超越性”和“后现代的超越性”的观点。即：“如今的‘御宅族’同前辈们的区别表现在不要‘大叙事’，只要‘小故事’；不要‘深层’，只要‘表层’；不要‘意义’，只要‘设定’”，并表示如今的“现充宅”们所能够形成的主体“不再是传统意义上的自省、自律、自主的主体，而是在自我的空洞和他者的废墟之中经由共情所营造出来的力量的交织与共振”①。这些话语在某种程度上的确描述了如今的一些现象，但“御宅族”其实始终没有从“建构者”的身份当中跳出来。

同时，从全球玩家对米哈游“二次元”产品的消费来看，他们从来没有放弃过对“大叙事”的追求。在 YouTube 相关《原神》视频中，被观看次数最多的并不是某个高人气角色的视频，而是主线故事内容《我们终将重逢》，主角在这个故事中看到了自己已经“黑化”的亲人，亲人没有同主角再叙，而是马上离去，并把重逢的时间点定在主角所有旅程的终点。玩家对于“深层”和“意义”的需求也没有消失，在各个相关视频下都可以看到有网友在评论区中介绍其中故事的背景，并且往往会获得高赞引起讨论。这些科普虽然往往凝练简短，但是足以显示玩家对知识始终存在需求，即他们需要自己喜欢的角色在更丰富、更有源流的文化语境当中存在。

因此，与其说现在的“二次元”玩家是“不要……只要……”，不如说他们呈现的状态是“既要……又要……”。这并非是描述更精准的文字游戏。它内含的是一种“生成性”而非“丢弃式”的时间观。这种时间观同本雅明非主客二元的认识论——星座相关。不同于传统认识论，星座式认识论的主体是中介，而非知识的实现者和占有者，因而本雅明也没有像以往的哲学家那样将时空观作为认识的前置条件提炼出来。他的时空观是

① 姜宇辉：《宅兹游戏——御宅、电子游戏与人类世的“栖居”政治》，《文化艺术研究》2023 年第 2 期，第 1－11 页。

从“星座”当中析出的，其时间观打破了线性时间观。曹卫东认为，“星座”的时空观是“空间化的时间概念，批判的则是时间化的空间概念”，其本质是一种“共时性的时间”。当人们看到天空中的一颗恒星，它的光已经在太空中前行了一万年。本雅明认为除了恒星经历时间的历时性，对于当下看到它的人来说，也体验到了它的过去，即“时间的共时性”。哈贝马斯接受了这个概念，并将它用于解决其交往行为理论中的代际间交往问题。[①] 由主体间交往到代际间交往，如果沟通和理解是必要的，那么这种生成式的时间观无疑更加贴合事实。在这方面，本雅明的认识方式是一种更加尊重事实的认识方式。从玩家对米哈游产品的消费上，就会发现他们不只对叙事内容，对媒介也完全是“既要……又要……”的。在电子游戏这个集成媒介上，他们既要看到“对味”的“二次元”画风，也要看到一个好故事。《崩坏 3》的一个故事视频点击量在 2023 年 5 月 28 日达到了 6117 万余次，甚至比《原神》相关视频的点击量要多近两倍。其中最高赞的评论为“当一个免费手机游戏比 Netflix 70% 的系列剧拥有更好的故事（When a free mobile game has a better story than 70% of Netflix series）”。这条评论来自 3 年前，距离《崩坏 3》问世已有 4 年。玩了 4 年游戏的玩家下意识地拿电子游戏与电视剧相比较：钟离是《原神》中当之无愧的“顶流”，但是在游戏中实战时其数值却太过保守，不够厉害。全世界玩家一起找米哈游算账，米哈游的几轮表态玩家均不买账，最后官方改了钟离的数值和战斗机制，钟离才在游戏强度上有了如今的地位。这次沸沸扬扬的“钟离事件”背后是玩家喜欢的“好看”角色不“好玩”了，美术好、故事好、人设好不能解决游戏的本体问题。作为七神之一，玩家认为钟离还必须要足够强力才行，这是对游戏操作性的要求。玩家甚至对音乐也有要求，不同于附着于人物的语音，背景音乐和环境音乐是游戏空间感的重要构成部分。因为《原神》的音乐制作规格和质量都很高，其中 *Liyue*（《璃月》）、*Rapid as Wildfires*（《疾如猛火》）、*Contemplation in Snow*（《白皑中的冥想》）三首交响乐还登上了 2022 年北京冬奥会的舞台。不同国家的音

① 曹卫东：《从救赎批判到交往理性——哈贝马斯论本雅明的几点启示》，陶东风、周宪主编：《文化研究》第 46 辑，北京：社会科学文献社，2021 年，第 5 – 12 页。

乐人也会将游戏内或者 PV 的音乐作为赏析对象，并将赏析视频发布在网上。全世界玩家对米哈游在音乐方面的投入往往会表示出欣赏和鼓励，认为自己“氪”的钱被拿来做这样的作品非常值得。从上面几点可以看出，玩家对于叙事、游戏角色的操作性、音乐的要求分别指向不同的媒介特征并且都是实打实的。这些要求曾经分属不同媒介，如今集成于电子游戏当中，而这些电子游戏的玩家自然也不会只朝向一面而存在。总而言之，要想理解“二次元”们的想法，主体需要变成透明的中介。

其次，让《原神》带来的认识启示照进产业，就可以看到全世界的消费者究竟愿意为什么样的产品买单。

玩家先会为游戏具身的快乐买单，这是毫无疑问的。虽然刘伟的想象中“二次元”游戏玩家们都在“为爱买单”，但是实际上《原神》“氪金”流水高的许多角色却不一定拥有很高的人气。而人气相当高，有更多同人、二创的角色却也没有很高的流水。这代表着玩家对自己操作者身份的重视，一款好的游戏就是要好玩。在全球玩家中，欧美玩家对游戏这方面的属性更加敏感，他们对游戏中人物“迪希雅”强度持续的不满就是一个例子。迪希雅是一个强度和人气都不算很高的角色，只有欧美玩家持续为其向米哈游进行强度方面的申诉，在 Twitter 等发布了大量表情包。而“好玩”也有自己的复杂性，具身的快乐绝对不只是打斗的快乐，gacha game 的抽卡机制也是其中一种，所以才会有那么多欧美玩家从抵制者转为抽卡视频的观看者。但如果要研究其形成机制，只用观察和解释的方式是不够的，还需要加入更多实证性研究方式，如脑科学。

具身的快乐之外，玩家还需要看到尽可能优质的产品，一款工业产品在没有做好自己基础工作的情况下谈文化，对接受者，尤其是跨文化的接受者来说是一件非常唐突的事情。曾经许多“国风游戏”画上大鹏和鲲，附上《山海经》节选便以为足够表达文化。这些符号的拼贴其实非常悬浮，因为文化绝不是无源之水，它需要在细节当中拥有源头，而在那之后，它自身的“水性”会完成强大的表达。跨文化产品难免会碰到“不可译”的问题，要想刻画出足够的细节，制作者必须对文化足够了解，才能在“文化折扣”的影响下做到“取法其上，仅得其中”。当玩家在《原神》中操纵着钟离探索世界开宝箱时，钟离可能会说“遗珠弃璧，吉光片裘”；当玩家使用英文时，钟离会说“One man’s stone is another man’s gem”（来自英文习语，直译为“一个人的石头对另一个人来说是宝石”）。虽然意思相似，但是在中英文的转换间丢失了风雅和气韵。可即便如此，外国玩家依然能感受到钟离的魅力。

而好的产品往往也是足够新的产品。这种“新”是一种守正创新，既针对内容，也针对形式。京剧戏歌《神女劈观》的成功便是如此。它的出现带动了各类戏曲专家的“神仙打架”。有了可以被行业内肯定的素质，加上恰当的视觉表达，才能够在玩家于游戏中具身感受了故事的内容后，将京剧本身的美感传播到全世界。许多不懂中文的外国博主在观看《神女劈观》时都流下眼泪。YouTube 上的许多京剧视频被外国网友翻了出来。这是一种真正意义上的守正创新。《原神》在游戏上还原了京剧这门艺术的场景，如今的国粹并不出生于“王谢堂前”，市井生活和田间地头才是它的母体，曾经的人劳动之余来听戏，听的就是自己熟悉的故事。在郭宝昌和陶庆梅所著的《了不起的游戏：京剧究竟好在哪儿》中，京剧被比喻为一种独特的游戏，观众在观看过程中的叫好和喝倒彩，形成了迥异于观看西方戏剧需要正襟危坐的体验方式，造就了“观演一体”的独特艺术形式。① 而电子游戏作为一种新的艺术形式，也需要理解此前艺术形式的发展经验和审美逻辑，每一种不同的形式里都包含着人们追求美好的愿望和非凡的创造力。

正是在游戏工业水平和文化内容都完善的前提下，米哈游才能在世界范围内形成自己的 IP。对产品本身的自信才是他们有能力跳过许多传统渠道的发行商的原因。在 2023 年 5 月，米哈游的新作《崩坏：星穹铁道》正式全平台发行，并又一次获得成功，下载量和流水在多国登顶，甚至在国内因为玩家过于热情导致服务器宕机。Newzoo 曾在多份报告中表示如今的游戏产业应该有生态系统划分的视野，而非只专注于平台之上，因为“全平台”这件事在游戏引擎越来越发达的如今变得相对轻易，而《原神》

① 郭宝昌、陶庆梅：《了不起的游戏：京剧究竟好在哪儿》，北京：生活·读书·新知三联书店，2021 年，第 115 – 153 页。

的成功让开发商们更有理由去朝着这个方向努力。但“全平台”易，米哈游难，这也是为什么对米哈游工业水平的讨论只能作为分析它的起点。

此外，有一个评论产业时的常见问题，即在电子游戏这个媒介大类里对不同类型的认知混乱。评论者常常将《原神》作为文化传播的优等生范本，去要求其他类型的游戏，如《王者荣耀》。认为《王者荣耀》出海时将游戏内的英雄全改成奇幻的欧美背景，丢弃了中国文化，是一件非常不恰当的事情。但实际上如上文所言，不同的游戏类别可以承载的内容和文化是完全不一致的，《王者荣耀》不可能用一出《神女劈观》唱哭外国人，就像《原神》对大多数人而言，在即时性快乐与平台内社交上不能与《王者荣耀》等 MOBA 游戏相较。

最后，姜宇辉认为“如今的游戏，不仅不是生活的‘外部’和‘别处’，而更倾向于成为基本的形式和架构。同样，今天的娱乐，也早已不是边缘的产业，而摇身一变成为消费社会和情感工业的中流砥柱”，并引用博格斯特的观点，认同游戏作为融合媒介的集大成者，有极致的“说服力”。[①] 姜宇辉这篇文章中的“政治”源于希腊传统的“城邦学”，其探寻的是人的社会性与在世法则，所以他接下来的书写中将游戏的政治性推向了“我是谁?”的诘问。如果将这个“我”置于国际政治的语境下，这个“说服力”便与人们对“软实力”的认知产生了重合。

但文化传播的主体既可以来自国家，如举办国际大型活动等，也可以来自产业。但国家行为常常会受到过分解读，如北京奥运会就被西方解读出许多政治意涵，孔子学院也屡次被视为官方的“特洛伊木马”。相比之下，文化产业的传播则较少碰到对抗性立场的解读，它的逻辑建立在全球化的经济逻辑之上。从结果反推，一个文化产品如果成功做到了文化传播，代表着它已经被人主动接受和选择。这种接受和选择往往会让人暂时抛下自己原本的某种立场，投入对文化内容的消费之中，甚至短暂地站到与自己对立的立场之上。说好中国故事的本质是要有好叙事，而好叙事作为一种“话语”不仅可以在经济学的层面上成为高效率的产能，而且可以

---

① 姜宇辉：《游戏何以政治?》，《读书》2022 年第 9 期，第 3 – 12 页。

在政治学的层面上生产“说服力”，相信好故事几乎是人的一种本能。在现实的消费场景中，消费者往往对许多精彩的叙事毫无保留地接受，如电影《阿凡达》的观众所表现的那样，看电影的观众尽管都是地球人，却会暂时抛下自己地球人的身份，为外星人助威，对地球人的野蛮行径不齿。

在手游行业发展起来以前，我国文化产品常年的“入超”也正是产业层面的问题。无论是“韩流”“日漫”抑或“美剧”“英剧”，它们都表明了文化产业对他国文化的直接影响，有些手游爱好者并不了解其迷恋国家的具体问题，但无形中接受了该国某些价值，并去主动学习该国语言。许多成功经验表明，持续的文化传播最终会形成某种正向的符号，比如法国的“浪漫”、韩国的“时尚”、俄罗斯的“深邃”。这些符号的背后往往有一个主要的产业实体——法国的旅游业、韩国的文娱产业及俄罗斯的文学艺术产业。这些符号既来自产业最终又反哺产业。

而想要保持世界顶尖的文化创造力，就要有世界顶尖的文化交往力。再看《原神》背后的中日交往，它的“二次元”文化来自日本，但它占领了日本“二次元”的高地。日文中的汉字来自古代中国，又在近现代深刻影响了现代汉语。《原神》中涉及了许多欧洲文化，但启蒙时代的许多欧洲知识分子也对中华文化抱持着尊重与热忱。莱布尼茨分析了中国人是如何致力于谋求社会和平与建立人与人之间的和谐秩序，并认为中华民族使欧洲文明觉醒了；伏尔泰有 80 部著作、200 余封信论及中国，并认为中国的道德和法治堪为典范；狄德罗作为《百科全书》中“中国”和“中国人的哲学”两个条目的撰稿者，认为中国人有别样的智慧，并且在对《易经》的介绍中探讨了其与莱布尼茨发明二进制的关系；歌德亦迷恋中国文化，赞赏儒家伦理，并推崇其中提倡的“孝道”，其法兰克福故居的二楼主厅名为“北京厅”。对他国文化的理解和吸收最终都转化为启蒙的思想养料。这些人类文明的精华滋养了欧洲文明的发展。① 正如张旭东所言：“古代‘西方’是通过‘东方’来界定自己的，‘欧洲’是通过‘亚洲’

① 武斌：《中华文化海外传播简史》，济南：山东人民出版社，2022 年，第 422 – 445 页。

来界定自己的。”[1] 而在全球化这样的时代背景和马克思主义实践精神的要求下，勇于并善于以海纳百川的姿态穿过“西方”“世界”和“近现代”去界定自身，更能够帮助我们辨认自己，使中华传统文化生发出无限的活力。

第四节　法国游戏《师父》：中国文化的他者表达

长期以来，中国文化的表达在世界游戏发展史中时常处于一个尴尬的局面。一方面，主流的游戏制作公司及工作室往往受西方文化背景影响较深，包括但不限于欧美国家等。来自这些文化背景的游戏作品，不言而喻地带有自己民族的文化特征，例如美国游戏《荒野大镖客》系列的西部拓荒、日本游戏《鬼武者》的武士道等。这些游戏不仅在全世界取得了商业上的巨大成功，而且较为系统地表达并传播了本民族或本国的文化价值，在游戏产业实现了文化输出。

另一方面，由中国的游戏制作者发行的游戏，如《仙剑奇侠传》《流星蝴蝶剑》等，虽然承载了相当丰富的中华文化，但是经历了长达十数年的市场低迷。而在国产游戏逐渐形成规模、走向海外的今天，文化内涵表达的缺位却成了中国游戏的一个软肋。无论是《碧蓝航线》《崩坏 3》等日式“二次元”手游，还是《王者荣耀》《和平精英》等大众化手游，其底层逻辑和整体架构都有可考据的西方游戏原型，文化价值的表达也难以脱离其原型的框架。相比于西方游戏经济与文化效益的双收，中国游戏似乎困在一个两难境地：要市场，中国文化价值的表达就要被部分或整体地隐去；要文化内涵，市场效益则往往难尽如人意。

中国文化价值的整体表述和游戏产品的市场效益莫非是不可兼得的？在当今时代背景下，鱼和熊掌没有兼得的可能性吗？怀着这样的疑问，笔者从 2021 年中旬开始关注一款名为《师父》的游戏。这款游戏的灵感来

---

① 张旭东：《全球化时代的文化认同：西方普遍主义话语的历史》，上海：上海人民出版社，2021 年，第 113 – 114、602 页。

自香港功夫电影，尤其以李小龙、成龙为影响之最。工作室希望让玩家体验到以功夫克敌制胜的爽感，以及以武德精神贯穿故事的哲学思考。然而，这部作品最为独特之处在于，它是由法国动作游戏工作室 Sloclap 制作的，即这是一部由法国人制作的，以岭南文化和功夫文化为背景，讲述武德精神的游戏。这款作品引起了海内外玩家巨大的反响——中国玩家在称赞游戏的精良制作的同时，痛感国产游戏对文化价值表述的缺位；而海外玩家一边享受着功夫游戏的酣畅淋漓，一边又似乎与武德文化产生了“共鸣”。《师父》是西方游戏传递中国文化价值的一次“不地道”的尝试，虽然相对成功地表达了武德精神，但是仍然存在一定程度的误读。然而，这部作品在一定程度上确实取得了文化传播和市场效益的双重成功。因而笔者认为，对这部作品进行文化价值表述层面的分析，能够帮助中国游戏更进一步地审视民族文化与市场的关系，促进中国游戏文化与经济双赢的实现。

本节所采用的研究方法是游戏文本研究。游戏文本研究与游戏用户研究是相对的概念。游戏用户研究大多基于传播学视野，侧重分析游戏的传播效果；而游戏文本研究则注重对游戏本身的分析和解读，比较主流的方法有游戏学范式和叙事学范式。[①] 游戏学研究偏重于游戏机制、游戏设计等方面，从程序性角度对游戏进行手术式的剖析；而叙事学研究则源于文学文本和影视文本的叙事研究，注重分析游戏作品的情节及其他要素的叙事功能。本节的研究重点是辨析游戏作品所表达的文化价值，因而采用的研究方法主要是游戏文本研究，尤其偏重叙事学研究方面，以文本细读的方式解析作品中的情节安排、叙述方法和文化符号，从而最终辨明作品的文化价值表达的深层内涵。游戏学研究在本节不会成为主要论点，仅在主题展开需要之时简单说明。

目前国内的游戏文本研究大致分为理论研究和作品研究两种。游戏文本理论研究大量借鉴了文学、电影等其他艺术样式的理论，将游戏视作一种新型的文本，或曰“超文本”，从而探索游戏不同于传统文本的特点，

---

① 薛稚尧：《冒险类角色扮演游戏的死亡叙事与本体互渗——以〈塞尔达传说：旷野之息〉与 *Undertale* 为例》，《今古文创》2022 年第 29 期，第 102－107 页。

例如互动性、文本生成性、跨媒介性等。举例而言，熊啸在其文章《论电子游戏的互动性叙事与文本的合作式建构》中，详细论述了电子游戏的互动性叙事何以使玩家参与到游戏文本的建构中。宗争则在《游戏能否“讲故事”——游戏符号叙述学基本问题探索》一文中，尝试将符号学和叙述学理论引入游戏研究，将游戏文本划分为“游戏文本”和“游戏内文本”，并据此加以阐释。

游戏文本作品研究以特定作品或系列作品为对象，阐释某一种主题思想，例如文化价值、哲学思考、艺术审美等。这种研究方法占目前游戏文本研究的大多数。从历时角度来看，大致从21世纪初开始至今，始终有新的研究成果涌现。这与电子游戏不断推陈出新密切相关，对研究对象的选取也逐渐从时下的热门游戏，逐渐扩展到一些相对小众、审美价值或研究价值更高的独立游戏。但作品研究的研究范式始终没有明确的区隔划分。游戏学研究或曰程序性研究与叙事性研究，在游戏研究中始终像是盘根错节的地下水系，有时某个游戏程序设计承担着重要的叙事功能，有时游戏的叙事手法就是该游戏的游玩方法。研究者在撰写论文时，往往也会将两种研究范式杂糅起来使用。薛稚尧在其文章《冒险类角色扮演游戏的死亡叙事与本体互渗——以〈塞尔达传说：旷野之息〉与 *Undertale* 为例》中，以程序修辞的理论角度分析了游戏中的死亡叙事及其对游戏性的建构。杜骏飞、李耕耘等人则“结合内容分析和结构主义的方法，采用文化研究的视角对游戏中所蕴含的中国传统文化元素与现代文化元素作文化解读”①。李思睿则对照文学文本与游戏文本，从文本改编和文本互文性分析了游戏《血源诅咒》的艺术特色。②

在游戏产业逐渐成为中国文化产业的重要部分的过程中，学界始终非常关注电子游戏所蕴含的文化价值表达，这在关涉中国传统文化时尤甚。除了杜骏飞等对《仙剑奇侠传》的文化研究，李诗晓也分析了“仙剑”系

① 杜骏飞、李耘耕、陈晰、王凌霄、钟方亮：《网络游戏中的传统与现代——〈仙剑奇侠传〉的文化解读》，《新闻大学》2009年第3期，第124－132页。

② 李思睿：《基于文学文本视野下的游戏呈现——以〈血源诅咒〉的成功为例》，《东南传播》2019年第9期，第36－40页。

列对中国民族神话的借鉴、再创作，以及这种“神话模式”的可行性。[①]尤其是近年随着中国游戏产业的逐渐成熟和对文化话语权的强调，挖掘国产游戏蕴含的传统文化成为国内游戏文本研究的一个重要方向。刘天一在国产游戏“神话主义”研究视域下针对性地分析了《王者荣耀》对盘古神话的颠覆性改编。[②]孟飞、彭昱剑从符号建构的角度解读了《王者荣耀》蕴含的传统文化。[③]刘姝秀、冯鸣、童威、郑天仪等在文章里各有侧重地介绍了《原神》蕴含的中国传统文化，如君子人格、戏剧文化等。[④]

虽然《师父》并非严格意义上的国产游戏，且目前国内尚无该作品的研究成果，但是游戏文本研究的思路方法以及国产游戏的传统文化研究视域，都可以用于该作品的分析中。从跨文化传播的角度来讲，也正是我者与他者复杂的相互观照，才使文化得以繁荣发展。

一、作为叙事主线的中国价值观：武德

一部游戏作品会在哪些方面表达它所蕴含的价值观？首先最为直观明确的自然是作品所讲述的故事。故事直接地反映出了故事讲述者对于事物的价值评判、对于某种精神的赞扬，或是希望触动玩家的哪种情感、催生什么样的认知。就阅读故事这一过程本身而言，也是读者在接受故事所蕴含的价值观的过程，即便这种接受有时不是完全的认同。游戏作品讲述一个故事，相比传统的文学文本和影视文本而言，会存在一定的特殊性，即

---

① 李诗晓：《从神的世界走来——从〈仙剑〉系列游戏论中国游戏对神话的运用》，《湖北省社会主义学院学报》2009 年第 1 期，第 78－80 页。

② 刘天一：《当代电子游戏对盘古神话的重构——以〈王者荣耀〉为例》，《韶关大学学报（自然科学版）》2022 年第 10 期，第 24－28 页。

③ 孟飞、彭昱剑：《文化融会与元素接合：〈王者荣耀〉的符号构建研究》，《杭州师范大学学报（社会科学版）》2021 年第 6 期，第 92－101 页。

④ 刘姝秀：《游戏环境下的中国文化输出探索——以〈原神〉为例》，《科技传播》2021 年第 8 期，第 112－114 页；冯鸣、童威：《以网游为载体的中国传统文化输出研究——以〈原神〉云堇角色设计为例》，《新媒体研究》2022 年第 12 期，第 87－90 页；郑天仪：《“游戏出海”与中国文化对外传播——以国产游戏角色“云堇”为案例》，《对外传播》2022 年第 4 期，第 36－40 页。

玩家的互动有时可以极大程度上影响故事的走向，甚至决定故事的结局。以《师父》为例，玩家每次经历关卡头目战时，都可以选择杀死对手或宽恕对手。如果杀死对手，故事会走向复仇结局；如果宽恕对手，游戏则会以武德结局。因此，玩家的选择会直接决定游戏所讲述的故事究竟是快意恩仇的复仇传奇，还是放下屠刀立地成佛的心灵洗礼。

除了故事，游戏的机制设计、场景设计、人物设计等程序性文本，也能够表达游戏的价值观。当然，这种表达也需要基于程序性文本的叙事功能。例如《师父》中角色修习白眉拳击败敌人，白眉拳讲究迅捷，因此许多战斗都需要玩家具有较好的反应能力。又或者武馆场景的设计一定要增加祖师爷的牌位，强调尊师重道。广义而言，尊师重道也称得上是武德的重要内涵之一。

（一）“复仇”与“武德”的二重结构

在表达价值观这一方面，《师父》的故事情节可以说承担了最为重要的作用。选取中国功夫作为游戏的题材，本就是对中国文化的一种强调，故事情节更是希望能进一步展现功夫的内核，即中国传统而深厚的哲学思想和价值理念，这就是武德结局的由来。

游戏的主人公是武馆的弟子，也是武馆馆长的孩子。主人公年幼时，过去被逐出师门的大弟子“扬”带领一众叛门弟子闯入武馆、打伤弟子，扬最后打败并杀害了自己的师父。主人公年幼无力，只能眼睁睁看着父亲被杀害，自己又遭药师（扬的手下）毒手，只因将护身符带在身上才得以逃过一死。护身符的能力是免人一死，但代价是每复活一次，持有者的年龄便会增长，复活的次数越多，年龄也就增长得越多。主人公逃过死劫，为报杀父之仇苦练拳法，终于在二十岁时踏上寻仇之路。至此，游戏正式开始。游戏共有五个关卡、五个头目。这五个头目也是当年夜袭武馆的五人。主人公一路过关斩将，每通过一个关卡，都需要在关卡的最后击败并杀死头目。在最后一场头目战中，主人公来到当年扬杀死父亲的地方，亲手杀死了自己的杀父仇人。然而，本应随着复仇结束而化解的仇恨，却无法令他释怀。在杀死扬后，主人公的精神进入一个虚幻的时空。在这里他得知：当年扬被逐出师门，是因为窃取了起死回生的护身符去拯救他濒死的妻女。但师父身为护身符的守护者，必须恪守原则，绝不能允许大弟子监守自盗，因此将他逐出师门。

上述结局是《师父》的第一个结局——复仇。然而，作品还有第二个结局——武德。杀死扬之后，游戏并没有真正结束，一段白屏出现佐之以旁白："武艺高超、武德充沛之人，会令对手知难而退。他出手疾如迅雷，不战而屈人之兵。"随后游戏又会回到主人公最初踏上复仇之路的场景。如果玩家没有理解这段旁白所暗示的内容，那么游戏就会在上文的流程中不断重复，因循着复仇的轮回。而在玩家大致了解了每一个关卡头目的背景故事又对旁白有所理解后，就会发现在面对每一个头目时，主人公都可以选择在致命攻击前收手，宽恕自己曾经杀死的敌人。主人公在最后一关宽恕扬之后，最终领悟了"武德"的含义，选择牺牲自己来换取复仇轮回的终结，这才算是游戏的真正结局。当然，游戏制作者也颇为人性化地留下了一个开放式的结局：在演职员表结束后，镜头转向武馆，留给屏幕前玩家的是一位师父坐着的背影，以及他留在桌上的一串护身符。

至此，《师父》的叙事结构呈现出一体两面的特性。玩家实际上的游玩过程没有太大的变化，只在具体的杀死敌人或宽恕敌人时有些许操作上的差异，复仇故事和武德情节的展开，所依托的都是同样的线性流程。这直接塑造出一种生命与历史的轮回感。从游戏设计的角度讲，想要解锁宽恕敌人的选项，就必须先杀死敌人，这就决定了武德结局必须在打通复仇结局后方可达成。这样的流程设计固定了情节的先后关系，因而客观上形成了一个"假结局"和一个"真结局"。这种情节设计常见于时间循环系作品，例如电影《明日边缘》、游戏《死亡循环》，只不过《师父》将作为情节核心的时间循环转移到玩家的游戏体验上。跳出循环这一任务原本是作品中主人公的任务，但在《师父》中，这一任务则由主人公和玩家各承担一半——玩家要达成最终结局，而主人公要终结仇恨。因而可以说，《师父》所具有的"复仇"与"武德"的二重结构，是一种互动上的并列关系和叙事上的承接关系。复仇主题与动作角色扮演的游戏类型密不可分，武德则承载着对暴力的价值观表达。

（二）“武德”：历史维度的暴力之争

虽然《师父》想要通过“武德”这一中国传统价值观念，向全世界玩家讲述一个复仇与宽恕、充满人文关怀的故事，但是在历史上这一观念并不局限于生死争斗，甚至可以说与其相去甚远。它的内涵更广泛地指向儒家式的伦理纲常，往往被表达为一种修身养性的道德素质及其配套的行为习惯。龚正伟、石华毕指出：“民用武艺则很少以个人武德人格来论述，而是常用儒家道德的宏观表述，说明现阶段的关于武术武德的研究并未形成体系。”① 因此，“武德”的含义在不同研究者处有不同的表述。徐德正、徐明全指出：“‘武德’一词最早见于《左传》，《左传·宣公十二年》中说‘武有七德’，即‘禁暴、戢兵、保大、定功、民安、和众、丰财’。虽然这是讲对诸侯用兵的道德要求，但与武林的‘武德’仍有渊源关系。”他们进一步将其归纳为“尊师重道”“重义守信”“立身正直、谦和仁爱”②。周伟良提出了传统武德的三重结构，即“日常道德”“习武要求”“侠义精神”③。龚正伟、石华毕则认为，对传统武德影响最为深远的有二：一为“止戈为武”；二为“礼”。④

不难看出，“武德”的含义重心明显地偏向“德”的一面，“武”相对而言只是一种限定，好比医德、师德等，是身份性的指称。“武德”中的“武”难以具象为打斗的情境，更应该表述为习武之人，因而更准确地讲，武德应该是指习武之人所应具备的品德，是与其身份相契合的一系列行为准则、思想修养。上述武德的各种内涵虽然细微之处有所不同，但是，其共通之处在于都强调使用武力的动机应当正直，用于保家卫国、安定社会、匡扶正义等。

---

① 龚正伟、石华毕：《中华武术武德的源起及基本精神》，《伦理学研究》2013 年第 6 期，第 120 – 124 页。

② 徐德正、徐明全：《武术文化中的道德规范》，《武汉体育学院学报》2000 年第 1 期，第 37 – 40 页。

③ 周伟良：《析中华武术中的传统武德》，《上海体育学院学报》1998 年第 3 期，第 12 – 17 页。

④ 龚正伟、石华毕：《中华武术武德的源起及基本精神》，《伦理学研究》2013 年第 6 期，第 120 – 124 页。

暴力本是人类作为一种生物的生存本能，如自远古时期捕猎就是人类获取资源的重要方法。然而，随着农业社会的不断发展，种植业在人类生产中的占比越来越大，人类文明也逐渐发生了价值取向的转移。在原始的采猎生产中，暴力是获取生存资料的主要手段。但在农耕文明中，稳定的社会、先进的技术、大量的劳动力才是保证生产生活的要素。因此，为了社会的发展，暴力被逐渐加上了各种限制条件。个体的暴力或许难以对社会环境产生颠覆性的影响，但是为了保证社会整体的稳定，个体的暴力就此被关进了笼子，这是法律产生的缘由。"武德"的提出，则基于更加彻底意义上的反暴力，从其根本出发，是实现抑制暴力的效果。如果说法律强调对暴力的惩戒，是对应暴力的暴力，那么道德强调的就是从暴力的源头削减，以和平限制暴力。

《中华武术武德的源起及基本精神》一文细致地分析了中华武术武德的思想来源，认为儒、墨、法、佛、道都是其有机组成部分。其中影响最大的是儒家思想，"一直居于封建社会正统地位的儒家仁学思想逐渐成为传统武德的主要内容，主要表现在'仁、义、礼、信、勇'等方面"。墨家的"兼爱""非攻"思想则成为"武术武德中不'恃强凌弱'的伦理基础"。法家韩非子提出"侠以武犯禁"，武力受到了社会性的抑制，"导致习武者小心谨慎地使用武力"。佛家"性空幻有"的哲学思想，"一方面对尚武思想产生消极影响，另一方面对武术的暴力消解起到了重要作用，这是中华武术上升为一种文化形态的重要基础"。而道家则催生出了"以武扬道"的思想。这些思想汇总起来，其共通之处都在于对武力的限制性修饰，武力使用的动机、针对的对象不能超越社会伦理的要求，即正当性或曰正义性。①

（三）"武德"：藏在设计的角落

前文也有所提及，《师父》为了呈现"武德"这一中国传统价值观念，选择讲述一个宽恕的故事，从而使玩家感受到"武德"在一个情境中是如

---

① 龚正伟、石华毕：《中华武术武德的源起及基本精神》，《伦理学研究》2013 年第 6 期，第 120－124 页。

何影响人物的选择和故事的走向的。当然，作为一款立体而复杂的作品，《师父》呈现“武德”并非只有讲故事这一个办法，除此之外还有许多设计上的细节，能令玩家用心体会。

《师父》的诞生与 Benjamin Colussi 和他的白眉拳武馆有不可分割的联系。Benjamin 从 2006 年起拜师修习佛山白眉拳，被第六代传人刘伟新正式收为弟子。2011 年于巴黎开设佛山白眉拳武馆，至 2017 年已有 150 余名学员。[①]《师父》的创意总监 Jordan Layani 和其他几位开发者，业余时间就会在 Benjamin 的武馆中学习白眉拳。游戏中一个重要的场景就是主人公所在的武馆。武馆的陈设基本还原了 Benjamin 武馆的布置，墙上张贴了一副对联，上书“学武学艺学仁义，尊祖尊师尊武德”，对联中间挂着祖师的相片。武馆一侧的厢房里布置了茶案，意在修身养性。大厅里摆放了木人桩，提醒主人公要时时练习。游戏中有一个攻击方式，叫作专注攻击，指玩家消耗专注值来进行控制性的打击，例如戳眼、扫堂腿、面部重击。玩家可以收集并解锁一个名为“嘲讽”的专注攻击，使用后可以假动作攻击敌人，待敌人躲闪之时轻拍敌人的后脑。这一设计充满鲜明的港式功夫电影的幽默感，看过洪金宝、成龙等功夫明星电影的玩家，往往都会在这时会心一笑。刘伟新向自己的弟子传授“武德”，总是强调“打架不浪漫，习武之人有道不凌人”。这与中国古代传统“武德”的内涵是一致的。

二、“复仇”叙事与“武德”精神的错位

在上述内容中，《师父》对“武德”这一中华传统价值观念的理解可圈可点，甚至可以戏称一句“根正苗红”。但对作品涉及的各种概念作溯源分析后，我们会发现它存在相当程度上的文化误读。随着中国式现代化的不断推进，文化交流也愈来愈频繁而深刻，这种文化误读不可避免地发生在文化交流的过程中。有时这种文化误读甚至是双向的，即便是所谓的

① 姜宁：《佛山白眉拳传人邦雅曼·居洛斯的功夫情缘》，新华网，发布日期：2017 年 4 月 13 日，https：//www. News. cn。

“地道”的中国人，在面对一些关于中国的表达时，或许都会拿捏不准这些表达合适与否。《师父》存在的文化误读非常隐晦，甚至大多数中国玩家都没有察觉这种文化上的违和感。一言以蔽之，“武德”的内核在于以武会友，而中国传统“复仇”母题从故事的一开始就存在明确的敌友之分，而这部作品将这两个应用于不同情境的概念混淆了。

（一）“复仇”母题：从不共戴天到文化反思

关于中国古代文学中的“复仇”母题研究，王立对此有过相当系统而深入的论述。[①] 中国古代的复仇文学有多种模式，例如弑父之仇、亡国之仇、夺妻之仇等。但无论是何种模式，这些复仇故事的起因都是仇家打破了社会伦理的规制，犯下了不合“礼”“法”的罪孽，于是复仇者手刃仇人，一方面以仇人之血洗刷自身蒙受的耻辱，另一方面铲除恶孽维护社会的正义和伦理，于公于私都是大快人心。早期的复仇文学受到儒家思想的褒许，过于强调复仇行为的合“礼”，将强化伦理纲常作为主要的价值内核，而在一定程度上忽略了维护社会公平与秩序的“法”，“从而确立了复仇主题的‘好人向坏人复仇’一面倒式的价值品评”。

经历了大一统国家的治理和皇权的加强，先秦复仇文学中的亡国之仇失去了现实的背景，复仇文学也逐渐将重心转移至血亲复仇。此后的中国古代复仇故事大多以血亲复仇呈现。基于父权制的影响，这种血亲复仇又集中表现为弑父之仇。在这类故事中，主人公要么年幼时父亲被杀，要么满门亲族被灭，随后在母亲或旁系亲属的养育下长大成人，最终手刃仇人，大仇得报，故事圆满结束。在宗法制占统治地位的古代中国，父亲位居家庭的核心，杀死父亲是对一个家庭最直接最有力的打击，也是在伦理上对其最大的羞辱。在这种背景下，“杀父之仇不共戴天”是一种基于社会共识的价值认同，仇人杀死父亲，已经是对一个家庭的成员所能表达出的最大的恶意。面对这种彻底的恶意，其余的家庭成员应该做的就是坚持

---

① 王立：《中西复仇文学主题比较》，《外国文学研究》1996 年第 3 期，第 103－109 页；《从复仇文学主题看复仇动机的传奇质素》，《山西大学学报（哲学社会科学版）》2000 年第 2 期，第 27－30 页；《新武侠：超越传统的复仇模式》，《浙江学刊》1999 年第 2 期，第 119－124 页。

到底地讨伐，甚至是加倍奉还，这也导致中国古代复仇文学表现出扩大化复仇的倾向。

长期以来复仇的语境都是捍卫自我的物质和精神领土。复仇者往往在故事的开始是弱势者，为了实现复仇而不断成长，这种成长又是用以死相搏的决心争取来的。从叙事学角度来说，不共戴天之仇是推动人物成长和故事发展的核心要素，中国古代复仇文学的标准式结局就是大仇得报、大快人心。而为了实现这一目标，必须保证故事发展的动力是恒定的。在这类故事中，暴行本身就是不可饶恕的，对暴行的憎恶和以彼之道还施彼身的欲望，才是复仇的强劲持久的动力。至于维护社会的公理、惩罚行凶作恶之人，更多地像是一种复仇行为所带来的效果，而不是复仇的动力——那是侠士精神，不是复仇意志。

西方的复仇文学传统在发端时与中国的复仇文学具有高度的相似性，都源自血亲复仇，都含有反抗不合理统治的抗争因子。但随着文艺复兴等一系列思想革命，西方的复仇文学逐渐生出了新的枝芽，人性的复杂、多面开始对复仇故事产生深刻的影响，从而导致复仇故事的书写一方面越来越趋于情节的多样化，另一方面趋向于表达人文主义的思想内涵。关于中西复仇文学的具体异同，王立在《中西复仇文学主题比较》中已经作了十分细致的阐释，此处不再赘述。但西方文艺复兴后的复仇文学，尤其是18世纪后的复仇文学，对中国现当代文学中与复仇相关的文学作品产生了相当深远的影响，一定程度上促进了新武侠小说的诞生，而后者可以说是20世纪中国复仇文学的中流砥柱。

相比传统的复仇故事，新武侠小说在处理复仇母题时明显表现出经过现代价值熏陶的叙述倾向。王立提出："传统的复仇观与伦理观，对骗婚者、仇怨双方复仇之外的其他情感取漠视、不予承认的态度，人物趋于理想化类型化；而武侠小说则充分注意到人性的复杂性多向性，强调人的个性气质和社会化过程，特定人生境遇往往可在某种程度上冲淡、改变既定的复仇信念，仇恨也可以被情爱、母爱等情感所牵制。"① 张清芳和陈爱强

① 王立：《新武侠：超越传统的复仇模式》，《浙江学刊》1999年第2期，第119－124页。

认为，新武侠小说是作家们以现代理性批判精神对中国传统价值观念的反思，以及“对侠士英雄的人格内涵进行了重新定位与塑造”①。在这些故事中，复仇者往往既身负家族之仇或丧父之恨，又面临着复仇难以开展的各种情境，例如杀父仇人实为恩人，或与异性仇家相爱等。在传统复仇故事中，复仇的实现高于一切，即便杀父仇人是自己的养父，复仇行为也不会被养育之恩所阻碍。然而，在新武侠小说中，主人公得以从更符合人性的角度出发，去思考复杂的复仇是否存在实施的可能性，或者这种仇恨是否还有存在的必要。主人公的纠结和延宕，实际上是作家们对于传统价值观念中血红色的板块的反思。同态复仇和扩大化复仇作为人类解决矛盾的一种古早的办法，在现代化的社会中是否还像过去一样能为大多数人所接受，又或者是否能够继续作为人类解决矛盾的方法，是否能在千年后的今天继续上演一出出令人神伤的“命定之死”？显然，新武侠小说作家给出了否定的回答，并将现代化的伦理价值，借传统文化的形式表达了出来。

（二）宽恕仇人：基督教精神与复仇新解

再回过头来审视《师父》的情节，不难发现，它与新武侠小说有着非常相似的结构。主人公踏上复仇之路，逐渐了解事件全貌，经过挣扎后选择宽恕仇人，最终实现自我的升华。如果说新武侠小说的创作是对传统复仇母题的反思，那么《师父》就更像文化反思得出结论后的成品。这是否意味着《师父》所表达的文化价值与新武侠小说的精神内涵一脉相承，可以被定性为中国传统价值观念现代化的一部分呢？笔者的观点是，单论作品的“复仇”叙事这一部分，我们基本可以认同这一观点。

上段已经提出，中国新武侠小说的产生与西方启蒙思想在中国的传播密不可分。正是因为启蒙思想和人文主义将具体的人置于极高的位置，武侠小说得以从复仇故事进一步发展，聚焦于展开复仇的具体的人，以及他们矛盾的挣扎的内心。从这一点上讲，新武侠小说的“新”正是西方启蒙思想的种子，在中国文化的土壤中开出了本土的花。《师父》的复仇情节，

---

① 张清芳、陈爱强：《理性烛照的文化反思精神——新武侠小说的现代文化内蕴》，《山东师范大学学报（人文社会科学版）》2003 年第 4 期，第 29－33 页。

以中国接受者的文化背景来看，确实可以被理解为传统价值观念现代化的一部分。然而，若将其置于西方文化背景，或者说究其根本，“宽恕你的敌人”这样的价值表达，本就是基督教教义中重要的一部分。《马太福音》第六章第十四至十五节书：“你们饶恕人的过犯，你们的天父也必饶恕你们的过犯。你们不饶恕人的过犯，你们的天父也必不饶恕你们的过犯。”《马太福音》是《圣经·新约》重要的一章，在很大程度上代表了新教伦理所宣扬的价值取向。由此看来，《师父》似乎采取了一种巧妙的价值表达方式：一方面，它的外壳是全球观众喜闻乐见的港式功夫电影，与中国的传统文化以及新武侠小说遥相呼应；另一方面，它真正强调的文化内核是源于西方启蒙思想的现代精神，这一现代精神又已经植根于全球各个主流国家的文化，与它们水乳交融难以分割。广泛来讲，在文化交流中受到别种文化的影响，从而发展出新的自我的内涵，这说明该种文化在历史进程中具备继续发展和更新的活力。中国传统文化受到西方现代文化的影响而逐渐产生新的内涵，若将其全部归为他者的功劳，或曰从此中国文化就变成了西方文化，这种说法自然是不合理的。只不过两种文化交流所导致的边界模糊，似乎确实是很多研究面临的问题，此处碍于主题不作展开。

因此，如果单从复仇叙事的角度来讲，《师父》所表达的价值理念几乎与新武侠小说别无二致，起源于宗法制的为父报仇，基于扩大化复仇的手刃仇人，发现敌人的善恶两面和复杂人性，以及在此之上对以暴制暴的轮回的怀疑。如果抛开制作者的国别不谈，玩家几乎难以在作品中找出与中国文化格格不入的部分，毕竟这部作品与他们从小看到大的金庸、古龙作品源出一脉，与成龙、洪金宝等功夫明星形出一体。然而，这并不意味着《师父》的文化价值表达不存在漏洞。恰恰相反，这部作品在它最核心的价值表达处存在一个致命的错位，这就是本部分之初提出的概念混淆问题。

（三）敌友之辨：错置于复仇情境中的“武德”精神

在中国传统复仇故事中，敌友阵营有着相当清晰的二元划分。敌人是给主人公带来痛苦的人，无论痛苦来自杀父、夺妻还是灭国，这类人无一例外是复仇的对象；友方则是在复仇过程中予以帮助的人，可称为复仇的助力。以元代纪君祥的杂剧《赵氏孤儿大报仇》为例：屠岸贾诬陷赵武之父赵盾，并杀光赵家三百余口，是典型的敌人形象；程婴与公孙杵臼定计救出赵武，前者又将赵武抚养成人，则是典型的友方人物。

敌友的分辨也会遇到矛盾。在较晚近的复仇故事中，时有主人公的仇人夺母害父并成为主人公的养父的情况，复仇的对象反而成了抚养复仇者的"友方"。然而，这种矛盾没能改变中国传统复仇故事的逻辑——"继父不论虐待还是善待义子，都不会摧折或感化孝子们的复仇决心"。明代有《白罗衫》一剧，"写继父把徐继祖（苏云之子）恩同己子般抚养，继祖知情后仍没放过夺母害父的仇凶（继父）"①。

在这种故事中，作者往往不会塑造令人心生怜悯的敌人，或者说敌人往往会以纯粹的恶的形式存在。主人公只需要遵从预设好的二元对立逻辑，对仇人施以坚决的讨伐，只存在一种单向的绝对的创作逻辑——所有人物的故事都围绕着复仇展开。因此，价值判断也相对单一扁平，友方人物之所以能够令读者产生明确的可信任感，是因为这些人物助推了复仇的展开。若是有角色阻碍了主人公的复仇，那这个角色几乎可以被划归敌人的阵营中了。因此，在中国古代复仇故事中，敌和友可以说是难以混淆的，甚至不存在起调停作用的中间角色，一方的胜利必然伴随着对另一方的致命打击。一旦一个角色被划归为敌人，那么他基本无法脱离这个名号，故事结局时敌人要么杀死主人公，要么被主人公杀死。

可见，传统复仇故事中的争斗是彻彻底底的生死搏杀，一方的胜利必须以另一方的死亡为前提。这与"武德"所宣扬的价值理念完全不同。而在新武侠小说中，复仇故事的发展路径被大大拓宽了，故事不再有固定的大团圆结局，复仇者与仇人的关系也变得错综复杂，化敌为友的情节时有发生。然而，不论复仇行为是否受阻，阻力是来源于家庭矛盾还是个人内心纠葛，为复仇而进行的战斗总要落个你死我活。在双方剑拔弩张的战斗中，若是突然有人提出死斗也要讲"武德"，场面未免有些滑稽。

---

① 王立：《新武侠：超越传统的复仇模式》，《浙江学刊》1999 年第 2 期，第 119 – 124 页。

且先不论表达“武德”这一概念时用词是否过于宏大，“武德”的应用范围往往是习武之人对于自我品德、行为的要求，要“尊师重道”“立身正直”，但它没有提及习武之人面对“仇杀”这一具体情境时应该如何作价值判断。当然，作为一种防身之术，自我保护一定是“武德”所允许的。纵观复仇故事，其中自我保护的成分自然是主流，自我保护催生出的行为却是扩大化复仇，明显地超出了自我保护的范畴。这种行为是不合“武德”的吗？如果修习武术只是为了杀人，那这种行为是否违背了“武德”呢？仍以《赵氏孤儿大报仇》为例，赵武苦练武功二十载，只为最后能手刃屠岸贾，他的行为是否有违“武德”？另外，前文也有所提及，“武德”的一个重要内涵是“止戈为武”，那若是赵武放下仇恨原谅屠岸贾，这就符合“武德”精神了吗？

答案应该都是否定的。并不是说这些行为都符合“武德”精神，应当被鼓励，而是这些行为不应被置于“武德”的价值判断标准下评判。“武德”的应用被限制于一种理想化的条件，即武术作为一种击技艺术被修习、传承。即便是比武切磋，也只是不同的手艺人互相交流经验心得，讲究点到为止。然而，武术既有技艺的一面，也有杀生之术的一面，两者往往是不能置于同一个情境中的。很难想象在面对生死存亡之战时，一方向另一方提出切磋技艺点到为止的要求；也很难想象两人切磋时痛下杀手，不置死地不罢休。同理，将以武会友的“武德”精神置于不死不休的复仇故事，难免有些移花接木之感。说到底，“武德”只是以武修身、以武会友的抽象哲学思考。它或许具有形而上的伦理价值，但要用这种哲学概念来处理具体的问题，尤其是具体人物的矛盾纠葛，容易陷入泛泛而论的窠臼。

三、结论与反思

本节的研究目的是辨析游戏《师父》的中国文化价值表达，厘清在讲述故事的过程中作品究竟是想表达地地道道的中国价值，还是披着中国文化的外皮，实际想传达西方思想。又或者，它实际表达的是两种文化交融、互相影响之后的某种文化形态。

首先，本节从历史的维度出发，追溯作品所表达的核心的价值观念“武德”有哪些内涵，并将这些内涵与游戏文本进行比照，诸如场景设计、玩法设计，明确了“武德”精神呈现于游戏文本的形态。其次，本节也着重分析了《师父》故事中的复仇主题，将其置于中国“复仇”母题叙事的框架之中，论证了二者的一致性。最后，本节将“武德”精神与“复仇”叙事并置，讨论二者之间存在的价值取向冲突，并由此得出结论，即在中国文化的价值表达中，“武德”精神不能通过“复仇”叙事的语境来表述。

因此，《师父》所表达的“武德”不能说是纯粹的中国文化价值表达，它不可避免地带有西方基督教文化者的渲染和误读，这与作品创作者的文化背景密切相关。随着现代化进程的推进，“宽恕”的文化或许会成为许多文化中重要的内涵，这是人文主义在每个文化中发展的成果。但对于中国人而言，宽恕绝不是“武德”的子集，或曰“武德”所适用的范围本就不存在怨仇，何来宽恕一说。《师父》的创作者误读了“武德”，得出了本不存在的“宽恕”内涵，这是作品未被明晰表达的偏差。

但若是从转文化传播的视角看来，这种令人有些啼笑皆非的误解，正是我们理念中的“他者”在以自己的方式接受并重新阐释中国文化。或者换个角度讲，对这种误解照收不误的中国玩家也正反映出一种现代中国文化乃至世界文化的形态——那就是我们曾经认为泾渭分明的东方哲学思想与西方哲学思想，奇妙地产生了杂糅与交混，以至于从每一个思想体系出发观照这部作品时，都能够看到其文化思想的面向。这称得上是一种文化传播的成果，或曰转文化传播的成果。因此，笔者认为，《师父》本身的思想深度并没有因为这种误读而受损，《师父》也不只是一个文化结构对另一个文化结构的拙劣模仿。它是一个大胆而浪漫的尝试——将存在于人们记忆中和想象中的某种理想的文化形态，借助功夫格斗动作游戏来进行一次呈现。而这个理想的文化形态既不是一板一眼的中国传统文化，也不是基于西方势力狼子野心下对中国的歪曲，而是源自面对人类历史的永恒难题。当代的思考者们要如何作适当的回答。此种思考推动着他们寻找问题的解。然而，单一的文化形态在单一的解上狂飙突进，走得越远，越是背离了探索的初衷。唯有参照了世界的丰富性、文化的多样性，我们才会去思索：是否还存在别的答案？在这个广阔而美丽的星球上，是否还有人用别样的方式得出了与自己完全不同的解？这也正是文化迷人之处。

最后，我们仍有必要回到现实的游戏产业中，去讨论有些令我们尴尬的现实问题。《师父》作为一款关于中国的游戏，在近几年的国内外作品中称得上可圈可点。但这也促使我们反思我国的游戏产业。要实现叫好与叫座的双收，在中国游戏从业者们看来，已经是一项颇具挑战性的任务了，再加上价值表达和价值传播的问题，可以说，近年来的国产游戏少有能够达到这三项目标的作品。《太吾绘卷》《了不起的修仙模拟器》《中国式家长》在价值表达方面颇具中国特色，但在传播效果方面，又有些拘泥于国内玩家或亚洲文化圈，难以真正走出国门。《枪火重生》《暖雪》《暗影火炬城》在游戏性方面比较出彩，但价值表达让位于互动性。《烟火》《港诡实录》等恐怖游戏在同品类中取得了较好的成绩，但恐怖游戏本身用户有限，也很难说它们能产生多大的传播效益，尤其想要传播正面的中国文化价值，恐怖题材或许难担重任。也正是因为近些年中国游戏玩家非常期待一款兼顾优秀故事与中国文化、游戏体验酣畅爽快的国产作品，《黑神话·悟空》才受到了超乎寻常的期待。只不过过高的期待可能会带来过大的落差，有待验证。

第二章　中国网络文学的海外出版

第一节　中国网络文学海外出版模式

一、网络文学海外出版发展脉络

从以地区为主的发展脉络来看，中国网络文学海外出版起始于东南亚国家，经过一定时间走进欧美地区，呈现出蓬勃发展的态势，目前主要在向东亚、非洲等地区逐渐扩展，影响力延伸至“一带一路”沿线 40 余个国家及地区，题材丰富多样、应有尽有。其大致可以划分为三个时期：2004—2013 年的萌芽期、2014—2016 年的积累期、2017 年至今的高速发展期。

（一）以海外授权出版为主的萌芽期（2004—2013 年）

萌芽期的中国网络文学海外出版主要面向越南、泰国等东南亚国家，因而影响力有限。2004 年，起点中文网乘着技术改革的东风于全世界范围内出售版权，成为国内第一个探索网络文学海外出版的网站。这标志着根植于中国的原创网络文学开始“出海”。次年，中国的网络文学输向泰国，最受欢迎的类型为言情小说、历史小说。2006 年开始，在中国人气较高的《诛仙》《鬼吹灯》等小说翻译作品在越南、泰国备受欢迎。越南《青年报》统计数据表明，2009—2013 年越南翻译出版的 841 种图书中，来自中国的网络文学就已经达到 617 种，占比高达 73%，其中有许多作品都是在中国本土就已经颇有名气的作品[①]；在泰国，《回到明朝当王爷》《后宫·甄嬛传》亦受到当地读者群体的喜爱。2012 年起，国内知名的网络文学网站晋江文学城先后与二十多家越南出版社、两家泰国出版社开展版权合作。通过直接输出已有版权，中国网络文学的出版商初步完成了网络文学海外市场的布局。

在这个时期，中国网络文学出版商仅仅是实现了版权的海外授权，即直接输出版权，初步完成了从本土出版到海外授权出版的转变。但在签订相关合同协议后，中国网络文学出版商一般不会再对后续的改编翻译、出版发行等环节多加介入，而是由国外出版商全权处理，因而萌芽期的中国网络文学海外出版不成熟，尚未形成中国网络文学海外出版模式。

（二）以海外自发翻译为主的积累期（2014—2016 年）

2014 年，中国网络文学市场正向外扩张，有着大量翻译需求，仅仅依靠中国网络文学出版商海外授权出版的方式已经满足不了众多海外读者日益增长的旺盛需求。不同于传统媒介中大众被动地接收信息，身处网络空间的每一个个体都有权自主选择发声或沉默、交际或独行，多种多样的翻译方式亦让使用不同语言的人们流畅地在互联网上驰骋，人与人之间的联系不再受地域与语言的限制，“跨越时空”得以实现。而这也在某种程度上促进了具有相同兴趣爱好小团体的诞生，因而在这一年间海外自发翻译团体层出不穷，中国网络文学海外出版进入了第二阶段，并且形成了海外自建翻译网站的一大模式。

实际上，虽然中国网络文学真正进军全球英语国家及地区以北美自建翻译网站为标志，但东南亚的海外网络文学翻译网站比北美早一些出现，在规模上比前者小，如多语种翻译网站书生 Bar、Hui3r 等。2014 年 12 月 22 日，美籍华人外交官赖静平以 RWX（即金庸《笑傲江湖》中“任我行”的拼音首字母）为笔名在专门推广亚洲文化的综合性论坛 Spcnet 上翻译了“我吃西红柿”的玄幻小说《盘龙》，广受海外地区读者的青睐。随

① 刘肖、董子铭：《“一带一路”视野下我国网络文学对外传播研究》，《出版发行研究》2017 年第 5 期，第 78－81 页。

着点击量突破十万次，越来越多的读者对其进行了催更打赏，于是 RWX 专门创建了 Wuxiaworld（武侠世界）这个海外网络文学翻译网站，推广译本的同时方便了更多海外读者进行浏览阅读。这个网站聚集了庞大的海外网络文学读者爱好群体，亦有越来越多的译者加入。目前，Wuxiaworld 已经成为北美最大的网络文学翻译网站，有《盘龙》《星辰变》等 40 余部中国网络小说的译介本。在 Wuxiaworld 中，这些海外网络文学的爱好者互称"道友"，他们会在网站专门设立的资源、百科等板块进行提问交流，进行知识普及，尤其是对各小说的相关背景知识、阴阳八卦等中国传统文化知识进行讨论。

由于 Wuxiaworld 的建立与运营取得了巨大的成功，不少海外网络文学翻译网站崛起，如北美知名度、影响力最广的中国网络文学翻译网站之一 Gravity Tales（引力小说）正是基于此背景建立的。Gravity Tales 的创始人孔雪松是美籍华人，受父辈影响痴迷《三国演义》《水浒传》及金庸小说等中国文学作品。热爱引起的迫切分享欲让他建立起这个平台，以阅读门槛相对较低的中国网络小说为突破口，吸引了大量喜爱中国网络文学的外国读者。《斩龙》（Zhan Long）是其中最具代表性的翻译作品之一。此外，相继出现了 Volare novels（沃拉尔小说）、LNMTL（Light Novel Machine Translations，轻小说机器翻译）等网络文学翻译网站，相关的中国网络文学翻译作品数量在此时期激增。尤其是在专门介绍亚洲文学作品的 Novel updates（最新小说）网站上的数据显示，2015 年起该网站上的中文小说数量暴涨，在 2017 年 7 月首次超过了日本的轻小说，中国网络文学已经成为该网站中的最大分类，许多中国网络文学作品长期占领热门榜单。

（三）以全产业链 IP 化为主的高速发展期（2017 年至今）

在众多海外网络文学爱好者的大力推动下，许多粉丝自建翻译网站，成为中国网络文学海外出版的重要一环，实现了规模化。而海外网络文学市场的旺盛需求也让许多中国网络文学企业捕捉到商机，主动求变，打破传统海外授权的方式，建立自身平台。2017 年，起点中文网海外门户网站起点国际 Webnovel 开启正式运营，安卓端与 PC 端的应用也同步上线，这标志着中国网络文学海外出版的正式布局。起点国际的英文名称“Webnovel”被海外读者广泛接受，并且专门用来指代中国的网络文学。[①] 另外，一些国产的网络文学平台亦打通了进入非洲等市场的渠道。这些专业的中国网络文学企业通过整合海外的内容平台，令网络文学的 IP 开发更加多元且成熟，也使得整个产业链更加专业化、系统化。

2018 年，Webnovel 启动了海外的原创功能，支持海外用户进行创作，海外作者加入了网络文学的创作团队，其海外原创作者的数量已经超过了六万人，同年网络文学也开始运用 AI 翻译技术。2019 年，部分已经开拓海外市场的中国网络文学企业开始加快发展的脚步，进一步完善其战略布局规划，如阅文集团将一些国内十分火爆的头部 IP 电视影视剧的改编版权输出海外，《琅琊榜》（根据同名网络文学作品《琅琊榜》改编）、《庆余年》（根据同名网络文学作品《庆余年》改编）、《扶摇》（根据同名网络文学作品《扶摇皇后》改编）等“远走他乡”，这些影视剧在亚洲的剧集评论网站 MyDramaList 上的评分都在 8 分以上。掌阅科技也将其拥有的百余部原创作品的版权进行授权，并且支持十余种语言类型的翻译。种种事项表明，中国的网络文学在海外出版的路上已然实现了从单纯出售版权（即售卖“原材料”的方式）转向与国外出版社合作出版，再到目前的 IP 运营阶段。这也意味着输出内容发生了很大的转变，以往只能称得上是内容输出，而现在更多地是文化的输出，既响应了国家的号召，也形成了较为完整的生态链。

二、网络文学两大海外出版主流模式

根据不同时期的发展，当前中国网络文学形成的海外出版方式主要有三种：直接“出海”、翻译“出海”、改编“出海”。直接“出海”的运行模式是将网络文学作品置于海外国家和地区出版发售；翻译“出海”是把

---

① 林庭锋：《中国故事的世界传播——中国网络文学海外传播概况（2001—2018）》，《网络文学评论》2019 年第 1 期，第 45－50 页。

网络文学作品翻译成其他语言海外出版；改编“出海”是将网络文学作品等同于IP，将这些作品改编为影视剧、游戏、动漫作品等类型出版。其中最主流的当数翻译“出海”，因而本章选取此种当前最主要的海外出版方式进行剖析，研究其两大主流模式，即海外自建翻译网站模式、文学网站海外平台模式。翻译“出海”在长期的形成发展与实践当中形成了网络文学海外出版的成熟产业链：上游是以国内网络文学作者、海外原创作者构成的内容创作方；中游是以国内网络文学平台构成的国内内容提供方，以海外网络文学个人翻译者、编辑及翻译组构成的翻译合作方，以中国网络文学企业建立的海外阅读平台和外国企业建立的本土化阅读渠道构成的海外平台方；下游是以海外网络文学读者构成的需求方。

（一）海外自建翻译网站模式

1. Wuxiaworld

2014年，Wuxiaworld成立。至2015年，这个由个人创建的中国网络文学海外翻译网站就收获了数以百万计的英文读者。在2016年以前，这个网站在中国网络文学海外出版领域一直是一家独大，拥有着自己的一套运行模式。在阅文集团的“突然”进军以后，Wuxiaworld与阅文集团一开始通过签订版权协议达成合作。但由于资本驱动、粉丝自治这些复杂矛盾的存在，Wuxiaworld开始推进自己的商业化进程，以争夺市场份额。最终在2018年形成了Wuxiaworld与阅文集团双峰并峙的局面。

（1）内容选取机制。

中国武侠文化在海外具有一定的影响力，因此该网站采用武侠的汉语拼音书写形式“Wuxia”作为网站名称并不会产生文化障碍。从另一个角度看，这意味着该网站在成立之初就将武侠小说作为翻译的最大类别，吸引着众多西方读者，尤其是喜爱武侠文化的读者。最初，Wuxiaworld更多地采取“搬运”的形式，由个人译者从自己的喜好出发，负责翻译中国知名文学网站中的武侠小说，以连载的形式发表在该网站上。因此，该时期Wuxiaworld的内容绝大多数都是译者基于兴趣选取的武侠小说，纯粹依靠粉丝口口相传逐渐壮大起来。

(2) 职业化翻译机制。

虽然 Wuxiaworld 是粉丝自建的海外翻译网站，但是译者经历了从原作读者、业余翻译、半职业译者到职业译者的身份转变，最后都走上了职业化翻译的道路。这些译者中有很多人是美籍华人及留学生，他们都精通汉语，且对中国网络小说感兴趣。建立初期，Wuxiaworld 的创建者赖静平十分注重小说的翻译质量，对新译者所翻译的内容要求保证内容更新的持续性。同时，赖静平亲自审核翻译质量。该网站不只对译者有所要求，对每一部翻译的作品也必须要进行编辑加工。

良性循环让该网站越来越壮大，也有越来越多的译者、读者加入，对翻译的质量和更新速度提出了更高的要求。因此，Wuxiaworld 开始寻求转变，踏上更为专业的正规道路。一开始，该网站建立的是鼓励捐赠模式，愿意为此买单的读者不多，其他收入也很微薄，很大程度上译者都是在进行免费劳动，更新速度方面自然而然较为缓慢。运行了一段时间后，鼓励捐赠模式有所转变，译者根据捐赠的金额大小选择是否加更，读者得到了捐赠的动力，译者的收入越来越丰厚，网站中的绝大部分译者开始实现全面半职业化。

Wuxiaworld 真正走上译者职业化的道路还是受到了起点国际的刺激。起点国际的版权优势不言而喻。在 Wuxiaworld 发展到一定规模时，起点国际想要进军国际市场，因而对起点中文网小说的版权进行了垄断，Wuxiaworld 再没有能够获得相关版权。再者，起点国际招聘译者的起薪已达到了在 Wuxiaworld 工作的中等收入水准，译者面对强大竞争平台诱人工资水平的吸引，难免会动摇。为了留住网站的中坚力量，Wuxiaworld 实行了一系列差异化改革措施，如不同于起点国际庞大的作品资源，网站限制小说数量以实现读者的聚集化，建立预读化付费机制提高译者的收入水平等。这样一来，该网站的半职业译者几乎全部转变为职业译者。

(3) 预读化付费机制。

Wuxiaworld 付费机制的推进依赖于起点国际带来的强力付费模式。此前，Wuxiaworld 由于网站为粉丝自建性质使然，很难建立一套付费体系，即便只是提出想法也会被大部分的海外读者（甚至译者）认为是对社群的背叛。因此，在起点国际实行付费阅读后，Wuxiaworld 根据自身及海外市场情况，没有选择像前者一样按章节收费建立起自己的一套预读付费机制。对于 Wuxiaworld 这个海外自建翻译网站而言，其定价标准需要考虑到读者群体的消费能力问题，因为它的读者群体来自五洲四海，北美地区的读者群体消费水平与拉丁美洲、东南亚等地区读者的消费水平相差甚远，而定价的高低又会影响网站能否持续运营。另外，对于海外市场来说，中国的网络文学作品并不具有突出的、引人流连忘返的优势，免费阅读带来的读者群体很可能因为开始收费而大量流失，进而使市面上的盗版网站数量猛然上涨。相比之下 Wuxiaworld 推行的预读付费机制显然更符合海外市场的生态环境。在这个预读付费机制下，持续更新的每部小说实际上都存在大量加更的最新章节，读者可以通过购买的方式提前阅读后续内容。如果不愿意为小说付费，随着时间推移，这些隐藏章节会每周自动进行解锁，选择性与灵活性更强。

2. Gravity Tales

Gravity Tales 是排名第二的海外粉丝自建翻译网站，2015 年成立，创始人孔雪松是美籍华人。最具代表性的翻译作品有《择天记》《斩龙》等；除了武侠、科幻、玄幻等主题之外，也翻译中国的电子竞技类小说。

该网站最为突出的是其原创体系。Gravity Tales 是最早建立原创体系的海外自建翻译平台，有许多读者受到中国网络文学的影响，开始模仿其中的套路写下原创的英语网络小说。比如美国作家 Tinalynge 创作的穿越、重生玄幻小说 *Blue Phoenix*（《蓝凤凰》）就是典型的代表作。她认为，阅读中国的网络小说给她带来了许多灵感。《蓝凤凰》中她设置的人名与地名都尽量呈现出中国化的特征，比如小说主角名为 Hui Yue，具有中国韵味。她也在小说里运用了许多中国玄幻小说中常出现的元素，如人物的技能涉及“气”“丹田”等内容。

3. 海外自建翻译网站发展路径

中国网络文学在海外出版的过程中，翻译类型与翻译主题、出版形式与运营模式等都发生了许多变化。因此，海外自建翻译网站的发展路径直至目前已经产生了诸多变化，并且建立起了一套适合自己的经营模式。

（1）内容：玄幻、仙侠类仍占大多数，迎合海外读者大众需求。

海外自建翻译网站最初的内容选择偏好基于个人兴趣。而随着海外读者群体愈发庞大，为迎合大部分海外读者群体的阅读需求，译文种类也更加多元化。因为中国网络文学，尤其是那些网络小说阅读起来更加有爽感，表达更加大众化，所以许多海外自建翻译网站都将网络小说作为主要翻译内容，最受关注的种类是玄幻、仙侠、武侠、修真类的小说。不同于精英文学，这些小说里面的主角有明显区别于海外国家和地区小说角色的性格特征，如美国小说主角需要恪守不偷不杀、人人平等的观念，日本轻小说主角一般自大狂妄，但中国网络小说不一样，“主角不再是好好先生了”①。许多海外读者群体都沉浸其中，经过口口相传，一个个海外自建翻译网站逐渐成长起来。

（2）翻译：文学作品版权问题推动海外自建翻译网站自觉求变。

在纸质印刷时代，版权、作者及译者的报酬等问题界限可以较为明确地划分出来。然而，随着互联网时代的来临，网络阅读的迅猛发展引起了一系列的著作权争议，海外读者的角色和数量同样在发生日新月异的变化，这就需要从新的视角、新的方法解决这些问题。海外自建翻译网站也一样，最初网站内的海外作品以及读者的数量有限，规模有限，中国的网络文学出版企业与这些海外自建翻译网站在规模、商业模式等方面存在显著的差异，因而这些网络文学作品在海外出版的版权问题没有受到应有的重视。

正是由于海外自建翻译网站先前翻译的绝大多数网络文学作品的版权都属于中国的网络文学企业，且并没有获得这些正版网络文学企业的授权，因此两者之间产生了诸多版权纠纷。这些文学作品的版权问题推动着海外自建翻译网站开始主动求变。自觉求变体现在两个方面：一是海外自建翻译网站开始寻求与外部的合作契机，加强国际交流合作，体现在其与中国的网络文学企业开始沟通先前的版权问题，避免出现因为版权问题造成的停更致使海外读者流失，同时开始洽谈未来的版权合作，实现网站内

① 尹倩、曾军：《中国网络文学的海外传播：现状及其问题》，《社会科学》2019年第1期，第171－180页。

译作的正品化、精品化。二是海外自建翻译网站意识到不能一味地依赖于中国的“出口”，开始主动建立原创体系，部分海外自建翻译网站开始签约优秀译者，成立签约原创作家群体，产出更多的原创作品。海外自建翻译网站内其他译者的身份也经历了多个转变，原作读者—业余翻译—半职业译者—职业译者的路径被打通，意味着绝大多数译者最终走上了职业化的道路。

（3）盈利：从依赖读者打赏、捐助到设立预读化付费机制。

所有的海外自建翻译网站在中国网络文学企业建立起海外平台时，还没有一套成熟的付费体系和盈利模式。中国网络文学走向海外的出版模式从免费开始，并持续了很长一段时间。大部分的海外读者长期处于免费阅读的形势下，不愿意购买正版，而更多地偏向于免费获取的盗版。这是由于中国的网络文学，尤其是海外自建翻译网站中的网络小说类型，与在西方世界中已经极度兴盛发达的电影、游戏等相比并无优势。在走向海外时，海外读者因兴趣而来，免费是留住海外读者十分重要的手段之一，全面收费势必导致大量的读者流失，以及盗版站点的蓬勃发展。尤其是大部分的海外自建翻译网站都属于中小型网站，那些拥有版权的中小型网站想要维权，不但在监测层面存在着很大的技术难度，在溯源问责层面更是由于劳民伤财、得不偿失而难以落实。因此，大部分海外自建翻译网站即便设立了一套付费体系，也形同虚设。

这种情况转变的契机来源于中国网络文学企业的进军，尤其是阅文集团的起点团队功不可没。中国网络文学企业建立的文学网站海外平台进军海外，既带来了多种多样的正版中国网络文学，也开拓了海外自建翻译网站推行付费体系的新局面。先前，大多数海外自建翻译网站的盈利都来源于海外读者的打赏和捐助。因为海外读者经济条件的参差不齐，有些来自欧美国家的读者收入高，有付费能力和打赏的习惯，但大部分东南亚国家的读者支付不起相同的付费价格，所以海外自建翻译网站在关键时刻及时转变，大部分都设置了更为灵活的以预读化付费为主的付费体系。在这种机制下，小说的最新章节即便不付费，过段时间也可以自动解锁，而付费的用户可以更早地阅读最新的章节内容，保障了大多数免费读者利益的同时，也兼顾了那些有意愿付费的读者有更好阅读体验的权利；所获得的利润70%给予译者，30%由平台获得，既保障了译者的收入，也保证了平台有资金维持自身运作。但总体而言，这种盈利模式仍然存在诸多问题，如在线支付渠道不健全，海外读者的支付意愿仍处于培育期等。①

（二）文学网站海外平台模式

1. 阅文集团之 Webnovel

2022年3月10日，《2022中国网文出海趣味报告》发布。报告显示，截至2022年底，起点国际已经上线了约2900部中国网络文学的翻译作品，累计有近1.7亿读者用户访问，该数据经过4年时间（2017—2021年）增长了8.5倍。此外，中国网络文学的海外出版也吸引并培育出将近34万的海外原创网络作者，已推出海外原创作品高达37万部。种种数据表明，中国网络文学海外出版是实现中华文化“走出去”、提升中国文化竞争力的强劲助推器。

早在2016年末，阅文集团便与国家、学界、媒体一样关注到中国网络文学海外出版的一片火热，对这个新领域产生了极大的兴趣，感到欣喜至极。虽然阅文集团在中国的网络文学市场已经长期处于领先地位，但是当时的发展也面临着一些瓶颈，如订阅收入的增长大不如前等。因而阅文集团就与在北美可谓“一家独大”的 Wuxiaworld 签订了十年之久的版权协议，后者获得了大部分正在翻译的起点中文网作品版权，具备了更多商业性质。阅文集团是中国最大的网络文学集团，其在资本、资源、内容、技术等层面具有先天优势，“起点模式”亦在国内业界一直被效仿。在2017年，阅文集团开始筹备自己的文学网站海外平台，在1月就果断上线了起点国际的预热测试版本。同年5月，起点国际正式上线后，阅文集团逐步吞并了海外自建翻译网站排名仅次于 Wuxiaworld 的 Gravity Tales，历史性地改变了当前中国网络文学海外出版的格局。Wuxiaworld 也不甘落后，收购了曾经位居第三的 Volare Novels，于是在该领域呈现出双雄争霸的局面。

① 中国作家协会网络文学中心：《2021中国网络文学蓝皮书》，《文艺报》，2022年8月22日第3版。

（1）内容选取机制。

起点国际建立初期，平台上的内容基本上服务于阅文集团走向海外市场的战略导向，这是自身总体战略大方向的发展需要。刚开始，起点国际的内容选取机制与国内无二，都是先进行调研，收集海外读者与市场的反馈数据，再结合平台的大数据进行分析、选择合适的翻译作品。在此期间，其完全依赖于中国国内市场网络文学作品的阅读与销售数据，之后再根据海外市场读者的阅读喜好和阅读趋势进行选择，最后才启动翻译。一般而言，经过这种路径挑选的作品大多是国内爆火优质的 IP，如《全职高手》《许你万丈光芒好》。然而，海内外读者的喜好有差异，海内外市场的发展阶段亦不同，这种机制或许在前期运营中略见成效，但长此以往，一味生搬硬套并不能取得良好的效果。

在此基础上，起点国际“选品”不再像先前一样只是依附于国内市场，而是运用了自己独特的推荐系统，先翻译部分作品前面的章节，积累到合适的量后，再由读者根据喜好选出三本最想要继续阅读的作品纳入榜单，根据每周榜单排名来解决需要继续翻译哪些小说的问题，大部分情况下会翻译海外大众呼声最高的一本，以此满足大部分海外读者的需求。此后，一些排名较为靠后的作品可能会暂停翻译。

（2）粉丝翻译机制。

起点国际的翻译出版机制参照了自身在中国长期改革和实践中的宝贵经验，先是仿照了原先国内的职业作家体系形成职业译者体系，而后根据海外市场的具体情况也作出了一些相应的调整。比如，对于海外翻译平台来说，译者占据了不可忽视的重要地位，因此起点国际将译者的收入分成设为最高。而完全职业的译者体系亦存在或多或少的缺陷，对于因为兴趣聚集起来的读者群体更需要直接面对他们的诉求，起点国际就据此听取了粉丝的意见与建议，于 2018 年推出海外原创功能，自此海外原创网络作家数量迅猛增长。截至 2022 年底，复合增长率超 130%，其中美国原创网络作者数最多，印度、菲律宾、印度尼西亚、英国紧随其后。海外原创功能的推出，推动年轻人成为起点国际海外网络文学创作的中坚力量。在起点国际，2000 年及以后出生的海外网络文学原创作者占比高达 37.5%，1995

年及以后出生的海外网络文学原创作者占比为29.5%，“Z世代”合计占比超过三分之二。起点国际已然将部分读者转化为海外原创网络文学作者。这些作者在翻译中国网络文学作品的同时也在输出具有中国元素的原创作品，真正实现了粉丝翻译机制。

（3）VIP付费机制。

阅文集团建立的起点国际主要是将中国本土的模式国际化后向外输出，在中国实行的是VIP机制，还有投票、打赏、争取榜单等对作者的激励机制，书评区的互动增加了用户黏性，更有保障不同职业作家的福利保底体系与全勤奖等薪酬管理制度。在阅文集团带着它的模式走向未知的海外前，海外自建翻译网站模式受粉丝群体所限，尚未形成成熟的付费机制。可以说，正是起点国际的到来让中国的网络文学付费模式走向海外，促进了海外自建翻译网站付费时代的到来。

在进军新领域的初期，重点并非收费，而是用户量与用户黏性。因此，起点国际在上线之后的一段时间里提供了暂时性的免费阅读模式以培养读者的阅读习惯，此后根据用户增长的趋势判定是否需要实行付费机制。起点国际付费机制在海外的推行实行了三步走战略：第一步，起点国际上线“video advertisement model”，通过插入广告使得读者看完一段时间的广告方能浏览新的章节，让部分读者逐渐接受花钱免除广告的策略；第二步，上线“premium program（VIP）”，也就是试验阶段的VIP付费机制，给读者提供继续看广告、付费免看广告解锁新章节的选择；第三步，正式取消第一个步骤的广告模式，让“premium program（VIP）”成为正统，读者不再有选择的权利，而是只能按章节付费①。

当然，这并不意味着读者只能通过充值来获取虚拟货币。在迈出最后一步之前，起点国际举办了许多充值优惠活动，充值一美元能够获得60个“Spirit Stone”，比当前官方渠道多了10个虚拟币。平均每10个虚拟币能够购买起点国际上付费小说的一个章节。另外，起点国际提供了多渠道的日常赠送“Spirit Stone”活动，比如每日签到、评论、投票等方式都可以

① 吉云飞：《“起点国际”模式与“Wuxiaworld”模式——中国网络文学海外传播的两条道路》，《中国文学批评》2019年第2期，第102－108、159页。

让那些不愿意付费的读者有更多机会阅读 VIP 小说，而非将所有非付费用户隔离在外。

2. 掌阅科技之 iReader

iReader 是中华文化数字传播的主要平台之一，自创立之初便秉承着传播中华优秀传统文化的理念。掌阅科技以弘扬中华文化为己任，通过数字互联的方式、共同开发合作的模式，充分利用已有平台、内容以及运营推广、产品设计等方面的优势，打造了一个在全球市场都有竞争力的数字阅读平台，将中华传统文化、优秀的网络原创文学作品带到海外，立志于让全球都能听到中国的声音。掌阅科技充分响应国家促进中华文化"走出去"的号召，在加深文化交流互鉴、提升国家软实力方面都发挥了重要作用。

掌阅科技同样是在中国网络文学市场日渐饱和、人口红利效应不再凸显之时顺应全球化的趋势，大力发展潜力巨大的海外网络文学市场，并对此进行了深入探索。2015 年，掌阅科技就开始着手布局海外市场，投资了海外版的 iReader 应用项目。[①] 同年 7 月，正式发布 iReader 的国际版本，面向全球 60 多个国家和地区开放，累计上线超过 5 万部作品，海外用户超过 2000 万人。据此，掌阅科技极大地加快了中国网络文学作品海外本土化进程，跨越了语言与文化的藩篱，更广泛地向世界各国、各地区的人民展现出中国网络文学散发的生机与魅力。截至目前，掌阅科技的海外版本完成了 90 多次的产品迭代与发布，当前应用共支持 14 种语言。在网络文学原创领域，更是实现了 100 多部原创作品的海外授权。iReader 还是《习近平谈治国理政》等著作的中文繁体版本、英语版本电子书唯一的全球发售平台。

第一，内容选取上，iReader 致力于中华文化的全球传播，积极挖掘本土的原创内容产品，作为卖点吸引所在地用户，积极践行着中华文化"走出去"的使命，宣传中国主张。该公司的主要海外业务着重于两个"走出

---

① 张晓蒙：《我国网络文学海外输出路径研究》，《出版科学》2019 年第 4 期，第 70－74 页。

去”的子项目内容，即优质网络文学作品的外文翻译和IP改编。[①] 经过数年的运营，有大量的中华优秀传统文化读本、中国网络文学作品在海外出版，并被广泛传播，传播效果良好，在部分国家甚至掀起了学习中华文化的热潮。iReader已经在60余个国家和地区的阅读类应用中排首位，是华语文学在海外拓展的第一平台。

第二，在翻译层面，掌阅科技对海外网络文学市场的进军并不是单打独斗，而是与“一带一路”沿线国家和地区企业进行商务合作，如马来西亚的彩虹出版社、大将出版社以及韩国的MSTORYHUB、Intime等海外出版企业。在与这些出版企业合作的过程中，由掌阅科技提供内容资源、先进技术、管理理念，由这些熟悉当地情况的合作伙伴负责本地化的版权引入、内容运营及平台推广等。这些当地的出版企业能够更好地将掌阅科技提供的中文内容翻译成本地语言，并且生动地阐述出文本所要表达的含义。

第三，读者付费上，掌阅科技采取多种措施提高海外读者的用户转化率。一是利用已有技术挖掘内容情节，采用精准推广触及高匹配度的海外读者，更好地提高目标读者的点击率；二是以建立社区的形式推动粉丝社群的产生与聚集，并且针对粉丝社区定期举办线上活动，约十分之一的日活跃读者参与其中，总体读者的付费转化率超过4%，日活付费转化率则超过了10%；三是充分利用了大数据系统，通过读者用户的点击热图等内容，有针对性地调整付费项目的位置，针对海外读者的消费情况再适当调整相应消费额度，有效促使一大批以往消费能力相对较弱的东南亚读者进行了首次付费。

总的来说，掌阅科技能够在东南亚、东北亚等地区进行深度的观察与调研，结合各国的文化差异，有效地调动本地资源，培养当地的合作伙伴与海外读者；同时，能充分发挥自身在内容推广、产品运营、应用设计等方面有着丰富经验的优势，改良国内的经营模式并成功在国外复制，从而持续地营利，为未来的发展夯实物质基础。未来，掌阅科技将持续拓展海外的网络文学市场，打造数字出版及内容生态链条，建设、维护内容翻译

---

① 张凌云：《打造具有国际竞争力的中华文化传播平台》，《出版参考》2019年第12期，第104－106页。

平台，吸引、聚集一批作者，深耕、孵化一批内容，最后将打造的精品推向全球数字阅读用户。

3. 文学网站海外平台运作与发展策略

（1）内容：观点百家争鸣，题材百花齐放。

海外自建翻译网站的内容以玄幻、仙侠、言情等为主要类型。中国网络文学出版商有着丰富的原创作品内容，其所搭建的文学网站海外平台能够兼顾多种类型的网络文学，类型数量远远超过海外自建翻译网站，多语种翻译亦可满足海外读者各种各样的阅读需求。这都是由于中国的网络文学企业大多已经在国内拥有内容、作者等方面的资源优势，有着成熟的培育体系。尤其是伴随着海外网络作者的迅速成长，海外网络文学也呈现出百花齐放的原创生态环境，当前已经形成了 15 个大类别及 100 多个小类别，都市、西方奇幻、东方奇幻、游戏竞技、科幻是五大热门的题材类型。因此，文学网站海外平台实质上是中国网络文学在海外传播的一个窗口，其在内容输出层面能够提供更多元化的信息，同时能够深耕网络文学企业的特色内容优势，网站内容生产、挖掘相对而言不需要投入过多的精力，且能实现全面的正版化。

（2）翻译：具有显著的资金、人才、版权优势。

文学网站海外平台本身已有原始积累，大多数平台都有强大的资金背景支撑，在多年的中国网络文学市场运营中，人才队伍也逐渐壮大起来。在最初“扬帆出海”时，海外自建翻译网站所贡献的简洁明朗的有效翻译策略及相关的翻译经验也为文学网站海外平台提供了借鉴。这些平台顺着海外自建翻译网站的思路，根据自身已有的人才资源，组建起更加专业的职业译者队伍，将中国的网络文学作品以更大的规模输送到海外。文学网站海外平台会寻找专业的翻译机构，或者是寻求、组建专业的翻译小组来对海外出版的中国网络文学进行翻译，可供翻译的小说类型多样，翻译的质量也更有保证。当前有些网络文学企业海外出版时的翻译环节也会辅以人工智能，着力开发以 AI 为核心的内容翻译平台，从而提高了人工翻译的效率，也降低了原本的翻译成本。

文学网站海外平台也利用了政策和互联网的优势，加之本身成熟的经营策略，在更广泛的范围向世界各国人民展现中国网络文学独特的文学魅力和勃勃生机。此外，文学网站海外平台拥有海量的中国网络文学作品版权，极具版权优势。在此基础上，这些平台能够深入挖掘旗下作品版权的价值，如与相关的影视公司进行合作，以推动优质网络文学作品影视化来突破网络文学较为单一的输出形式。

（3）盈利：有效激活海外读者的付费转化。

流量、用户和转化率，是海外市场的三大要素，它们代表了海外市场营销的三大重要目的。中国网络文学出版企业在进军海外市场时也需要关注这三种要素，关注海外读者用户所处的现实环境以及他们所需求的信息，才能实现最终的、长远的盈利。大多文学网站海外平台都能够有效激活海外读者的付费转化率。国内多家文学网站已经建立起成熟的网络文学付费模式，即以作家连载作品、读者付费阅读为基础的健康生态模式。阅文集团的起点团队就将国内按章节付费、打赏以及设置排行榜等模式改良并输送到国外，应用到 Webnovel 中，使得读者、作者、译者、平台等多方受益。

这种付费阅读的盈利模式的推广过程并不是一帆风顺的，不同的国家有不同的国情，不同国家的公民具有不同的付费能力。因此，中国网络文学企业在推广付费阅读时还进行了多元化的探索。在文学网站海外平台中，普遍建立起的是 VIP 付费机制，对大部分付费意愿较高的用户推出这种按月收费的会员包月制，其他用户则可以通过付费、看广告等方式解锁新章节。凡此种种，既保证了盈利，也提高了海外读者的付费转化率。

三、网络文学两大海外出版机制对比

（一）内容选取机制

第一，海外自建翻译网站中的内容首先围绕译者兴趣展开。这种内容选取机制与网站本身创建的目的息息相关。Wuxiaworld 的创建人赖静平成立该网站的目的就是将中国网络小说分享给更多的西方读者，是一种民间自发的行为，由译者自主选本进行翻译，在网站上连载。一段时间后，考虑到读者的需要，该网站又通过译者与读者之间的相互交流，在一定程度上拓宽了读者阅读中国网络文学文本的选择面。但并不是所有西方读者都有无障碍读懂中国网络文学作品的能力，他们并不知道何种中国网络文学作品正热门、正流行，也难以判断哪些作品合自己的口味。因此，海外自建翻译网站中对内容的选取仍旧非常依赖海外自建翻译网站中那些热爱中国文化或拥有中国背景的“工作人员”。

Gravity Tales 的成立同样基于此背景，与 Wuxiaworld 不同的是，其最早建立原创体系。网站中不少译者和读者十分喜爱中国网络文学的题材，尤其是那些玄幻、修真等极具中国特色和中国元素的文学作品。在阅读了大量的原作与译本后，他们也萌生了自己写一部网络小说的想法并付诸行动，小说中有意设置明显的中国“风味”，穿插着许多具有中国韵味的东西。

因此，海外自建翻译网站模式对于内容的选取具有一定优势：选取的内容能够更好地满足海外读者的需求，能够促进译读双方的良性互动。在中国网络文学作品影响下，网站原创体系逐渐形成。

第二，文学网站海外平台先是基于国内文学作品的热度，后才将海外读者的兴趣考虑在内。Webnovel 属于阅文集团，而阅文集团是一个聚集了创作、推介、翻译、IP 开发及娱乐为一体的大型国际泛娱乐化网络文学运营平台。Webnovel 正是阅文集团应对向外扩展版图、实现国际化发展的需要而建立的，可以说拥有了坚实的物质基础，是在非常成熟的国内网络文学平台上去拓展的海外业务。[①] 但也正因为如此，Webnovel 对于海外读者市场的真正需求和喜好并不了解，在进军海外市场之初，基本上都围绕着自身战略方向出发，内容选取机制照搬国内市场的运行方式，将在国内较热门的文学作品提供给海外市场读者，根据他们的阅读喜好和阅读趋势进行选择，最后才启动出版。事实上，就如影视剧一样，在国内火爆的影视剧走到海外并不一定能掀起一阵风浪，反倒是那些名不见经传的小网剧却受到许多海外观众的喜爱。那些符合国内读者阅读需求的热门文学作品走

① 刘毅：《网络文学外译版权输出的角力、变局与前景》，《出版发行研究》2017 年第 12 期，第 94－97 页。

出国门时，能否符合海外读者需求尚未可知。而那些国内并无太多热度，仍然有潜力有价值的文学作品，却受到了“忽视”，连走出国门的机会也没有，更别谈在海外的发展了。

掌阅科技同样是基于当前中国网络文学市场趋于饱和的形势，进军海外市场，在已有资源基础上推出自己的海外平台，即 iReader 的国际版本。在内容选择层面，iReader 同海外的多家出版社进行深度的交流与合作，积极挖掘中国本土的原创文学作品，让文学作品更加贴近输出地读者用户的需求。

总体来看，文学网站海外平台模式在内容选取机制方面存在一些不合理之处：过于依赖中国本土的文学作品阅读及销售趋势，虽然部分出版方会与国外出版社进行交流合作，但是对海外读者真正的阅读需求的了解仍然较为匮乏。因而相较于海外自建翻译模式，该模式下的海外文学平台缺少了一种天然的亲近感。

（二）翻译出版机制

1. 海外自建翻译网站采用网络文学“搬运”的运作模式

海外自建翻译网站采用的是以翻译为主轴的网络文学“搬运”的运作模式。从翻译角度来看，这些网站中译者的身份起到了不可忽视的作用。同时，译者在进行文学作品的跨文化翻译时，选择何种表达方式也要多加斟酌。网络文学进行海外出版时，译者作为一种可控制变量，最为理想的身份是长期居住在目标语言国家且具备理解中国风土人情能力的人，若有中国背景更佳，如此一来，在网络文学海外出版的跨文化翻译环节上，就更便于解析作品内容中的中国元素，从而向异国读者输出作品内容。比如，Wuxiaworld 和 Gravity Tales 的创建者，都是基于兴趣爱好的个人译者，其他译者以及诸如中国网络文学翻译网站的译者等都为趣缘群体，对网络文学的热爱让他们聚集到一起。他们中的绝大多数都是年轻人，身份多种多样，有学生，亦有正在各行各业奋斗的人，或是散布在世界各地的华人。总体而言，他们大多具有中国背景，或是对于中国文化有狂热的爱好，或是正在学习汉语想要通过翻译这种实践方式检验自身所学，以求更上一层楼。

在翻译出版机制层面，为了使读者能够更好地理解文本内容，译者通常还会利用副文本进行内容的阐释与推介，在中国网络文学海外传播时以此为语境补偿，用直接破译的形式解释高语境文化信息。在这一方面，海外自建翻译网站的处理方式比文学网站海外平台处理得更为自然。比如，Gravity Tales 上翻译的《斩龙》，译者就在部分章节末尾处自主添加了负载有中国文化字词的“Translator Notes”，包含了一些成语、比喻、诗句以及一些在西方语境中较难理解的内容。如“生活苦得像苦瓜里拧出来的汁一样”，译者选择了直译成“My life was as bitter as the juice squeezed from a bitter gourd”，并诚实表示自己很难将“苦”这个词本土化，翻译得不太地道，只能进一步解释道，在中文中“苦”一词可以表示“both bitter and tough”，所以原作者才将苦瓜汁的苦比喻成生活之苦。此外，译者设身处地为读者着想，尤其是当译者本人不太确定自己的翻译与解释是否能准确表达出原文的意思时，还会附上链接供读者参考，如文章中提及某份在海外较为罕见的菜品时会附上图片，提及某个古色古香的诗句时会提供诗句原文及中文释义。

海外自建翻译网站模式下的译者基于兴趣爱好对小说进行“搬运”加工，较为突出的优势还在于互动性。海外自建翻译网站中的网络小说基本保持每日更新，使读者更加期待明天的章节内容。同时，该模式下译者的非专业性还给予了读者除催促更新以外的交流互动，如翻译内容本身、译者翻译技巧及翻译质量评价等方面，形成了一种开放的沟通机制。一般而言，这种交流互动大多体现在字词句的翻译层面及文章评价。如在 Gravity Tales 的《斩龙》中，面对主角李逍遥在与野怪战斗结束后获得的“White Equip”时，译者标注道：“There are levels to the item rarity which are represented by the colors, I can't seem to find any additional information on this though.”他解释了小说中物品的稀有程度是由颜色来表示的，但是他又表示自己似乎找不到任何额外的信息。此备注引起了读者们的讨论。此后一位昵称为 Arissa 的读者指出，这个颜色的层级列表在各大网络游戏中都能看见，一般的顺序为“White < Green < Bronze < Silver < Gold”。读者如此热

情参与讨论也意味着他们对于该小说的投入程度之深。

海外自建翻译网站采用的是以翻译为主轴的网络文学“搬运”的运作模式，将重心放在翻译与传播层面。这些模式中的网站译者在翻译时极具亲和力，能从读者角度出发进行翻译。读者亦能在线发表自己对译文的看法，对于某词某句翻译方式的理解，译者在留言区评论区看到相关内容时也会与读者进行交流互动，因此更加便于译者调整自己的翻译方式，让译本得到更为广泛的传播，促进翻译质量提升的同时，也促进了中国文化“走出去”。

2. 文学网站海外平台采用版权输出的运作模式

文学网站海外平台在国内已经建立了先天的优势，比如 Webnovel 所属的阅文集团具有雄厚的资金实力，物力人力可调动范围大。相关海外自建翻译网站的各项收入加起来也仅仅占据阅文集团的 1% 左右。此外，相较于海外自建翻译网站，这些深耕国内文学领域的企业拥有的原创作品数量是十分庞大的。Webnovel 在海外刚上线时，便同步上线了 38 部作品共计近 3000 章节的内容，超越了海外自建翻译网站在 Webnovel 尚未进军海外市场的这数年内“搬运”的所有网络小说的数量，当时排名第一的海外自建翻译网站 Wuxiaworld 也仅有 35 部作品正在更新。

缺少中国文学作品版权也是海外自建翻译网站的突出问题，版权也限制了其规模化的发展。在成立之初，海外自建翻译网站的内容是译者自发“搬运”的，非常依赖于中国原有的文学作品，网站内已经更新完毕的以及正在翻译更新的内容都没有拿到翻译授权，涉嫌侵权。而正是由于供给受限，这些处于灰色地带的作品又支撑起整个网站的内容架构，一旦遭受版权追究，网站的未来发展将步履维艰。虽然部分海外自建翻译网站，如 Gravity Tales 已经开始建立自己的原创体系，但是稳定的已签约原创作家少之又少，加之中国相关企业的进军，这一局面有待改变。当时起点国际有着雄厚的财力，但是缺少像 Wuxiaworld 那样生动连接着海内外读者、深谙中国文化的高质量译者，因此向原在 Wuxiaworld 工作的三位优秀翻译人员开出高薪，挖掘人才。Wuxiaworld 在和起点国际的合作破裂后，显然意识到自己存在的不足，因此逐步推进了译者队伍的全职化。起点国际也在逐步推进自己的翻译孵化计划，推动构建粉丝翻译机制，对译者进行招募和培训，同时培养熟悉海内外版权市场运营以及版权国际贸易的运营人才，深入推进与海外国家的国际版权合作。两者的合作破裂后，起点国际收回了 Wuxiaworld 的版权。所有具有原创作品版权的文学网站海外平台都意识到，中国文学作品的海外出版，不能局限于单纯地授予版权、市场代理权，而更应该要在整个版权的输出过程中占据高地，发挥自身优势，推动国际化发展。

（三）平台运营机制

文学网站海外平台在平台运营中占绝对优势，如 Webnovel 和 iReader 在进军国际市场前都已经在国内站稳脚跟，拥有海外自建翻译网站所不具备的运营经验及商业模式。前者在媒体方面的把控能力也强于后者，拥有优秀的新媒体传播人才及领先的新媒体技术，且原先就有十分成熟的客户端运营经验。因此，这些文学网站在海外建构的平台能够支持海内外的账户注册登录，也能够支持 PC 端、安卓端、iOS 三种生态系统。海外自建翻译网站虽然也赢得了海外读者的认可，但是其表现形式以网站为主，页面只具备最基础的功能，对比文学网站海外平台而言较为简陋，而文学网站海外平台穿插着多媒体设计，能够从多个维度满足读者需求。

就平台运营及盈利能力而言，海外自建翻译网站普遍仿照 Wuxiaworld 进行，开始是采用定期更新固定数量的小说内容并在读者打赏达到一定数额时加更的形式，后又推动建立了预读化付费机制。文学网站海外平台则普遍建立起国内常见的 VIP 付费机制。需要注意的是，当前文学网站海外平台在海外尚未完全站稳脚跟，没有培养出具有黏性的粉丝群体，海外读者对平台的黏性不足。虽然原先这些企业已经在国内有着成熟的运作经验和商业模式，但是对于海外的业务绝不能简单地复制国内的路径，应该因地制宜逐步改善，不可操之过急地扩张市场占有率而盲目强制开启不适应海外市场的付费道路，免得引起海外读者的反感。

从长远发展来看，文学网站海外平台显然在平台运营机制方面更加完善。海外自建翻译网站纯粹围绕翻译展开，目的性更强，民间翻译能力也更强，译本内容更能得到海外读者的普遍认可。而文学网站海外平台却有着完整的 IP 产业链，使得网络文学的价值超越了网络文学本身。随着 IP 概念的建立和贯彻，与线下出版、影视剧、动漫、游戏、有声读物等周边媒介形成了一条完整的纵向产业链。凡此种种，能够更深层次地挖掘出中国网络文学作品的内在价值，突破视听、文化、科技等各方面的界限，实现了 IP 的全版权运营，从而赢得市场份额，有着良好的发展前景。

四、网络文学海外出版现存问题及优化策略

（一）网络文学海外出版现存问题

中国网络文学海外市场不断发展，相关网络文学作品在海外已经具备一定的知名度，大量海外读者也着迷于那些情节新颖、内容有趣的中国网络小说，形成了一定的用户黏性，可以说阅读中国的网络文学作品已经是他们日常生活当中不可或缺的一部分①。但实际上，中国网络文学作品发展态势良好的同时，也存在一些限制其更进一步发展的“卡脖子”问题。这些已经暴露出来的问题若不尽快得到解决，可能会阻碍中国网络文学出版及中国出版“走出去”的健康发展之路，甚至会影响中国在世界的文化形象。

1. 内容选取问题

中国网络文学作者、海外原创作者构成的内容创作方与中国网络文学平台构成的内容提供方所拥有的作品储量十分丰富，且数量仍在高速增长，题材也包括言情、玄幻、历史、科技、仙侠等，无所不有。当前在海外热度最高的网络文学作品大致可以分为科幻、喜剧、爱情三类，蕴含着人类真善美的共同价值追求。但细化到不同国家和地区，又呈现出不一样的偏好：欧洲受众更加喜爱武侠类；北美受众偏爱仙侠及玄幻类，对带有中国传统文化的古言类接受程度也很高；在东南亚，女频的都市言情作品

---

① 《2020 年中国网络文学出海研究报告》，艾瑞咨询研究报告，发布日期：2020 年 8 月 31 日，http：//report. iresearch. cn。

若涉及校园、婚恋、职场等更受欢迎；日韩则流行宫斗、推理、灵异等小说。这就意味着海外网络文学读者对中国网络文学作品的需求量非常大，但数据表明，已经成功实现海外出版的中国网络文学作品数量却不及国内的两千分之一。海外网络文学读者对中国网络文学作品的需求非常多，但当前进行中国网络文学海外出版的主体提供的类型并不能完全满足，要么“专”，即只着重于相似的几种类型，要么“泛”，即没有针对性地深入调研目标市场需求，只是采取广撒网的形式，质量往往得不到保障。

2. 翻译出版问题

（1）翻译问题。

翻译的水平和质量制约着中国网络文学走向海外的深度与广度。中国网络文学作品海外出版的漫漫征途中，普遍存在翻译质量不高的问题。除了文本内容需要契合读者心理，新颖有趣得以让人“驻足”外，由于中西方文化存在差异，不少富含中国本土的传统文化元素、极具深厚文化底蕴的网络文学作品存在一定的翻译难度，这对于将作品传播至海外的不同意义上的“搬运工”——译者亦有一定的要求，具体体现在译者的跨文化适应与翻译策略上。语境在翻译中最为重要，其重要性甚至高于任何规则、任何理论、任何基本词义。尤其是对于网络小说而言，大多数都是以日常化的“流水账”叙事为主，更加注重情节的发展，在网络文学的艺术性、严肃性方面较为匮乏。大多数译者翻译这类网络文学时，往往只是将内容的大意翻译出来，并不明白其中真正的含义，因而导致译文的质量降低。

当前在翻译层面主要有个人翻译和专业翻译两种方式。中国网络文学最初走向海外时完完全全依赖于个人翻译，是基本具备双语背景爱好者的自发行为。他们基于对中国网络文学作品的热爱，想向其他大众分享这些好作品，而对其进行翻译并发布到网络上。这种由个人译者进行翻译的模式存在明显劣势。因而随着中国网络文学海外出版市场的不断扩张，专业中国网络文学出版商进军海外领域，随之而来的是更为专业的翻译团队及翻译机构。相比之前的个人译者，翻译团队与机构能够在某种程度上解决之前中国网络文学作品数量庞大而个人译者有限的问题，以及部分翻译质量问题，使得翻译效率与质量有了较大的提升。但这些专业的翻译团队与机构同样存在一些痛点：比如在翻译成本方面，中国网络文学海外出版的作品主体是网络小说，网络小说大多以几百章节乃至几千章节计算。一般来说，中译英的翻译费用是每千字两百元，而相较于实体书，以互联网为载体，已经突破文本限制的网络小说的翻译费用可谓天价，即便是具有一定规模的出版商也需要考虑成本问题。

（2）版权问题。

在海外网络文学的版权市场，尚无健全的版权保护意识，也未曾建立相关版权输出机制、版权保护机制，盗版猖獗至极，如 Webnovel 网站上热门的翻译作品就屡屡遭受其他网站的侵权“搬运”。从地域空间上看，中国网络文学海外出版的作品版权同时涉及其他国家，加之网络上的侵权行为更加隐蔽，很难在众多中小型网站中监测取证，所以维权耗时较长，维权费用也十分高昂。同样，每个国家对于著作权的侵权行为在法律规定、法律适用乃至诉讼等方面都有所差异，想要维权必要先寻找合适的、了解两国法律的人才，即便维权成功，维权所得回报也不一定尽如人意。如果版权的打击力度过高，又不利于中国网络文学海外出版的长远发展，造成各企业难以突破其壁垒，望而生畏，最后不愿踏入。但过低的版权打击力度又可能不利于网络文学海外市场的健康长远发展。

（3）平台运营问题。

时至今日，中国网络文学海外出版平台运营已经形成了多种商业模式并存的局面。相关网站及各平台在运营过程中常用的商业模式有最初的版权售卖、在建立的翻译网站中投放广告、以众筹推进章节内容、通过打赏捐款补贴网站运营成本等。还有一些商业模式已经在中国市场用实践证明较为可行，随后被移植到海外，如针对泛阅读用户采用广告来解锁付费章节、识别付费意愿较高的用户并向其推荐购买包月会员、实行付费订阅等。但这些付费的机制尚未稳定，尤其是网络文学更多地脱胎于免费阅读模式，绝大多数海外的读者仍然不具备付费意愿。因而不论是海外自建翻译网站，抑或是文学网站海外平台，在网络文学海外市场实现稳定盈利仍然还有很长的路要走。

（二）网络文学海外出版优化策略

互联网时代，网络有着海量的文学资源，庞大的作者与读者群体交流互动，也激励着更多潜在的文学资源被开发出来。“草根逆袭”成为中国网络文学走向海外的第一条快车道。这种模式不只适用于我国网络文学读者，更与国外读者相契合。中国网络文学在海外读者看来十分新鲜，尤其是中国网络文学中包含的众多中国特色元素，满足了读者的猎奇心理。事实证明，中国网络文学在海外的出版取得了显著的成就，一定程度上为我国相关企业进行网络文学海外出版、践行中华文化“走出去”提供了难能可贵的实践经验。需要注意的是，不同的网络文学出版模式在内容选取、翻译出版、平台运营方面有着不同的措施。在模式对比中，中国网络文学在海外出版的过程中也暴露出诸多问题。因而，在两大模式四个案例的对比分析中，本研究认为中国网络文学海外出版还有优化的空间，并针对存在的内容选取、翻译出版、平台运营等方面的问题提出相应对策。

1. 完善内容选取机制，增加多元题材输出

（1）海外自建翻译网站：综合考量内容选取因素，建立读者喜好测评系统。

海外自建翻译网站模式在内容选取上有着天然的优势，作品选择源自译者兴趣，选定后向目标群体针对性传播。这些经过了多重身份译者筛选下来的网络文学作品更契合海外读者需求，满足其寻求新鲜感、刺激感的心理，所以在未来更应发挥此优势方能实现健康长远发展。然而，如果仅从译者个人兴趣出发来选取作品，可能会导致海外自建翻译网站内容单一、缺乏广度和深度等问题。因此，在选取内容时，还需要做到以下几个方面：

第一，明确目标读者，了解目标读者的需求和偏好。海外自建翻译网站要确定自身的内容定位和发展策略。这有利于更好地挖掘和选取适合的中国网络文学作品，将之出版到海外。首先，应该确定目标读者，通过市场调研和数据分析了解目标读者的特点、喜好和需求。如果目标读者主要来自东南亚地区，那么网站应该选取一些轻松愉快的小说，或者是浪漫爱

情故事等类型的作品；如果目标读者主要来自欧美地区，那么网站就可以选取一些武侠、科幻、奇幻等类型的作品。只有了解目标读者，才能更好地满足其需求，提供优质的阅读体验。其次，确定自身的内容定位和发展策略。这需要考虑网站所处的市场环境、竞争格局和自身的实际情况。如果市场上已经有很多类似的翻译网站，那么网站就要寻找自身的差异化特色，确立发展策略以吸引更多的读者。最后，选取优质的中国网络文学作品。这需要网站进行综合考量，包括作品的类型、质量、流行度、版权情况等因素。

同时，海外自建翻译网站应当做到“四选取”：一是选取适合目标读者的作品。根据前面所述的目标读者特点来进行选择。选取一些符合目标读者需求和喜好的作品，让他们能够获得最佳的阅读体验。二是选取高质量的作品。这需要网站对作品经过严格的筛选和评估，选取那些有独特创意、情节紧凑、语言生动、文字质量高的作品。三是选取流行度高的作品。要关注国内网络文学市场的趋势和热点，选取一些流行度高、话题热度高的作品进行翻译和出版，可以吸引更多的读者，提升网站的知名度。四是选取已经获得版权保护的作品。网站需要遵守与版权有关的法律法规，选取那些已经获得版权保护的作品。若网站侵犯了他人的版权，将会带来严重的法律后果，甚至会危及网站的生存和发展。

第二，保证作品质量。海外自建翻译网站选取的中国网络文学作品应该具备一定的文学素养和正能量，不只是译者个人兴趣所在，也要包括那些高质量的中国网络文学作品。具备一定的文学素养体现在选取的中国网络文学作品在语言表达、情节设计及人物塑造方面，需要进行严格的审核与评估。正能量则体现在这些被选取的作品应该传递积极的思想与价值观，有助于促进社会的发展和进步。这对于海外读者来说尤为重要，因为他们通常会将这些作品视为了解中国文化和社会的窗口。如果作品传递的是消极或者错误的价值观，将会给海外读者带来误导，不利于中华文化“走出去”，甚至可能产生负面影响。选择高质量的中国网络文学作品进行海外出版，既有利于提高海外读者对中国文学的认识，也会为海外自建翻译网站带来更多的流量和关注度。此外，网站内容应多元化，涵盖各种类型的文学作品，如言情小说、推理小说、科幻小说、玄幻小说等。这既符合读者的需求，为海外读者提供更多的选择和体验，也能提高海外自建翻译网站的用户黏性和使用率，有助于提升中国文学在国际上的影响力。

第三，关注市场动态。海外网络文学市场正面临快速的变革和发展，海外自建翻译网站更应时刻关注海外网络文学市场的动态，实时调整其内容选取方向和策略，以适应市场需求和变化。市场变化无常，在某一个时间段内受欢迎的作品，在另一个时间段可能不再具有吸引力。因此，根据市场需求的变化来及时更新网站内容，打造新的热门作品和紧跟流行趋势是十分必要的。海外自建翻译网站在资金、作品资源等方面与文学网站海外平台有着一定的差距，因此更应该发挥自身内容选取优势。而关注市场动态是海外自建翻译网站成功的关键所在。只有了解和适应市场需求和变化，吸引更多具有阅读黏性的读者，才能在激烈的海外网络文学市场竞争中占据一席之地。

具体而言，海外自建翻译网站可以尝试建立一个独立的海外读者喜好测评体系，基于译者兴趣、读者偏好、市场动态等，通过质与量的结合，使翻译内容选取的方向更加科学合理。比如，可以进行海外受众调查，探究本地化的途径和方法，推进“因地制宜”的有效传播。通过调查问卷的形式了解海外读者需求，调查问卷设置的问题可以是对某种类型的小说是否感兴趣、最喜欢的角色及角色类型、最喜欢的情节等，在网站顶部或小说评论区插入调查问卷链接，并在问卷中设置奖励机制，以提高问卷的回收率。海外自建翻译网站相关人员可以根据反馈的结果评估不同类型作品的受欢迎程度及其受欢迎背后的深层原因，例如该种类型小说中最受欢迎的元素有哪些，是仙侠类小说的修炼系统还是玄幻小说中的魔法设定。如此便可以建立起针对不同类型小说相应的评估指标，进而构建读者喜好测评体系。同时，海外自建翻译网站相关人员还可以根据小说的点击率、评论量、收藏量等进行综合考量，确定今后翻译的方向及内容。

（2）文学网站海外平台：瞄准海外市场空缺，输出优质内容和多元题材。

中国网络文学海外市场仍有一定量的空缺。当前因为众多海外自建翻译网站的成长，尤其是大中型海外自建翻译网站中有着大量的男频小说，海外的男频市场竞争趋于白热化。而对于女频市场，仅有非常小一部分的小型海外自建翻译网站将女频小说作为主打类型进行推广，所以该市场有待中国网络文学企业进行探索。

文学网站海外平台在中国已经建立了先天的网络文学作品资源和版权优势，但在作品选择上，还要转变已有评价维度。先前，中国当代文学在海外出版的传统形式大多是基于纸质版图书，大多由专业的汉学家译者如葛浩文、白睿文等完成翻译，虽然人数有限，但是每位能力都十分突出，翻译了不少精品佳作，因而许多译作都获得了奖项。随着互联网的发展，电子版文学译作在海外出版的影响范围更加广泛。但不同于中国当代文学，历来中国的类型文学难登大雅之堂，在评估中国当代文学海外出版的传播效果时，网络文学总是被忽略的那一方①。因此，在中国网络文学海外出版过程中，评价海外出版取得的效果好坏，不在于是否取得了世界级、国家级的奖项，也不能仅仅凭某些权威人物对其的态度决定，而是应该更多地观察网络文学在海外出版时本身的被阅读及被接受程度。也就是说，评价中国网络文学海外出版的情况，应该更多地注重于作品本身的传播情况，从读者阅读时长、阅读黏性、阅读评价等多个维度评价。只有针对不同类型的题材予以不同的权重，并且构建出系统性的评价体系，中国网络文学出版企业建立的海外平台才能够及时瞄准网络文学海外市场的空缺，依托自身版权优势，在海量作品中选出在海外市场中相对“空缺”的网络文学作品，有针对性地将之输出至海外，提高作品乃至企业的市场竞争力。

当前海外网络文学市场读者众多，国际化视野下特色精品及内容价值才是王道，内容优质是吸引读者、留住读者的根本手段。网络文学作品作为数字文化产品呈现出轻量化、碎片化的传播特性，其传播过程具备极强的交互性和社交性，符合“Z 世代”文化需求和生活方式。在数字文化生态中，西方“Z 世代”是中国网络文学海外读者的主要群体，推崇内容至

① 阳鲲：《中国当代文学海外传播效果之多维探讨》，《外语与翻译》2021 年第 2 期，第 88 –92 页。

上已经成为网络文学领域内的基本共识及当前趋势。海外读者对中国网络文学的接受度正不断提高，文学网站海外平台尤其要抓住此机遇，针对海外“Z 世代”进行有针对性的传播与内容出版。这能够更有效地塑造中国可信、可爱、可敬的形象，推动中华文化在海外的传播。

在此基础上，输出多元题材是中国网络文学在海外出版的稳步发展之道。内容的选取和挖掘可以从国内起步，逐渐面向海外。这就要求想要走出国门、拥抱世界的中国网络文学出版企业首先要在国内“收集”海量的优质内容。比如推进本土的网络文学作品创作，通过举办比赛、讲座等活动激励更多优质作家参与其中，获取更多优质网络文学作品，丰富中国网络文学作品的源头，保证有更多优质的内容可以输出，有更多元的题材可供选择。当前中国网络文学海外出版的作品中广受关注的多为武侠、玄幻等类型的小说，而能够反映中国当代社会变迁及人民现实生活的作品却很少。因此，具有实力和良好发展前景的文学网站海外平台更应背负起时代责任，响应中华文化“走出去”的号召，除了当前热门的网络文学作品类型以外，也要在海外出版更多的现实题材作品，向海外读者展现博大精深的中华文化，展示中国现代化、开放、自信的多元面貌及全新形象，让世界各国人民真正了解今日中国的变革与发展，避免对中国形成刻板形象，增强中国国际话语权与文化软实力。在面向海外时，可以人工智能技术为辅提高人工翻译的效率，实现优质内容与多元题材的规模化出海。

2. 健全翻译出版机制，占领版权输出高地

（1）海外自建翻译网站：形成职业化翻译机制，AI 辅助降低翻译成本。

因为背景、身份、文化程度等的差异，每一位译者都在译文中展现着自己鲜明的个性、独特的思维、不同的诠释视角。由于中国网络文学的海外出版工作量大，需要进行高强度的翻译工作，要想满足不同国家和地区读者的阅读需求，海外自建翻译网站应该吸引更多有资质、有经验、擅长不同领域、语言文化背景丰富的译者。为了保证译文质量，译者需要采用多元化的翻译策略，满足各语种目标读者群体的需求。而在实际翻译过程中，每种翻译策略都有其优缺点和适用范围。例如，直译尽可能地保留了

原文的意思和风格，但往往会遇到语言差异、文化差异等问题，需要进行适当的调整；意译则可以更好地传达作者的情感和意图，但也需要结合具体情境和读者背景去选择合适的翻译方式。因此，译者需要根据具体情况，灵活运用各种翻译策略，以确保译文的准确性和流畅度。

海外自建翻译网站更需要推进站内译者的全职化，形成职业化翻译机制；同时，推动更多粉丝完成译者身份的转换，产出更多浸润过中华文化的海外本土原创作品。站内译者的全职化能够让网站在该行业内具备竞争优势：一方面，全职化可以让网站译者更专注于翻译工作，通过提供更好的福利待遇，如为全职翻译人员提供有竞争力的薪资、充足的休假时间、医疗保险等福利保障，以提高他们的生活品质和工作积极性，从而提升翻译质量和效率；另一方面，能够为网站带来更加稳定的翻译资源和更高的信誉度。除此以外，海外自建翻译网站译者职业化翻译机制的推进还需要形成良好的内部管理机制。可以建立完善的电子档案管理系统，记录每位翻译人员的翻译历程和成长轨迹；针对译者需求，定期举办培训课程，或是组织译者参与线上线下的交流活动，提升全站译者翻译的技能水平。良好的工作氛围和企业文化同样重要。由于海外自建翻译网站的特殊性，译者等网站工作人员并不一定像传统企业有固定的办公场所，因而网站可以在借鉴传统网络文学企业商业模式的基础上，依托线上渠道举办各类活动，开展比赛，激励译者积极翻译、创作，也为海外读者创造优良的阅读环境。

为了实现译者全职业化，海外自建翻译网站必须加大资金支持力度，以维护和开拓译者资源。这就意味着，如果推动职业化翻译机制形成，海外自建翻译网站就必须面临成本上升的局面。此外，中国网络文学作品数量庞大，大多数作品字数多、章节多，而且新人新作层出不穷，尤其是网络文学作品的超文本性，使得人工翻译的难度剧增，因此出海的头部作品只占一小部分。为了让全球读者更快、更全面地感受到中国网络文学的魅力，解决中国网络文学海外出版翻译效率较低、成本较高等问题，中国部分文学网站海外平台已经与人工智能科技企业合作，在 AI 翻译模型开发方面进行探索[1]。例如，Webnovel 上线了由 AI 翻译的中国网络文学作品，并推出“用户修订翻译”的功能，以便读者在阅读过程中及时对 AI 翻译内容进行编辑和修正，这能够优化 AI 翻译的模型效果。降低成本效果最为明显的为推文科技，其建立的 AI 翻译生成、分发系统通过自动监测、抓取、翻译、发布已经获得版权的中文小说，能做到 3 秒钟翻译 1 章，每天翻译 3 万章左右，极大提高翻译效率的同时，翻译成本仅仅是原有成本的 1%。

因此，海外自建翻译网站应当尽可能地与人工智能科技企业合作，以人工翻译为基础，以 AI 翻译为辅助手段，提高翻译的质量和效率。通过丰富 AI 语料库，不断修正 AI 翻译内容关键点，补充完善中国网络文学作品的专有名词库，避免传统机器翻译时常出现的一词多用、张冠李戴等现象。除了与人工智能科技企业达成合作，海外自建翻译网站也需要与文学网站海外平台协同构建起中国网络文学的知识谱系。这也是当前中国网络文学海外出版领域的大势所趋。

（2）文学网站海外平台：多种翻译风格，筑起版权壁垒。

对于中国网络文学海外出版来说，翻译是高难度的一环。虽然网络文学翻译的试错成本不高，但是也需要谨慎再三，多思索。可以从其他国家的文化输出，如日本动漫产业西行之路中吸取经验和教训，为网络文学海外出版的长远发展奠定坚实的基础。我国国内有资金、资源、人才的文学网站海外平台面对海量的有版权的中国网络文学作品，更应发挥自身优势，加强与海外译介机构的交流与合作，搜集、整理、筛选不同类型的中国网络文学作品，建立标准的翻译词库，尤其是针对某些极具中国特色，“只能意会不能言传”的具有深刻含义的字、词、句，如中国专有的名词、成语、诗词等，一些古人的称谓及地道的俚语等，更应多加斟酌，避免在海外出版的文学作品中出现令读者感到困惑的释义。这就要求：一是在翻译风格上必须忠于原文，科幻、玄幻、都市、言情等各种类型的小说，都尽可能保留原作的语言风格和文化背景，使得读者能够更真切地感受到作者的意图和情感；二是在具体的翻译方式上，文学网站海外平台应该制定

① 周志军：《AI 翻译助力网文出海》，《中国文化报》，2019 年 12 月 31 日第 6 版。

相关标准，要求译者根据小说类型的特点进行针对性调整。由于文学网站海外平台拥有国内人才及海外本土化团队，在翻译过程中也可以积极加强交流合作，尽可能使得翻译贴合输出地读者的文化背景和阅读习惯。这种有针对性的翻译方式可以更好地满足读者的阅读需求，同时能够让译者更好地理解和把握原作的精髓。

在此基础上，针对不同类型小说形成多种翻译风格，在内容生产、分发时采取最具有出版和传播优势的翻译风格，即译者能根据作品的不同类型选择最精准的翻译方式。例如，对于科幻小说更加注重专业术语的使用，保证译文的科学性、严谨性，展现出未来世界的奇妙魅力；对于言情小说采用流畅的句子和柔美的语言，以表现出故事中的温馨、甜蜜和动人之处，更加注重情感表达和情节推进；对于武侠小说则采用古朴风格，还原古色古香，多插入图片、音频帮助理解，以体现其独特的历史文化背景和武侠精神。

中国网络文学海外出版的过程中往往面临着很多问题。这些问题大多是海外层出不穷的盗版侵权行为造成的。海外自建翻译网站模式与文学网站海外平台模式各有其优势所在，起点国际与 Gravity Tales 的整合更是为未来中国网络文学海外出版的走向提供了启示。起点国际与规模第一的海外自建翻译网站 Wuxiaworld 虽然未能达成持续合作，但作为两种模式中最具影响力的两大巨头，可以各自寻觅新的合作对象，形成优势互补，共同打击盗版作品，加大对海外出版的中国网络文学作品的保护力度。同时，中国网络文学出版企业可以加强和全球范围内技术平台的交流合作，突破阅读场景限制，拓宽输出渠道，实现各种智能设备的交流互通，带给海外读者全新的阅读体验。

另外，中国网络文学的跨国发展还没有健全的、有针对性的法律来限制盗版行为。除了上述措施以外，必须借鉴一些先进国家的司法实践及相关法律条文，推动中国网络文学海外市场的健康发展。这需要文学网站海外平台的大力配合。例如，文学网站海外平台可以与海外自建翻译网站合作，制定相关合同条款，促使后者走上正版转型之路。此外，企业需要从技术方面着力，加大技术研发的费用投入，如可以运用区块链技术绑定网络文学作品版权归属，同时实现对盗版作品产生源头的精准打击，并且通过技术设置版权壁垒。版权壁垒的设置需要多加斟酌，避免重蹈日本轻小说的覆辙。

3. 明晰平台运营方式，实现全产业链IP化

海外自建翻译网站与文学网站海外平台都需要明晰平台运营方式，制定未来发展战略。而这些内容都涉及人才挖掘与培养、全版权IP开发等。文学网站海外平台由于原先在国内已经建立了人才、资金、资源优势，拥有着丰富的运营经验和成熟的商业模式，能够更快速地适应海外网络文学市场及满足海外读者的需求，提供更加优质的服务。经过深入的市场调研、市场分析，这些文学网站海外平台能够将国内的成功经验应用到海外，制定最佳的进军策略。海外自建翻译网站由于体量较小，人才、资金等相对缺乏，因而更有必要去学习、借鉴文学网站海外平台的运营及盈利模式。然而，文学网站海外平台的运营方式仍有可进步的空间，如“复合型”人才尚且不足，有待进一步开发、培养，部分文学网站海外平台尚未建立起完整的纵向IP产业链。因而，针对这些方面提出优化策略，能够为海外自建翻译网站和文学网站海外平台提供启示和改进建议，亦能促使其走好中国网络文学海外出版之路，推动中华文化“走出去”。

（1）培养运营“复合型”人才。

在中国网络文学海外出版的过程中，中国的相关出版企业必须加强对专业的国际化技术人员的培养，尤其是培养对输出地国家语言、金融、法律、版权管理等内容熟悉的技术人才。不同国家和地区因为文化背景不同，语言习惯及表达方式有差异，因而翻译出版中国网络文学作品时，需要有一支具备输出地语言能力的翻译团队。这些翻译人员除了要熟练掌握汉语和目标语言外，还要对输出地的语言环境、文化底蕴及口味偏好等有深入了解，才能够对翻译进行恰如其分的调整，同时要保持故事情节和风格的原汁原味。

此外，必须重视海外出版的金融和法律问题。海外自建翻译网站和文学网站海外平台在盈利方面需要考虑汇率、支付方式、税务等一系列金融问题，同时要遵守输出地的法律法规。文学作品版权保护也要有专业人士

进行管理，以避免版权纠纷和侵权事件的发生。因此，海外自建翻译网站要注重挖掘和培养“复合型”人才，弥补现有团队人才的不足，文学网站海外平台则可以在现有的一些有能力、有潜力的专业技术人员中进行选拔，去培训一批语言能力强、熟悉国际规则的人才加入国际化团队。尤其是可以注重培养年轻的国际金融人才，为他们创造去国际化环境发展的机会，使他们有足够的时间和空间学习并掌握相关专业知识。

海外自建翻译网站及文学网站海外平台若想做大做强，还应当考虑培养或招纳具有创新能力、市场营销能力的专业人才，根据不同国家的国情选择合适的推广策略和营销活动，如可以与当地传统文化深入融合，采取新颖的宣传形式和营销手段吸引读者注意力。

（2）推动全版权产业链 IP 化。

中国的网络文学市场尽管规模庞大，在海外市场上的传播和影响力并不强大。为了推动海外自建翻译网站及文学网站海外平台的发展，推动中国网络文学的海外出版，需要加强对原创作品的保护，更需要构建起一个完整的版权产业链，实现 IP 全产业链化。中国网络文学的 IP 是一种潜力巨大的资源，具有丰富的商业价值。网络文学作品中具有可挖掘性的 IP 有许多，出版方在全球范围内深入挖掘 IP 泛娱乐的商业价值，网络文学海外出版的 IP 化能够拓宽海外受众的选择渠道，扩大海外受众规模。

在方式上，必须转变传统思维模式。中国网络文学全版权全链条 IP 化不等同于传统的 IP 销售，而是建立在互联网的爆款产品思维、平台思维等思维模式上，通过甄选、增值、赋能等对 IP 进行系统性开发，并将链条延伸至海外，将衍生内容及产业输送至海外。例如，以现象级爆款巩固影视化语境下的中国网络文学地位，针对东南亚区域可以着重于影视改编，通过与东南亚知名文化企业进行合作，配备优秀制作团队，聘用当地优质演员，共同开发中国网络文学 IP，或是授权海外公司，不局限于授权海外文化企业进行 IP 改编等。

可以说，推动全版权产业链 IP 化，海外自建翻译网站及文学网站海外平台既需要通过调研了解目标市场的文化、喜好和法律法规，也需要选择高质量且具备国际市场接受度，具备一定文化普及度和跨国界意义的 IP。

只有兼顾IP当前版权状况、商业价值及运营成本因素，再选择合适的海外合作伙伴，共同承担成本及风险，才能帮助IP在文化适应层面更进一步，强化宣传效果，方便网络文学IP更好地进入海外市场。围绕有商业价值的IP开发游戏、动漫、影视剧等多种衍生产品，使IP在多种模式、多种样态下实现全媒体传播，不再局限于单一媒体平台，以此打造海外媒体平台全产业链IP化。未来，应该进一步推动中国网络文学海外出版作品系列化发展，尤其是开发系列化的精品IP，在跨产品形态联动等方面继续努力，以“一鱼多吃”实现“长尾效应”，不断拓展该产业形态及外延，为数字文化产业发展带来创新动能和关键增量，也助力中国网络文学在世界的纵深发展，出版更多有品质、有内涵的原创作品，讲好中国故事。

第二节 奇幻网络文学海外传播的经验与问题：亚马逊《盘龙》海外读者评论

《盘龙》首发于起点中文网，作者是“我吃西红柿”，于2009年6月12日完结。故事讲述了主角林雷出身玉兰大陆已衰落的龙血战士家族，在偶然捡到一枚盘龙戒指后成为天才魔法师，引动龙血战士血脉，振兴家族、一路成神，在玉兰大陆成为最强者后，又与妻子迪莉娅进入各个高等位面闯荡，最后突破宇宙束缚，进入鸿蒙空间，成为第二位鸿蒙掌控者，站上宇宙之巅。在国内，《盘龙》连载期间一度在首发网站起点中文网“霸榜”，完本后更是引起了相当长一段时间的跟风与讨论。而在国外，武侠小说爱好者RWX先在Spcnet论坛上，后在专门建立的Wuxiaworld网站上对《盘龙》进行翻译，使其受到了广泛关注。据Wuxiaworld统计，《盘龙》评论总数接近10万条，长评数达到1万多条，并在完结章收获了632条评论，堪称“海外粉丝收割机”[①]。

① 范雯玲、孙凯亮：《星辰大海：中国网络小说海外粉丝评论“小盘点”之〈盘龙〉》，知乎论坛，https：//zhuanlan. zhihu. com/p/26616849，2017年4月27日.

《盘龙》是典型的中国作家创作的奇幻小说，书中不仅有多维空间的世界观和西方神话的影子，而且有深藏于文本中的中国思维与文化。同时，其“小白文”的特点，使其翻译难度较低，译介文本容易被西方读者理解，因而在海外的传播阻力较小，成了极少数在中外都获得了巨大成功的作品之一。作为第一部被完整翻译到西方世界并被广泛接受的中国奇幻网络文学，《盘龙》的译介与传播成为中国奇幻网络文学海外传播的典型个案。透过对其接受情况的研究，可为中国网络文学海外输出提供经验与启示。目前实证研究以其方法的科学性和结果的可靠性在传播效果研究领域起到了越来越重要的作用，科学的定性（比如观察与访谈）或者定量（比如问卷与统计）收集第一手资料的研究方法①，既为传播效果的研究提供了更科学的定性定量研究路径，还为研究者提供了更多元的视角来分析和解决问题。从2003年至今，有关传播效果的实证研究文献数量总体呈持续上升的趋势，尤其是网络新媒体平台的传播效果研究成果较为丰富。如：《政务微博辟谣信息传播效果的影响因素研究》② 通过对微博评论进行“爬虫”、编码、建立模型来分析辟谣信息的传播效果；而《镜像苏州：市民参与和话语重构——对UGC视频和网友评论的文本分析》③ 则以优酷网中13部记录苏州城市景观的视频评论为样本，分析UGC的参与式文化实践对城市形象的传播有何效果。本研究采用定性（文本分析）与定量（情感分析）相结合的研究方法，从亚马逊上的海外读者评论出发，通过Text-Blob进行情感分析，在前人的基础上进一步总结奇幻网络文学海外传播经验。

---

① 程金华：《奢侈的学术时尚：法律实证研究》，《中国社会科学报》，2012年5月9日第A07版。

② 陈娟、刘燕平、邓胜利：《政务微博辟谣信息传播效果的影响因素研究》，《情报科学》2018年第1期，第91－95页。

③ 杜丹：《镜像苏州：市民参与和话语重构——对UGC视频和网友评论的文本分析》，《新闻与传播研究》2018年第8期，第88－108页。

一、《盘龙》海外读者评论情感分析

（一）研究方法

文本情感分析又称“意见挖掘”，简而言之，是对带有情感色彩的主观性文本进行分析、处理、归纳和推理的过程。① 对于网站上对小说的海量评价，情感分析能以量化的方式客观分析评论中体现出的读者对文本的情感倾向和接受程度。

日前，《盘龙》已在亚马逊的 Kindle 商店结集出版，一共 8 本单行本外加一本全集，评分均在 4.6～5（满分 5），每本书的评分人数在 246～552，评论数在 9～181，见表 2－1（数据截至 2022 年 9 月 27 日）。2020 年，其曾在 Kindle store 商品里排第三千多名，并在“亚洲神话与传说榜”和“亚洲神话与传说电子书榜”双双进入前十。

英文版《盘龙》最初在 Wuxiaworld 网站上进行连载，共有接近 10 万条海外读者评论，长评数更是高达 1 万多条。但在 2018 年，《盘龙》被分为 8 本，以电子书的形式在亚马逊网站上架出售，Wuxiaworld 网站也因此下架《盘龙》，只开放前三章阅读权，并关闭了评论区②。本节通过爬取亚马逊网上读者对《盘龙》英译本的评论，运用情感分析对海外读者进行接受研究，总结与反思《盘龙》在海外跨文化传播与接受中的经验。

表 2－1　《盘龙》在亚马逊上的评分情况

Book	Score	Global Ratings	Reviews
Coiling Dragon：Book 1	4.6	552	181
Coiling Dragon：Book 2	4.8	321	38

---

① 赵妍妍、秦兵、刘挺：《文本情感分析》，《软件学报》2010 年第 8 期，第 1834－1848 页。

② 《从读者评论看我国网络文学的海外传播——以〈盘龙〉为例》，简书网，发布日期：2020 年 5 月 30 日，https：//www. jianshu. com。

（续上表）

Book	Score	Global Ratings	Reviews
Coiling Dragon：Book 3	4. 8	310	27
Coiling Dragon：Book 4	4. 8	246	27
Coiling Dragon：Book 5	4. 8	255	20
Coiling Dragon：Book 6	4. 8	235	16
Coiling Dragon：Book 7	4. 8	225	20
Coiling Dragon：Book 8	4. 7	352	81
Coiling Dragon Saga	5	9	9

数据来源：亚马逊 Kindle 官网，截至 2022 年 9 月 27 日。

研究使用的辅助工具为 TextBlob。它是基于 Python 语言开发的第三程序库，整合了 Pattern 与 NLTK 等工具包，可以完成如词性标注、情感分析等自然语言处理任务。实验流程如下：

第一，数据获取。

第二，通过 Python 语言在 2022 年 5 月 24 日爬取《盘龙》系列第一至八本译本的亚马逊海外读者评论，爬取数量分别为 174、36、26、25、19、14、19、79 条，共 392 条。随后对评论文本进行人工检查，替换或删除无法被 Python 识别的字符，修正文本的拼写错误，达到人工降噪的效果。

第三，TextBlob 情感分析。从 Python 中加载 TextBlob 程序库，并调用其情感分析功能内置的 PatternAnalyzer 分析器，通过 PatternAnalyzer 得出情感的极性值在 -1 和 1 之间，分别以 -1 和 1 标记正向情感和负向情感，0 为中性情感。因此，数值在 0 和 1 之间的评价为正向评价，数值在 -1 和 0 之间的评价为负向评价。

（二）分析结果

经过 Python 分析，《盘龙》系列有负向评价 17 条，中性评价 18 条，正向评价 357 条；正向情感平均值为 0. 33，负向情感平均值为 -0. 14，总体情感平均值为 0. 3。可见《盘龙》在全球海外读者中整体接受度较高。

虽然亚马逊的书评数量不多，但是仍有不少“真爱粉”为《盘龙》留下了满含赞美和推荐的长评，如：

> 这是我第一次接触这本书，真是棒极了。我非常喜欢武侠、仙侠和修行故事。这本书写得很好。我希望第二和第三本书明天早些时候送到。一直到最后一页都很有趣，我想要知道接下来会发生什么。鉴于本书结尾处（主角的）能力水平，我很好奇情节接下来将会如何发展。①
>
> 大二的时候我读了《盘龙》，然后完全着迷了。这是我读过的第一本武侠/仙侠（修炼）书，我被故事的世界、人物等迷住了。强烈推荐给阅读修炼类型的老书迷和新书迷！②

这两条评论就是正向长评的代表。大部分评论都有和这两条评论相似的观点和相同的情感态度，认为阅读《盘龙》是一场冒险、兴奋的旅程：“再次踏上盘龙世界的旅程，冒险、兴奋，甚至还有点悲伤。”③ 西方读者用“武侠”（Wuxia）、“仙侠”（Xianxia）、“玄幻”（Xuanhuan）、“文雅”（Cultivation）或者“幻想”（Fantasy）来定义《盘龙》的类型，其中“武侠”“仙侠”“文雅”三个词出现的频率较高。Wuxia 和 Xianxia 两词直接借入汉语拼音，呈现了对中华武侠文化的认同。读者们对其的高频使用意味着《盘龙》的读者对中国词汇的接受程度较高，对中国元素的态度也是积极的、开放的。另外，也有读者认为其为“西方奇幻文学的中国版本”（Chinese version of western fantasy），主动地接受了中西文化的杂糅。

---

① 原文为：“This is my first experience with this book. Excellent. I enjoy Wuxia very much, XianXia and cultivating stories. Well done. And I hope book 2 & 3 get delivered early tomorrow. Interesting all the way up to the last page. Dying to find out what happens next. Given the power level at the end of this book. I'm quite curious where these go from here.”

② 原文为：“I binged *Coiling Dragon* during my sophomore year. I was completely obsessed: it was the first wuxia/xianxia (cultivation) book I had ever read, and I was fascinated by the story's world, characters, etc. Highly recommended for veterans and newcomers to the cultivation genre!”

③ 原文为：“Once more journeying into the world of coiling dragon, Adventure, excitement, and even a bit of sorrow is to be had.”

《盘龙》的评分大多在4～5（5分满分），“Good”“Excellent”“Wonderful”“Enjoy”“Love”等单词在评论中大量重复出现，不少人愿意写下长评，从各个方面夸赞及推荐《盘龙》。大家称《盘龙》为“the one which started it all on Wuxia World”（武侠世界一切的开始），可见西方读者对《盘龙》十分推崇。在推荐这本书时，出现频率最高的理由依次是新颖特别的类型、精彩刺激的情节、有魅力的角色及五星级的翻译。此外，也有人提到，因为书里有欧洲的背景或者元素，其内容更容易被接受。也有一些读者在评论区科普《盘龙》的类型和解释书中来自中国的一些概念，如“修行是一种基于道、‘强权即正确’和冥想修炼成神思想的幻想类型。这与中国武术文化和达利特人/道教根源有关”①。这些读者对于书中来自中国的概念已经有了一定的了解和自己的思考。

与好评相比，恶评数量虽少，批评却面面俱到，在好评里被称赞的地方基本上在恶评里都有完全相反的评价或吐槽。有人评价故事幼稚：“它还只是一个三星级的故事。读起来很像是为青少年写的。这本书应该在儿童区。”② 有人不认同故事的世界观，认为有“太多的杀戮、暴力，缺乏爱、同理心和关怀”③。有人认为：“如果这个世界像作者描述的那样运转，它早就在一系列无休止的谋杀和复仇谋杀中自我分裂了。”④ 有人对中西文化的杂糅感到不解：“一个武侠故事是如何以犹太人的名字和基督教的等级制度结尾的？这是一个糟糕的翻译，还是作者为了迎合美国市场而故意插入这些时代错误？”⑤ 还有人认为评论翻译太差。⑥ 总的来说，这些负向

---

① 原文为：“Cultivation is a fantasy Genre based on the Dao, the idea of ‘might is right’ and meditation to cultivate strength over time and reach god hood. This comes with a large reference to Chinese martial culture and Dalits / Taoism roots.”

② 原文为：“It's still barely a three star story. Reads very much like it was written for pre-teens. This book should be in the children's section.”

③ 原文为：“Too much killing, violence, lack of love, empathy, and caring.”

④ 原文为：“If this world works the way the author describes, it seems as though it would have ripped itself apart long ago in a never-ending string of murders and revenge-murders.”

⑤ 原文为：“How did a wuxia story end up with mostly Jewish names and Christian religious hierarchies? Was it a bad translation, or did the author intentionally insert these anachronisms to cater to the American market?”

⑥ 原文为：“Translations are tough. Tough to read and tough to rate.”

评价分别从故事情节、故事设定、文本翻译等方面对《盘龙》进行了评价和分析。

总体上看，这些评价基于真实情感，有理有据，有的读者批评了翻译后还表示“这是我第三次尝试阅读这个故事”①。西方读者对《盘龙》的热情和推崇在以上评论中可见一斑。

二、《盘龙》跨文化传播的经验

结合海外读者的评论，《盘龙》的跨文化传播，其经验可以归结为以下两个方面：

（一）奇幻文学的中国版本：立足西方读者熟悉的文学类型

《盘龙》的翻译者 RWX 是中国武侠小说的爱好者，在翻译《盘龙》前曾作为武侠迷翻译过金庸、古龙等知名武侠小说作家的作品，还翻译了“我吃西红柿”的另一部作品《星辰变》。《星辰变》是“我吃西红柿”的第三部长篇小说，背景设定相对于《盘龙》而言更中式。这些作品都没有像《盘龙》一样产生如此大的影响。《盘龙》以西方“剑与魔法”模式为原型，在文化元素上大范围采用西方意象，既拉近了外国读者的文化距离与心理距离，还在西方奇幻文学的文化基础上省去了复杂的意象解释。评论中许多外国读者都提到《盘龙》是其在网络上阅读的第一部中国作品。可以说，《盘龙》的接受现象与其在题材类型上是西方读者熟悉的奇幻文学具有密切的关系。

“奇幻”这一概念源自西方的奇幻文学（Fantastic Literature），为西方通俗文学中一个重要类型。现代奇幻小说的标志性人物当属创作《霍比特人》和《魔戒》的牛津大学教授托尔金，其被誉为“现代奇幻文学之父”。除了托尔金，赫赫有名的奇幻小说作家还有创作《哈利·波特》的 J. K. 罗琳和创作《纳尼亚传奇》系列的 C. S. 路易斯等。近二十年来，随

① 原文为：“This is my third attempt to make my way through this story.”

着经典作品如《冰与火之歌》《哈利·波特》《暮光之城》《圣石传说》等作品IP的影视改编和游戏改编，西方奇幻小说在全球范围内产生了深远的影响。对于奇幻文学，目前还没有准确的界定，具体分类也比较困难。托尔金认为现代奇幻文学区别于其他幻想文学之处在于“第二世界”（Secondary world），即奇幻文学必须创造和真实世界不同的架空世界。徐海燕认为“第二世界”主要有三种类型：一是以托尔金为代表的与现实隔离的异世界；二是以《纳尼亚传奇》为代表的与现实有着一条不确定界限的异世界；三是以《哈利·波特》为代表的包容在现实世界之中的异世界。[①]而巩亚男提到现代奇幻可以分为以托尔金为代表的严肃奇幻或主流奇幻类型，以霍华德为代表的“剑与魔法”（Sword & Magic）类型，以及以布莱姆·史铎克为代表的黑暗奇幻类型。[②]

“英国现代奇幻文学的‘架空世界’充满着深厚的凯尔特文化原型，既包括来自北欧古代神话传说、史诗与骑士文学的原型，又涵盖了基督教文化原型。”[③] 其世界观在现代游戏体系出现后被进一步完善，形成了奇幻小说中大体固定的世界观：故事多发生在类似欧洲中世纪的世界，有山脉、冰川、森林、海洋、岛屿等地貌，有精灵、骑士、矮人、哥布林、龙、吸血鬼、巫师、人类等种族，各族由于经济文化政治方面的竞争存在冲突甚至世仇，而其中又有着善恶的敌对方。“通常涉及神祇或魔鬼，并呈现为两相对立的完全用隐喻表现同一性的世界，人们向往其中之一，厌恶另一个。与这种文学同属一个时代的宗教中存在着天堂和地狱，所以人们往往把文学中的两个世界分别与天堂或地狱等同起来。”[④] 主角通过攻克难关完成任务和不断修炼而变得强大，最终实现复仇或宿命的主线，也切合了中世纪骑士小说中追寻与复仇的母题。

---

① 徐海燕：《幻想的胜利——浅论西方现代奇幻文学》，《忻州师范学院学报》2007年第4期，第31－34页。

② 巩亚男：《中国当代奇幻小说研究》，苏州大学硕士学位论文，2009年。

③ 高红梅：《中国玄幻小说对英国现代奇幻文学的变异性接受》，《东北师大学报（哲学社会科学版）》2015年第3期，第137－141页。

④［加］诺思洛普·弗莱著，陈慧、袁宪军、吴伟仁译：《批评的剖析》，天津：百花文艺出版社，2006年，第197页。

《盘龙》首发于起点中文网，起点中文网显示其第一章的发行时间为2008年5月21日。此时DND模式仍是网络小说中的大热模式。《盘龙》的世界观也明显沿袭了西方奇幻的“剑与魔法”，其世界由不同“位面”组成，每个位面有不同的规则与主神，其中又有多块大陆与多方势力。故事中有丰富的冰原、山脉、山谷等地貌景观符号，有教堂、城堡、监狱等城市景观符号，有天使、恶魔、地域、神界、主神、魔法、奥丁等文化景观符号。主角名字也符合西方世界的命名习惯，并且主角随着修炼的强大不断解锁新的装备与位面，最终成为世界最强者。与之相比，同期连载的玄幻小说《诛仙》则立足于江湖、门派，多描写山、水、月、洞等景观，再以《山海经》等志怪文学中的妖兽为原型进行世界观补充。在沿袭西方奇幻的同时，《盘龙》中运用了丰富的中国传统文化符号。如书中的魔兽巴蛇，原型其实是《山海经》中提到过的巨蛇；鸿蒙宇宙的“鸿蒙”也出自中国古代典籍，本义是在神话中盘古开天地前的时代。此外，《盘龙》还运用了经典的武侠符号，如各种斗气密典，像《不死密典》《龙血密典》等“江湖秘籍”；又如书中提到的“蕴气式”修炼方法“双腿分开与肩同宽，双膝微微弯曲，双手收于腰部位置”，正是武侠小说中常见的武功起手式，而这又与道家的修仙文化密不可分。

> 虽然最初是用中文写的，但《盘龙》西方观众（阅读起来）很容易，因为这本书发生在一个类似于欧洲的世界。人物名字都带有欧音，可以帮助难以辨认中文名字的读者。①

奇幻模式还为第一次接触东方文化的读者提供了着力点。有许多读者

① 原文为：“Though originally written in Chinese, *Coiling Dragon* is easy for western audiences because the book takes place in a world resembling Europe. Characters all have European-sounding names, which can help readers who find Chinese names difficult to tell apart.”

都提到《盘龙》是其接触的第一部中国武侠作品。[①] 相较于传统武侠小说如“江湖”“修炼”等基于中国传统文化和伦理的小说设定，东方奇幻文学并不把对中国文化的理解作为一种阅读门槛，相反把自己作为中国文化的引荐者，不少读者表示自己从《盘龙》中领略到了中国的神话与文化（Chinese culture and mythology），了解了武侠与道教的知识，还通过《盘龙》彻底爱上了中国网络文学、修仙文学的文学类型[②]，并且还会继续尝试阅读这类型的其他小说。

不过作者并未严格恪守景观符号的能指与所指，而是通过主动地编码在符号中杂糅中西文化内涵。如《盘龙》中将古希腊关于世界物质组成的四元素与中国传统文化星宿的四神相结合，将青龙一族、白虎一族、朱雀一族、玄武一族的老祖宗分别设置为水系、风系、火系、地（土）系的主神。又如小说的主要意象龙。盘龙本是古代的一种龙纹，小说中描写龙时龙身一般较长，且多用“盘旋”一词，可见龙身细长如蛇，符合中国传统文化中的龙的形象。但作者在对各种龙的描写中又往往提到“粗壮的龙腿”“龙翼”“黄金龙”等符合 DND 模式下的邪恶龙王的形象，甚至是“霸王龙”“翼龙”等恐龙形象元素。从文化意义来看，“中国‘龙’是一种神圣的象征，而西方‘龙’则是可怕的怪物”[③]。在《盘龙》中，龙是肆虐的怪物，人的天赋由体内的龙血浓度决定，这又契合了西方神话中将龙血作为一种稀有、强力的魔法材料，以及用沐浴龙血提升力量的文化内涵。而这些意象的挪用与重写又赋予了《盘龙》区别于其他作品的趣味阅读体验。

---

① 原文为：“The first wuxia that introduce me to the genre. If this is not enough go to wuxiaworld will not regret it. This comes with a large reference to Chinese martial culture and Dalits/ Taoism roots. (Note this is a very light/ generalist description for those with little contact with the Genre), *Coiling dragon* was many readers first introduction into the genre, is what got many of us obsessed with the genre.”

② 原文为：“It was one of the first ever Chinese web novels I ever red and got me into the entire genre so enjoy!”

③ 李慧敏：《从中西“龙”文化差异看跨文化交际》，《青海社会科学》2011 年第 4 期，第 139 – 142 页。

（二）通俗易懂的“小白文”快感模式

“‘小白’有‘小白痴’的意思，指读者头脑简单，有讽刺也有亲昵之意；也指文字通俗、意思浅白。”[①] “小白文”是指那些人设公式化、剧情流水化、结构套路化、对白模式化、语言浅显化的网络小说。[②] 小白文的集大成者被称为“中原五白”，即“我吃西红柿”“天蚕土豆”“唐家三少”“辰东”“梦入神机”。《盘龙》是“我吃西红柿”的第四部长篇小说，也是“小白文”类型的代表之作。

《盘龙》的主角林雷成长于小镇，身世凄惨，家族也已经面临衰败，却天赋超群，一路历险的同时实力不断强大，自身也不断成长，用网络语言来说，即“草根逆袭”。“小白文”的情节高度类型化与同质化，“中原五白”中，“唐家三少”的成名作《斗罗大陆》和“天蚕土豆”的成名作《斗破苍穹》与《盘龙》相比，情节大同小异，都可以概括为“人挡杀人，佛挡杀佛”。这些小说能给读者一种超越现实的、无所不能的强者经验。林雷刚开始只是一名无名小卒，却在成长过程中与天斗、与地斗、与人斗、与神斗，并且凭着自己强大的实力战胜甚至杀死对手，最终成为宇宙最强者。不管是历尽艰辛还是悠然自得，主角人生的每一步都以成功作为结局，并最终以绝对的力量获得最大化的“成功”。除了地位的至高，林雷还完成了振兴家族的使命，父母团圆，爱情甜蜜，儿女双全，成为成功与幸福的代名词。这也是“小白文”的经典结局，但这样的结局在西方奇幻文学中则非常少见。“小白文”主角历练过程中的及时奖励和升级机制，被评价为“完全魔术化、非道德化、技术化的想象世界的方式，它与电子游戏中的魔幻世界呈现出极度的相似性”[③]。

---

① 邵燕君：《网络文学的“网络性”与“经典性”》，《北京大学学报（哲学社会科学版）》2015 年第 1 期，第 143－152 页。

② 禹建湘：《产业化背景下网络文学 20 年的写作生态嬗变》，《中州学刊》2018 年第 7 期，第 151－155 页。

③ 陶东风：《中国文学已经进入装神弄鬼时代？——由“玄幻小说”引发的一点联想》，《当代文坛》2006 年第 5 期，第 8－11 页。

"从本质上说，通俗文学是追求'快感'的，严肃文学是追求'痛感'的。"① 这句评价适合中国本土的奇幻及玄幻小说，却不适用于同样被归类为通俗文学的西方奇幻文学，尤其是其中以托尔金为代表的经典奇幻文学。托尔金是任教于牛津大学的一名语言学家，有着深厚的历史文化积累，深谙古代神话体系。他阐述自己创造奇幻世界是为了"恢复英格兰的史诗传统并以自己的神话的方式表现出来"②。高红梅认为托尔金构建新的英语神话体系目的在于"重构人类的精神家园，寻找失落的人文传统"③，他的许多作品都具有史诗风格和悲剧精神。此外，托尔金还是一名虔诚的基督教徒，致力于在作品中探讨个人与信仰的关系，无论是"我命由我不由天"的绝对力量，还是为了展示绝对力量的弑神，都必然不会出现在托尔金的作品中。

但"小白文"的特点却在《盘龙》的海外传播中起到了重要作用：

> 作者讲述了一个惊心动魄的故事，读起来很难停止，强大的角色加上令人兴奋的动作场面，构成了一个非常有趣的系列。④

黎杨全和李璐将网络小说的爽感总结为"占有感""畅快感""优越感""成就感""先抑后扬""金手指""升级""扮猪吃虎"。⑤ 不同于严肃文学的生产与批评大部分都由精英完成，由于网络的普及性，任何读者都能自主、自由、大范围地接触与选择小说文本，甚至转换身份进行写作。这既导致了网络小说创作与阅读主体门槛的降低，也意味着网络小说

---

① 邵燕君：《面对网络文学：学院派的态度和方法》，《南方文坛》2011 年第 6 期，第 12－18 页。

② 高红梅：《中国玄幻小说对英国现代奇幻文学的变异性接受》，《东北师大学报（哲学社会科学版）》2015 年第 3 期，第 137－141 页。

③ 高红梅：《中国玄幻小说对英国现代奇幻文学的变异性接受》，《东北师大学报（哲学社会科学版）》2015 年第 3 期，第 137－141 页。

④ 原文为："This author tells a thrilling story that's hard to stop reading，strong characters plus exciting action scenes makes a very entertaining."

⑤ 黎杨全、李璐：《网络小说的快感生产："爽点""代入感"与文学的新变》，《海南大学学报（人文社会科学版）》2016 年第 3 期，第 81－88 页。

的地位完全由读者的意愿决定，而最炫目的设定和最“爽”的情节无疑是吸引读者的重要法宝。许多读者都在评论中提到了“刺激”（exciting）、“惊险”（thrilling）、“冒险”（adventure）等词汇，来表现小说惊心动魄的情节给予他们的情感享受。小说中的游戏机制能刺激读者的神经，让读者能够获得更多的快感，并因此制造阅读“上瘾”的感觉。比起严肃文学追求的哀伤、雄壮，通俗、肤浅的“爽”主要满足的是人的原始欲望。这种欲望受文化背景的影响并不大。受中国庞大的读者群体认可的“爽文”，在出海后也必然能找到相应的受众。

《盘龙》的成长书写和草根的人物设置还能唤起读者的身份认同。主角事实上成为读者在奇幻世界中的虚拟化身，读者与主角同呼吸共命运，一同在打怪历练中收获成长。这既给了读者沉浸式的阅读体验，也让读者产生了更多的情感依恋，推动其身份实现从读者向粉丝的转化。从评论也能看出，在阅读的过程中，读者往往有这样一种感觉：“我享受在故事中和主角一起成长与进步的过程。”① 许多读者都表示认可林雷的天赋与努力，并且期待在后续系列中林雷的进一步成长。对于中国“小白文”不同于西方奇幻的强者经验，也有许多读者表示了新奇与喜爱。有些读者提到，小说人物的成功典范能给自己带来现实生活的激励与经验，如“这本书带你踏上人生旅程，它告诉你，当我们彼此关心，拥有荣誉和友谊时，我们可以是多么无所限制”②。它甚至是作为精神上的“疗救”，填补草根们在阶级流动困境下自我价值实现的失落与匮乏，如“心碎在现实世界中非常普遍，这本书以几种有趣的方式处理了这一点”③。

邵燕君曾引入福柯的“异托邦”理论来分析网络小说世界，“异托邦之所以能在乌托邦之后为人类反抗提供‘另类选择’（或至少是另类想象）的可能性，并非因为它比乌托邦更有反抗性，而恰恰是因为它不以反抗为

---

① 原文为：“I really enjoyed the mc's growth and progress in this story.”

② 原文为：“This book takes you on a life journey, and it shows you how limitless we can be when we care for each other and have honor and friendship.”

③ 原文为：“Heartbreak is so common in the real world, and this book handles that in a couple of interesting ways.”

目的。它对‘主流逻辑’的毁坏、表征、抗议、颠倒，全部来自它的异质性”[①]。小说的“第二世界”是对现实世界逻辑的复制与重写。《盘龙》是一个以强者为尊的世界，而以强者为尊也意味着个人价值至上和高度的竞争精神。读者以上帝视角观察主角从底层一路打怪升级，主角身上各种优秀的品质，不仅是主角能力的表现，而且意味着在玄幻世界中个体上升机制的程序正义，即只要努力修炼就能得到自我价值的实现。林雷的宇宙强者结局还使作者、人物、读者，通通都成为了玄幻“第二世界”的立法者，获得了在传统认知中神明或精英才有资格行使的权力。酣畅淋漓的叙事既表述了个人掌控命运的自信，也传达了人人平等的希望。

三、奇幻网络文学跨文化传播

“小白文”能推动中国网络小说扬帆出海，却并不是文化传播一劳永逸的康庄大道。“小白文”的简单和同质也决定了其能满足的受众有限。在《盘龙》的评论中，有不少读者表示了对小说情节、人物等的失望：

> 对于如此不成熟的使用视点人物写作手法的故事来说，主角过于强势，大多数场景都是公式化的，不太可能发生。老实说，我不明白它如何拥有如此出色的声誉。[②]
>
> 他甚至不是一个复杂的、会对坏人做坏事的英雄，他只是一个自私的朋克，好像除了他之外，其他人的生命、爱情和目标都不重要。[③]

在网络小说大量出海的背景下，“小白文”的公式化弊端再难掩盖。

---

① 邵燕君：《从乌托邦到异托邦——网络文学“爽文学观”对精英文学观的“他者化”》，《中国现代文学研究丛刊》2016 年第 8 期，第 16－31 页。

② 原文为：“Typical for stories with such an immature POV, the MC is OP and most of the scenarios are formulaic and unlikely. I honestly don't see how it has such a stellar reputation.”

③ 原文为：“He's not even a complex anti-hero, who does bad things to worse people. He's just a selfish punk who acts as though no one else's lives, loves, and goals matter except his.”

读者或许在阅读第一本小说时还能对这种类似游戏的设定感到新奇，到第二、第三本时就能发现情节和设定的大同小异。奇幻、玄幻类小说甚至在中国本土也已经辉煌不再，再难产生像《斗罗大陆》《斗破苍穹》这样影响力巨大、出圈的 IP 之作，知名度最高的“中原五白”的新书也不断被诟病“千篇一律”甚至“炒冷饭”。想要获得读者持续的喜爱和支持，抓住眼球只是第一步，归根到底，还是需要能够真正打动人心的文本。

同时，文本的翻译也会影响读者的接受。目前学界已经有一些研究从积极层面讨论了《盘龙》的翻译对文化输出的直接作用，如从译介学理论角度分析其翻译成功的原因，或从《盘龙》翻译策略方面总结了对中国经典文学外译的启示。但评论中还是出现了部分读者对翻译的不适应。不同于对传统经典的翻译一般由政府或机构组织精英完成，网络小说的翻译者并没有固定的组织和经济保障，如 RWX 在最初翻译《盘龙》时仅仅是为了兴趣，但这也正影响了翻译的策略与水平。对于中华文化特有的意象，《盘龙》往往只是采用了直译的方式，如“斗气”翻译为“battle qi”，“盘龙”翻译为“panlong”或者“coiling dragon”，对中文不同于英文的语言习惯也没有做相应的处理。在阅读过程中，有读者就抱怨了文中的重复现象：“我知道部分或全部重复是出自中文原文本，这是一种用来赋予信息权重和重要性的方法。但在英语中，这几乎是对读者的骚扰，既无聊又烦人。”①

此外，即使《盘龙》等网络小说的出海普遍被视为中国文化实力的象征，网络小说与中国文化传统的内在一致性仍有待考量。西方奇幻小说能带动全世界对西方神话、文化的探索，是由于其对文化传统自觉的继承，是由文学素养优异的创作者对神话、史诗等历史文学作品的吸纳与再阐释，“凯尔特文化原型潜在的意义模式使这个‘架空世界’显现为一个完整的神话系统，它源于英国本民族文化传统，却又是一个全新的神话世

① 原文为：“I understand that some or all of the repetition is due to the Chinese origin, and that is a method used to give weight and importance to information. But in English, it's bordering on harassment of the reader and is both boring and irritating.”

界”①。但国内许多网络小说作者并非专业作家，没有受过系统的写作训练，玄幻、奇幻类男频小说的作者许多是理工科专业背景。作者对文化历史的不熟悉也导致了作品中文化特色的空洞，虽然《盘龙》等小说中的确有相当多的如“道”“武侠”等文化元素，但是更多是意象上的拼贴，与国产游戏用历史人物做角色名字雷同。“这种表象上历史文化的热闹、繁盛反倒突显了玄幻写作的机械性、随意性，结果没有使得博大精深的中国传统文化成为玄幻小说想象力的支撑与源泉，甚至还成为玄幻小说生搬硬套典故、牵强附会历史的策源地。”② 这样不仅弥散了文化精神，而且有导致新接触者误读中国传统文化，形成新的刻板印象的风险。更优质、更具文化底蕴的中式奇幻小说，必然要求作者们在承袭西方奇幻模式的同时，也对中国文化的传统与精神有着更深刻的理解。

四、结语：转文化视角下文化的杂糅与共荣

在“讲好中国故事，传播好中国声音”的号召下，文艺界似乎总有一种先入为主的印象，认为中国故事一定由严肃、古典的中国文学，即精英主导的传统文化叙事完成。但在互联网时代，从东方奇幻传播的文化实践中可以看出，网络本土奇幻小说既吸收了西方奇幻的文学传统，又具有中国文化精神和本土网络文学特点，这样杂糅的文化更容易被国内和国外读者接受并喜爱。

从目前的全球传播来说，文化传播已经不只是对时空‘民族国家’的跨越，更是多元文化的互相学习与借鉴，全球传播格局呈现出“你中有我，我中有你”的特质。由于传播中的文化已无法被视为某种单一的民族特质，本质主义视野下的跨文化理论也不再适用于当今的复杂局面。转文

① 高红梅：《中国玄幻小说对英国现代奇幻文学的变异性接受》，《东北师大学报（哲学社会科学版）》2015 年第 3 期，第 137－141 页。

② 高红梅：《中国玄幻小说对英国现代奇幻文学的变异性接受》，《东北师大学报（哲学社会科学版）》2015 年第 3 期，第 137－141 页。

化传播指“在两种或多种文化的交流和对话中产生了文化的转型和变异”①。这既契合了文化传播的现状，也符合我国在国际传播中一向倡导的“互联、互通、互鉴、互助、互荣”价值观。当下，越来越多的学者开始将目光转向转文化理论。

“杂糅是‘转文化’传播理论构架的核心概念，在‘转文化’传播环境下各种存在差异性的文明和文化之间是平等会话和彼此交融的关系。”②转文化理论除了能破除西方中心观点，对中华文化的传播实践更具有现实意义。中华文化是典型的高语境文化，即高度依赖语境，如果没有共同的文化背景与价值观念，仅靠字面信息难以完成完整的对话。华语小说在海外传播中也会受到这一特点的束缚，许多西方读者在接触前就会觉得其内容复杂而直接放弃阅读。但《盘龙》正是由于对西方奇幻和文化符号的杂糅给西方读者带来了可接受性，让西方读者真正体会到中国通俗文学的魅力。即使不少学者认为网络小说中的中华元素只是对中华传统文化的戏仿与拼贴，文化精神也在网络文学生产中部分消解，无法否认这种方式也会引发一定规模的“中国热”，能为把中华文化带到世界舞台发挥实际作用。Wuxiaworld 有专门的板块来解释中文的专有名词和介绍道家文化基础，部分读者甚至产生了来中国学习中文的想法。

转文化传播还能进一步用于研究文艺作品引入后的在地化传播。西方奇幻文学传入中国后，即迅速诞生了借鉴道家文化的修炼文学，创造出本土的奇幻文学类型。又如中国的武侠小说《卧虎藏龙》在被李安翻拍后，将中华传统文化与西方人熟知的文化迷因相结合叙事，在儒家“克己复礼”的文化伦理中融入柏拉图爱情和莎士比亚式的对白。正如《卧虎藏龙》的影评所言：“这部电影的意义并不在于李安展示了多少中国元素，而在于如何用恰当的方式让众多美国人理解和接受这种展示。”③

---

① 史安斌、盛阳：《从“跨”到“转”：新全球化时代传播研究的理论再造与路径重构》，《当代传播》2020 年第 1 期，第 4 – 5 页。

② 王佳炜：《中华文化国际传播能力建设的“转文化”创新路径》，《青年记者》2022 年第 18 期，第 74 – 76 页。

③ 云起：《电影世界杯：100 部载入影史的非英语电影》，360 文库，发布日期：2018 年 6 月 9 日，https：//wenku. so. com。

文化杂糅以“你中有我、我中有你”的形态，跨越文明冲突的巴别塔，推动构建并扩大共通的意义空间，从而减少了不同文化语境下文化精神的消弭。转文化的传播路径将文化异质从折扣变为增量，实现了对文化传播的赋能。与此同时，文化也在碰撞与交流中不断进步，在互鉴中关照自身命运，最终推动世界文化的共荣与发展。

第三节　共通的“游戏”世界：《斩龙》的跨文化叙事机制

网络文学在中国市场可谓是竞争异常激烈，整个市场体量经过20余年的发展已经非常庞大，单是读者就有3亿多人，上百万的作者活跃在各式各样的文学类型中。乘着技术改革的东风，2004年起点中文网于全世界范围内出售版权，这标志着根植于中国的原创网络文学开始“出海”，海外市场从东南亚国家逐渐向欧美等地拓展。不同于传统媒介中大众被动地接收信息，身处网络空间的每一个个体都有选择发声或沉默、交际或独行的自主权。多种多样的翻译方式亦让使用不同语言的人们流畅地在互联网上驰骋，人与人之间的联系不再受地域与语言的限制。

“跨越时空”得以实现，而这也在某种程度上促进了具有相同兴趣爱好的小团体诞生。当时中国网络文学市场正向外扩张，有着大量翻译需求，北美知名度、影响力最广的中国网络文学翻译网站之一Gravity Tales（引力小说）正是基于此背景建立。Gravity Tales的创始人孔雪松是美籍华人，受父辈影响痴迷于《三国演义》《水浒传》及金庸小说等中国文学作品。热爱引起的迫切分享欲让他建立起这个平台，以阅读门槛相对较低的中国网络小说为突破口，吸引了大量喜爱中国网络文学的外国读者，《斩龙》（*Zhan Long*）就是其中最具代表性的翻译作品之一。

一、"游戏"诉说中国文化

《斩龙》属于"玄幻小说"类别，该词最早由中国香港作家黄易提出。玄幻小说由幻想而来，修真、仙侠等都属于此类。玄幻小说初入大众视野应追溯至1998年《哈利·波特》《魔戒》等的横空出世，其热潮从欧美国家席卷至中国，此后中国土地上刮起一阵阵玄幻之风。有趣的是，由于中华传统文化深深扎根于中国大地，深远地影响着中华儿女，中国悠久的历史与深厚的文化底蕴提供了丰富的幻想文学素材，因而中国本土作者创作的玄幻小说大多具有中国特点与魅力，许多专有名词及特色意蕴与中华上下五千年文明完美融合。

《斩龙》是中国作者"失落叶"尝试转型的一部作品，是都市修真小说，更是一部网游小说，最具特色之处在于利用了"游戏"的核心逻辑。游戏构建的虚拟世界与玄幻小说的幻想世界具有共通性。而这种新颖的游戏机制设置却能带来更真实的沉浸式体验，将读者代入作者营造的独特虚拟世界中。作者通过插入与野怪战斗、获取装备、升级技能等游戏要素让读者化身玩家"降临"到这个世界当中，并且与该世界的原住民交流，进而开启新剧情，其间互动性得以凸显。"失落叶"精心设计的游戏情节加之简明易懂的叙事语言让玩家拥有别致的心流体验。

《斩龙》主要讲述了主角李逍遥纵横虚拟国度的故事，一方面注重国战的描写，另一方面设置了主线游戏剧情，着重交代主角的成长。作者在开篇便交代了主角李逍遥的身份——某科技公司的保安。现实世界与游戏世界的交织，为读者带来了广阔的想象空间，《斩龙》的世界里编织了一个平凡人成为"大神"的奋斗梦想，在全篇叙事中亦糅合了许多中国元素。国内外许多作品都可能具备些许游戏元素，或是以游戏为主题进行叙事。《斩龙》设置的独特游戏机制却让其明显区别于国外玄幻小说。就美国而言，不论是影视还是文学中的主角，都是极度崇拜个人英雄主义的产物，往往被赋予十分强大的"超能力"，但这种能力并不会随着时间推移、阅历加深等产生质变。而中国作者孕育的网络文学却明显具有不一样的特征——成长路径。通常来说，主角都会有由弱到强的成长路径，这种路径能够在一定程度上让外国读者耳目一新，进而阅读后文内容。《斩龙》就是这般，前期主角的能力没有完全显现，而是通过一系列的剧情推进方才成长为西方人眼里的“超人”。

游戏对于各个国家地区的人民都有着巨大的吸引力，尤其是意气风发的青少年更容易着迷，玩家们在某款游戏上花费数百个小时已不足为奇。基于这个共通的“游戏”世界，网游小说也能向海外传播中华文化。不同于生硬的说教式输出、灌输式传播，这种传播实质称得上是潜移默化的影响。游戏叙事让读者能够更容易接受文本内容，进而不断地期待后续情节。对于其中所遇到的游戏背景、游戏风格、游戏角色或是具体到某个陌生的中文词汇，读者会更愿意主动去了解其中所蕴含的文化意义与价值，甚至主动在评论区展开讨论。因此，“游戏”是一座中外文化沟通的桥梁，网游小说更是突破了传统文本传播的长度限制，给读者带来别具一格的阅读体验。

二、“游戏”的跨文化引力

《斩龙》之所以在异国他乡释放出独特魅力，很大程度上依赖于“游戏”所带来的跨文化引力。在网游小说中注入游戏叙事，能够让其明显区别于普通的通篇白话“爽文”，更加具备可读性与情感共鸣性。这种可读性与情感共鸣性体现在中国文化的阐发，具有十足的文化保存价值，细化到个体维度层面，会帮助读者从现实世界的“苦”中挣脱出来，穿梭至游戏世界的其“乐”无穷，最后因为别具深意的文本内容又回归现实本身，得感悟、求成长。

（一）在游戏世界觅得喘息

《斩龙》塑造的虚拟国度让中国读者着迷的同时，在海外传播时也得到了其他国家地区读者的喜欢。原因之一在于目前存在区域发展不平衡、房价高等社会问题，当代年轻人的压力与日俱增，责任愈发重大，而生活的重担必须扛在肩头，苦不堪言。如果压力长期积累却不得释放，很容易对心理健康造成影响。数字时代为大众逃离现实提供了机会，大多数人会选择在互联网上寻求慰藉，游戏是一个美好的庇护所。网游小说中的“游戏世界”更是书写了一个更为美丽的乌托邦，穿行在这样的世界中，喘息是被允许的，就像主角一样，“带上游戏头盔，扫描虹膜，确认玩家身份”，接下来开启自己在异世界的人生新篇章。

读者经历着主角所经历的事件，每一次升级、每一次击败BOSS、每一次获得新装备，这些玩家职业、游戏技能、社交关系、主线任务、世界地图、切磋挑战等要素的添加都让整个游戏世界更为完整。与现实世界截然不同，读者不用再操心现实繁忙的事务，只需要专心成为李逍遥，一心升级变强，成为游戏世界的王者，屹立游戏世界之巅。与网络游戏相比，网游小说也提供了独一无二的快感。在网络游戏中并没有确切的主角，每个玩家角色都由现实玩家掌控，强与弱完全依靠个人玩家所花费的时间、精力与金钱，在诞生之初游戏公司并不会厚此薄彼、区别对待。而《斩龙》一类的网游小说却不同，小说的故事情节全然由主角展开，小说中的“游戏”主线围绕着主角撰写，一般情况下主角经常能解锁游戏中的隐藏内容，这些隐藏的装备或人物足以让其能力得到大幅度的提升。因此，在网游小说的“游戏”世界里，读者既不用像现实世界那般迷茫沮丧，也不用像网络游戏世界那般对于实现自己的雄心壮志有心无力，而是在阅读小说的过程中获得成就感，实现遥不可及的梦想。

虽然进入了游戏世界，但是《斩龙》的描绘却并不仅仅桎梏于虚拟地盘，为了使读者有真实感，作者还在其中穿插加入了主角李逍遥在现实世界的所触、所感、所为，回归到现实的物理空间中与共同游戏的现实玩家完成进一步的交流：

> 一晃就是一个下午，没有任何的进展，让我总有一种即将突破的感觉，却又无法真的突破，直到晚上8点多的时候，外面的电话响了，自动链接到游戏里，是林婉儿的号码。
>
> “李逍遥，我和小月下线吃个饭，你呢？”

> In a blink of an eye, it was already afternoon. I didn't make any progress at all. I kept feeling as if I was about to break through but it just didn't happen. I continued all the way to 8pm at night, when the phone outside rang. It connected to the game system and displayed Lin Wan Er's phone number.
>
> "Li Xiao Yao, Xiao Yue and I are going offline for some dinner, you want some?"

这种叙事模式的灵感实质上来源于现实世界。如今我们处在现实空间与网络空间中，并且每日都在两者之间"无感觉"渗透与切换角色，而将之运用到网游小说里打通不同次元的做法，让读者，或者更准确地称为玩家的读者能够身临其境。因此，《斩龙》作为网游小说也有独特之处。不似其他网游小说更多地将现实转化为游戏，《斩龙》将游戏写成了逼真的现实世界，在这个世界中，有各方势力的割据与斗争，有行会的筹备组建与经营，有国战的激情与热血，有真挚的情感，亦有朋友的背叛。游戏世界尚且如此真实，更遑论其中穿插的现实世界感情变化的真实程度。

（二）在游戏世界获得成长

中国传统文化自古以来博大精深，要求外国人尽数掌握实属不易。对于他们来说，绝大多数的中国经典文学名著晦涩难懂，但阅读网络小说则易如反掌，若该小说略带一些中国味道，便是锦上添花了。现代社会大环境与叙事模式息息相关，不同于日本低欲望社会大行其道的"丧"文化，中国网络文学带有东方神秘色彩的"草根逆袭"故事对于其他国家的人来说极具吸引力。若以"游戏"为突破口，成长性叙事能更快地让读者代入其中且热血沸腾。通过具有宏大背景的网游小说实现中国文化的跨文化传播不失为一条实现中华文化"走出去"的良好路径。

《斩龙》中主角李逍遥的故事就是典型的"草根逆袭"，并采用了以打怪升级为基础的游戏化叙事模式。网络小说相较于传统文学作品而言突破了文本限制。这种超文本性同时也让叙事语言向平民语系靠拢。简明易懂的文字降低了外国读者获取文本信息的难度，相同的游戏体验更进一步推动了语言信息的传递，即使译者没有极佳的翻译能力也能够将文章“搬运”至海外，分享给所需之人。他们在翻译时需要更多花费精力的是那些具有文化价值与意蕴的字、词、句。《斩龙》在国内共有1379章，Gravity Tales上也已更新了1049章，但因为篇幅较长也对趣味性提出了更高的要求。从总体来看，其所阐述的故事仍然遵循从发生、发展、高潮到结局的传统叙事路径。但《斩龙》每一个章节内容都设置了精彩看点，以应对快餐时代的读者需求。前期的看点体现在主角从“小白”艰难地打怪升级，到获取金币与装备、驯服宠物等；中期则着重社交关系的描写，如建立行会、完成任务等；到后期进一步升级装备，参与国战等。其中每一点小进步、每一次小收获都有详细的刻画：

> 系统提示：恭喜你，你完成了任务【斩杀食人妖】，获得奖励经验+15000，金币+5，在寒荒龙城的声望获得提升，并且额外获得物品【巽风斩】！
>
> System Notification：Congratulations！You've finished the quest【Slaughter the Trolls】. You receive 15000 experience points，5 gold coins，and your fame in Dragon City has risen. You also received the skill：[Wind Blade]！

作者并不会运用冗长繁杂的手法描写主角的心理活动。网游小说普遍采用的是更为简单的概括，且人物关系简单、剧情推进更快，不用费尽心力揣摩人物心思、研究人物关系、推理下文内容。“爽文”的爽感就体现于此，读者不必耗费心神，因为已知主角光环的存在，主角必然要成长，而主角如何成长方是读者需要经历的内容。读者能够在阅读时感受李逍遥一点一滴的磨炼与成长，并非生来就有“超能力”，一定程度上满足了海外读者，尤其是西方读者的猎奇心理和阅读需求。

（三）在游戏世界寻得文化

《斩龙》采用了第一人称叙事，赋予读者极强的代入感，但同时因为缺乏上帝视角，容易陷入场景单一的困境。作者“失落叶”对此的解决之法是为主角增加“幸运值”——偷听或偶然撞见、听见其他角色的谈话，借此来补充第一人称视角缺失的关键剧情。不可否认的是，即便这样做，小说的大部分内容仍是被主角自述及心理活动所覆盖，大众会理所当然地认为其文化含量不高，因而认为游戏叙事的网络小说无法为文化传播助力。事实真是如此吗？

其实不然，文化的注入并不仅仅在于文本符号的浅层，对于知识和观念的深层注入仍然能够传承与发扬传统文化。主角李逍遥的名字就极具深意。译者对其中的“逍遥”提供了释义，说明在中国常用“逍遥”表示无忧无虑、悠闲自在地生活。他不只贴心标注了拼音，指明为何主角名为 Li Xiao Yao，还将“逍遥”二字扩展成为逍遥自在，表达出逍遥不拘泥于既定精神世界的蕴意。第一视角也并不意味着不可诗情画意，《斩龙》中就通过李逍遥之口改写了北宋柳永的词句：“今宵梦醒何处，杨柳岸，晓风残月……”译者将其译作“I wake from my dreams，the willows billowing in the dying of the moonlight”，但觉深意不足，表示自己很遗憾没有能够找到任何英文文章能够解析这句话的内容、描绘这个画面，随后附上中文释义供理解。这种偶然穿插着中华文化的故事反而更能让读者沉浸在内容情节方面，细细品味其中韵味，不会因为晦涩难懂而惨遭反感。

三、译者助力“游戏”叙事

“网文出海”的漫漫征途中，除了文本内容需要契合读者心理、新颖有趣得以让人“驻足”外，对于将文章传播至海外的不同意义上的“搬运工”——译者亦有一定的要求，具体体现在译者的跨文化适应与翻译策略上。语境在翻译中最为重要，其重要性甚至高于任何规则、任何理论、任何基本词义。译者在文化背景上的差异，哪怕是细微之差都会导致译者在翻译时影响读者对文本内容的理解，因而译者需要具备强烈的语境意识。这就要求译者对于不同文化的知识内容、行为习惯及情感逻辑等方面具备跨文化适应性。同时，翻译并不意味着单纯地将中文一一对应转变为另外一种语言，网络文学的翻译更多涉及文化层面的内容。尤其是当前网络小说跨文化传播面临着一个共性问题，即一些特定的中国元素如丹药、气运等，外国读者很难完全领会到其真正要义，因而直接影响读者阅读体验，使之无法感悟作者最原始的表达。

美国文化人类学家爱德华·霍尔（Edward Hall）提出高语境文化与低语境文化理论，指出两种语境之差异对人们交流所采用的表达方式产生直接影响，前者婉转有深意，后者直接且明了。[①] 尤其是中国作为典型的高语境文化国家，在长期的社会实践中形成了许多约定俗成、心照不宣的、只可意会的信息内容，大多西方的低语境文化国家因为注重语言本身，倾向于直接吐露关键信息。于是乎，网络文学的跨文化翻译如若直译而不考虑两种语境文化的差别，会致使另一语境文化国家很难理解对方想要表达的内容，形成交流不畅的局面。对网络文学的海外传播而言，这可能会导致所翻译的文学作品丧失关注度与可读性，目标读者大量流失。因而，译者进行跨文化翻译时，势必要考虑该巨大文化差异构成的鸿沟。

这就意味着译者会起到不可忽视的作用，同时跨文化翻译的表达方式需要多加斟酌。作为一种可控制变量，译者最为理想的身份是长期居住在目标语言国家且理解中国风土人情的人，若有中国背景最佳。如此在网络文学的跨文化翻译上，就更便于解析文章内容中的中国元素，从而向异国读者传播内容。《斩龙》的译者是 Gravity Tales 的创建者，也是基于兴趣爱好的个人翻译者。一般来说，中国网络文学翻译网站的译者都如《斩龙》译者一样为趣缘群体，对网络文学的热爱让他们聚集，该群体以年轻人居多，身份多种多样，有学生亦有正在各行各业中奋斗的人。总体而言，他们大多具有与中国相关的背景，或是散布在世界各地的华人，或是对于中国文化有狂热的爱好，或是正在学习汉语想要通过翻译这种实践检验自身所学，以求更上一层楼。

为使读者能够更好地理解文本内容，译者通常还会利用副文本进行内容的阐释与推介，在中国网络文学海外传播时以此为语境补偿，用直接破

---

① ［美］霍尔著，何道宽译：《超越文化》，北京：北京大学出版社，2010 年，第 98－102 页。

译的形式解释高语境文化信息。Gravity Tales 上翻译的《斩龙》就在部分章节末尾处添加了负载有中国文化字词的"Translator Notes"，包含了一些成语、比喻、诗句及一些在西方语境中较难理解的内容。如比喻生活苦得像苦瓜里拧出来的汁一样，译者选择了直译成"My life was as bitter as the juice squeezed from a bitter gourd"，并说明自己很难将"苦"这个词本土化，只能进一步解释中文中"苦"一词可以表示"both bitter and tough"，所以原作者才将苦瓜汁的"苦"比喻成生活之苦。此外，当译者不太确定自己的翻译与解释是否能准确表达原文的意思时，还会附上链接供参考，如文章中提及某份菜品时会附上图片，提及某句诗时会提供诗句原文及中文释义。

《斩龙》译者基于兴趣爱好对小说进行"搬运"加工，其与传统文学作品海外传播的差异还在于实时互动性。也就是说，Gravity Tales 上的《斩龙》是实时更新的，碎片化的特征让读者具有等待的缓冲时间，既减少了审美疲劳也保持了读者的阅读兴趣[①]。同时，译者的非专业性给予了读者除催促更新以外的交流互动，大多体现在字词句的翻译层面及文章评价。如译者面对主角李逍遥在与野怪战斗结束后获得的"White Equip"时标注："There are levels to the item rarity which are represented by the colors, I can't seem to find any additional information on this though."他解释了小说中物品的稀有程度是由颜色来表示的，又表示自己似乎找不到任何额外的信息。此备注引起了读者们的讨论。此后，一位昵称为 Arissa 的读者指出，这个颜色的层级列表经常在各大网络游戏中都能看见，一般的顺序为"White < Green < Bronze < Silver < Gold"。与此同时，读者如此热情参与讨论也意味着他们对于该小说的投入程度之深。作者提供的原始文本、译者翻译的加工文本、读者体会的阅读文本都存在"游戏"要素，让三者之间形成了创作、翻译、阅读与讨论的良性互动，他们因为热爱小说聚集在一起，因为游戏的快乐而停留下来。

① 夏露：《网游小说中国元素与网络特性关系探讨》，《中华文化论坛》2017 年第 8 期，第 156 - 159 页。

四、结语

实际上，在当前网络文学跨文化传播过程中，67.5%的海外读者阅读中国网络文学更多还是为了缓解压力，近半数的读者则是被其中新奇的情节吸引。[①] 这也意味着内容的通俗易懂十分重要，既要有平易近人的朴素言语，也要设置有趣的环节。中西方读者群中存在这样一个游戏世界，“游戏”恰好能为他们带来新奇的爽感。一般来说，在这条路径上的个人译者往往缺乏中华文化的积淀，因而古色古香的网络小说对他们来说翻译难度极大。而从读者角度观之，一些极具中国韵味的网络小说在阅读之时并没有预期的爽感。那么，若想在文化层面实现“走出去”让中华文化散播到五湖四海，则可以借助“游戏”叙事，输出更多的相关作品。在跨文化叙事层面，应开发多元主体，在译者的选择上除了粉丝自发组成的翻译团体以及利益驱使的被动翻译者，应建立更多官方翻译群，或是在此基础上请专家把关，保证内容输出的信、达、雅。

诚然，许多网络玄幻小说在弘扬中华传统文化方面存在不足之处，大多是对文化的生搬硬套或肤浅运用，但不可否认的是，其在中华文化对外传播方面还是起到了一定的正面作用。如今有许多外国读者都对我国网络玄幻小说感兴趣，这些海外读者的评价、反馈乃至讨论都证明着我国文化对其具有独特的吸引力。如何做好中华文化的对外传播，网游小说《斩龙》为我们提供了思路——“游戏”是其中一个可操作的重要之道。

---

① 《2021年中国网络文学出海报告》，艾瑞咨询研究报告，发布日期：2021年9月3日，https：//www.iresearch.com.cn。

第三章　中国电视剧/网剧的海外流行

第一节　外传与内返：中国电视剧的海外传播

20 世纪 80 年代，中国与日本合拍了电视剧《望乡之星》，拉开了中国电视剧向外输出的序幕。40 多年的发展过程中，我国电视剧市场版图不断扩展。在政策支持、技术发展、商业运作等条件下，中国电视剧以亚洲为起点向外传播，版图遍及欧美、非洲等地，范围越发广阔。

近年来，相继推出的中非视听合作创新提升工程、亚洲广播影视交流合作等项目，表现了我国在文化传播方面的决心和努力。站在经济角度，从国内市场走向世界市场也是我国文化商品发展的必然趋势；从文化传播方面来看，我们更有必要在世界市场中为自己发声，塑造真实立体的东方形象。由此，我国电视剧跨文化流通的实践势在必行，但实际的传播现状不容乐观：面对国际视频网站的飞速发展，我国的视频网站虽然不甘示弱、奋起直追，但是仍处于初步发展阶段，暴露出许多问题；我国出海电视剧水平参差不齐，改编质量更是不尽如人意。这些问题都要求我们总结经验教训，探索我国未来电视剧优质出海的道路。

在我国电视剧跨文化流通的过程中，流通路径有了进一步的发展。在以《甄嬛传》《东宫》《陈情令》等为代表的剧目遵循单箭头模式的原创单向输出的同时，还有部分电视剧向外输出之后引起热烈反响，促使输入国购买版权进行翻拍并返传入中国，形成回旋式流通。电视剧《步步惊心》在日、韩等国热播，后由韩国 SBS 电视台购买版权进行改编，翻拍成《步步惊心：丽》并于优酷网同步播放，回传中国。网剧《致我们暖暖的小时光》向泰国输出后大火。其后，中国与泰国联合对该剧目原著——赵乾乾的网络小说《莫，末末，寞》进行了改编，制作了泰国版《致我们暖暖的小时光》在腾讯视频独家播放，并引发了不少网友的讨论。我国做过不少电视剧跨文化改编的尝试，但一方面当时的版权意识较弱，对于正式版权的获取并不十分在意；另一方面当时的翻拍电视剧大多只在翻拍国播出，没有进入世界市场流通，使得电视剧跨文化传播饱受争议。然而，在泰国版《致我们暖暖的小时光》内返后的第二年，《赘婿》《下一站是幸福》《三十而已》等多部剧被国外购入版权立项翻拍，可见中国电视剧单向输出的传统已被突破，外传—内返形成了回旋型流通模式。我国与其他国家基于正式版权交接的电视剧跨文化改编流通实践逐步迈入正轨，为中国电视剧向外输出的文化接洽提供了更多可能性。

本节将立足互联网时代下基于版权的输出新模式，基于近年来较为火爆的中国电视剧跨文化翻拍实践，解析跨文化碰撞交流的新经验，反思全球流行文化互动交流模式的新规律；分析输出新模式的优势与不足，总结网络时代下的文艺发展新经验，为中国故事更好地走出国门、实践跨文化流转提供借鉴与建议。

一、中国电视剧出海：关注共性内核并开拓题材

中华文化源远流长，在几千年的历史长河中，以功夫、神话、文化制度等为代表的许多特有的文化色彩与西方文化不同，别具一格，从时间和地域上都给海外观众以距离感，神秘的东方国度因而具有特别的审美价值。在中国电视剧海外传播的过程中，也正是由于这种文化上的审美距离，古装题材在很长一段时间里占据了输出内容的重头，将海外观众的目光集中在具有浓厚历史色彩的东方文化氛围。然而，古装题材聚集在权谋、玄幻等主题，同质化倾向严重，且大多古装题材并不能涵盖中华文化的所有内容，只能够展现某一个历史时段内的中华风貌。尤其随着中国文化逐步在海外国家中传播开来，简单的视觉方面的文化差异已经不能够满足海外观众的观看需求。

（一）内核选择：关注时代议题与共性情感价值

心理学家爱德华·布洛（Edward Bullough）1912 年在专业期刊《心理学》（*Psychology*）上发表《作为艺术的一个要素与美学原理的“心理距离”》一文，提出了“心理距离说”，又称“审美距离说”。他指出，在审美接受的主体和客体之间存在一个距离，这个距离包括时间、空间维度，更受客体所提供的条件与主体所认知的条件影响。审美距离必须适当，主体努力深入体会客体传递的情绪、价值，但又保持清醒而不至于沉溺其中，获得客观的深刻体验，才能更好地进行审美活动，获得美感体验。在文化接洽的过程中，传播内容与接受主体之间保持适当的审美距离，才能够更好地实现跨文化传播。基于不同民族文化的独特性，主体认知的条件各不相同，关注重点也各有差异，若一味突出东西方文化的差异以求关注，固然能得一时新奇，但并不能够维持长久的热度，且传播过程中主体更容易产生一定的审视看法，无法做到平等地交流，不利于文化交流的长期深入发展。因此，找到主体和客体文化中的共同价值，才能够更好地搭建起跨文化传播的桥梁，传递文化观念与艺术价值。

1. 时代的性别议题

世界文化丰富多彩，各具特色，但也存在一些共同热议的时代话题，超越地域与文化边界，例如近年来性别议题不断引发全球关注，对于性别差异、女性社会角色的讨论日益热烈。这些讨论在中国也逐步引发人们的思考，激发了一系列相关的电视剧创作。

韩国电视剧《哲仁王后》翻拍自国产剧《太子妃升职记》，虽然仍旧是一部古装题材的剧目，但是其内核在权谋的基础上更丰富了，展示了时代中的观念差异与性别议题。借助穿越的情节连接两个时代，使得不同时代背景下的观念能够发生碰撞，在推动剧情发展的同时也在无形中借冲突引发观众的思考。主角太子妃实为穿越而来的现代男性。现代的他是一个典型的花花公子，流连于酒色场所，有一众前女友，穿越之后虽然变成女儿身，但是仍旧使用男性视角审视、垂涎后宫佳丽，生活行为也不拘小节。在太子妃适应宫廷生活的过程中，相较于传统的穿越剧来说，除了随着时间、文化变迁产生的观念冲突外，更增加了性别差异的适应过程。其穿越后在日常生活中展现出来的两性地位、观念差异在小说及网剧发行的过程中不断引起受众的关注与思考。

待翻拍剧《赘婿》同样关注性别议题。“赘婿”是婚姻关系中的一个非常态变体，将传统文化中的男尊女卑翻转，以此作为一个特殊的讨论对象切入，更能引发现代人的关注与思考。《三十而已》则将目光转向年龄三十岁以上的女性，通过对不同社会分工下女性角色的工作、友情、亲情等全方面的展示，引导关切女性权利，探讨当代中国乃至世界范围内的女性社会角色转变。

虽然改编剧目的背景设定不一定安排在现代，但是其内在话题的讨论流变是可以感知并且预见的。每个时代有每个时代的问题与价值，随着时代的变化不断展现“时代之问”才是影视等文艺作品的生存之道和价值所在。从中国扩展到世界范围来观察，可以看出对于以性别议题为代表的现代生活话题的讨论引起了广泛的关注。除了性别议题外，职场生态、原生家庭、个人价值实现等话题也是近年来讨论的热点。以相关内容为内核创作的电视剧既能够保持文化的特殊性，保留不同的文化体验，又能传递共性的价值思考，探寻类似问题场景下的出路。因此，可以将话题内核筛选作为电视剧出海的重要考量标准，如此能够跨越文化的壁垒，实现有效对话，更可以言之有物，讲好当下的中国故事，向世界传递我们的态度与思考。

2. 温馨向的情感价值

除了共同议题外，定位人们所共有的情感需求、引发人们追求共同的情感价值也有助于内容跨文化传播。在电视剧的历史上向来不缺少跌宕起伏、波谲云诡的故事生产，中国古装剧等剧目更是着眼于朝堂、江湖等大格局的视野范围，擅长刻画转折丰富的故事，但对于温馨的细致情感需求及自然平淡生活的刻画关注较少。《致我们暖暖的小时光》《致我们单纯的小美好》《微微一笑很倾城》等电视剧的定位均为现实向的甜宠剧，以校园、青春、爱情为主要题材，均是大部分国家中现代生活的共通内容，贴近世界受众的现实生活，提供与主体认知对位的客观条件。故事定位在校园这一较为纯真的人生阶段，表现真诚的情感交往以及奋斗中的成长经历。

国产版《致我们暖暖的小时光》在国际权威性影视资源在线数据库IMDb有46条评论，其中表示“浪漫”“甜蜜”的关键词出现了48次，表示“欢乐”“有趣”的关键词出现了24次。[①] 而在MyDramaList的评论中，对其甜宠特质的肯定更是高达272次，可见国外观众一致对该剧的甜宠治愈与喜剧特质表示高度认可。[②] 温馨向的类型倾向又使得故事在现实的基础上进行了一些理想化创作，甜蜜有趣的爱情与青春热血的拼搏奋斗、有惊无险的职场生活有机结合，在一定程度上唤起观众对理想生活状态的向往，满足观众对校园生活的向往或缅怀，寄托观众对于真善美的情感价值追求。

随着社会不断发展，时代进步飞快，一些人群在加速的生活节奏中焦虑不安，与此同时对于真善美的情感价值的需求就愈发强烈。以“慢生活”为标签的生活综艺的一炮走红可以印证这一发展趋势。因而聚焦“小而美”的电视剧内容生产是十分有必要的。关注小格局下的平凡生活，更能够贴近受众的生活日常，拉近审美距离，容易引起受众的共鸣与共情，在跨文化传播的过程中相较于大格局来说能够补充中国故事的叙事视角，勾勒出更完整而立体丰满的中国社会形象。在此基础上改编也更贴近以个体为单位的受众的体验，在一定程度上规避大时代格局改编难、嫁接难的背景问题，更容易受到改编者欢迎。

（二）题材类型：在选择性保留的基础上开拓创新

从近年来海外翻拍的中国电视剧题材来看，海外的接受内容倾向逐步从古装权谋题材转向现代日常生活题材，且从单纯的东方文化展现转向悬疑、生活等全球性的类型剧喜好倾向。从题材角度入手，在创作文化作品

---

① 数据来源于IMDb *Put Your Head On My Shoulder*（2019）的用户评论，截至2022年4月17日，同一条内容中重复出现的高频词仅作一次统计（包括标题）。

② 数据来源于MyDramaList *Put Your Head On My Shoulder*（2019）的用户评论，截至2022年5月19日。

时缩小审美距离、贴近观众的期待视野，将小范围接受的电视剧传播扩大到洲际乃至全球，实现中国文化在世界的循环流通。

1. 保留跨文化接受良好的古装题材

古装剧是中国电视剧非常具有代表性的题材类型，不管是在国内市场还是国外市场，都很有分量，受到国内外观众的喜爱。一方面，古装剧包含丰富的中华优秀传统文化，在满足受众对东方文化审美期待的同时，又常常能在丰厚的历史文化宝库中打捞遗珠，展示出新的文化样貌。中国的服饰、茶、酒、插花等文化经历几千年的历史演变，在各个时代都呈现出不同的风貌特色，经受千百年的淘洗筛选，沉淀出广为大众喜爱的文化精品。这些文化因素即使跨越了地域，也依旧能够俘获大部分受众的心。在电视剧《步步惊心》的评论中，有外国观众提到："我喜欢这部剧里的风景，哦，有这么多美丽的场景，有雪，有夜晚的雪花，有白天的雪花，从有樱花树和这么多美丽花朵的清爽春天，到有层林尽染的温暖秋天，再到有白雪皑皑的寒冷冬天，季节在变化。色彩令人惊叹，我纯粹是在享受，每一个场景都既鲜艳又美丽，完全就是视觉盛宴。更不用说裙子、外套、头发、化妆品和所有的珠宝了。哦，我的视线一直粘在屏幕上，我甚至被瓷器和那些美妙的茶杯迷住了，我想象我正在喝那些杯子里的茶。"①

另一方面，古装剧的背景能够支撑起许多带有神秘色彩的故事框架。中国自古就有玄学传统，并不断有神话传说为历史赋上神秘色彩，在此类模糊地带更有利于开展文学书写的想象。同时，古装剧的背景对于东方玄幻故事的框架搭建也有重要的意义，借助相对的陌生元素留下想象的空白，使得故事有更多生发的空间，更有利于书写东方玄幻故事。

因此，在选题的时候应当更加谨慎，有选择性地保留以古装剧背景为

---

① 引自 MyDramaList *Scarlet Heart*（2011）的评论，原文为："I loved the scenery in this drama, oh so many beautiful scenes with snow, snowflakes at night, during the day, seasons changing from refreshing spring with cherry trees and so many beautiful flowers, through the warm autumn with wonderful leaves to the cold winter with white pure snow. The colours were astonishing and I was purely enjoying in that, every scene was so filled with many colours and beauty, it was such pleasure for the eyes. Not to mention the dresses, the coats, hair, make up, all that jewelry, oh I was glued to the screen all the time I was even captured by the porcelain and all those wonderful tea cups, I imagined that I drank tea from those cups."

代表的跨文化接受良好的题材，适度保留文化特色，更好地承载中国故事出海。

2. 开拓新颖猎奇的新兴题材类型

全球范围内流行的题材类型也是观众期待视野的重要组成部分，对于幻想期待的满足也构成观看选择的驱动力之一。人们不只沉浸于对历史的回望审视、对当下社会的观察思考，也期待对未来世界的幻想构建，在此基础上开拓新颖题材并融合创新，成为新时代的创作需求。待翻拍剧《赘婿》借助时空穿梭的情节跳脱出寻常的历史框架，但又不满足于表现已有的文明历时性冲突，反而打破历史时间的束缚，融入商战、喜剧等元素，探索古装剧的新发展。《开端》则将目光转向悬疑市场，通过超时空“虫洞”时光穿梭的畅想，聚焦日常社会中的道德伦理问题——小我大我之间的抉择、底层人民的生活挣扎、理想与现实的对抗与和解……种种挑战既突破了寻常的生活视野，将故事置于“无限流”的框架中，又展现了新时代中国人民的成长与担当，引发当代人的关注与思考。

将出海电视剧的题材扩大到现代日常生活范畴，从历史长河的发展中展现历时性的中国，既满足海外观众对东方世界的好奇，又书写非西方视角下的“东方主义”，逐步将中国印象从定式的“傅满洲”“龙女”等形象中解救出来，呈现21世纪新的中国形象，描绘一个与世界生活节奏相适应又有自己特色的中国，才能在文化交流的过程中挖掘更深厚的底蕴。

二、改编翻拍：兼顾本土化与全球性

改编翻拍是中国电视剧出海交流之后获得进一步发展的途径之一。然而，改编不是照搬照抄，只有合理地进行故事架构本土化，借助亚文化的通译性扩大流通范围，才能推动文化交流互鉴更上一层楼。

（一）故事架构本土化：补偿“文化折扣”

“文化折扣”这一概念是加拿大学者霍斯金斯和米卢斯在1988年发表

的论文《美国主导电视节目国际市场的原因》[①] 中首次提出的，用来指代文化产品在跨国贸易中与其他产品相比所具有的特殊性。其对“文化折扣”的定义为：根植于某一文化的节目虽然在该文化中可能很有吸引力，但是在其他文化环境中可能吸引力减弱，因为其他环境中的观众可能难以对节目中所体现出来的风格、价值观、信仰、社会制度及行为方式等产生认同。[②]“文化折扣”并不是一成不变的，它是在跨文化传播的过程中由不同因素导致的接受错位产生的。不同因素导致的不良接受效果并不是简单的相加后形成总的“文化折扣”，而是各因素重叠产生叠加效果，即导致不良接受效果的不同因素会形成不同的折扣率，在已有折扣的基础上再次打折，产生一加一大于二的效果。

中国电视剧的海外翻拍以电视剧形式为先锋在海外被接受，后改编翻拍。海外改编方购买版权时选择的版本则有所区别，部分选择中国电视剧，部分则选择中国电视剧的小说 IP。本章中所讨论的“底本”指的是改编方所购买的版权底本。

1. 合理改编、嫁接本土元素

在跨文化传播的过程中，空间地域上的距离与文化心理上的距离相互造就。地理上的隔离使得不同地域的个体形成不同的认知行为模式，而不同的认知行为模式又反过来使得不同地域之间的差别日益显著。这种空间地域上的距离带来的“文化折扣”在历史剧的改编过程中体现得尤为明显。同一时期下的不同国家发展速度不一，从而导致社会文化面貌也大相径庭。如果只是将故事嫁接而不考虑特殊的时代背景，容易产生错位、混乱的历史观感，且在嫁接的过程中，对于时段、人物的选择也会影响观众对于剧目的整体感受。

《步步惊心》立足于康熙时期九子夺嫡的故事，但清朝男性的形象造型在西方人的接受中造成了一定的障碍，使得部分观众根本不愿意尝试观

① Colin Hoskins, & Rolf Mirus, “Reasons for the US dominance of the international trade in television programmes”, *Media, Culture & Society*, Vol. 10, No. 4, 1988, pp. 499 – 515.

② 参见任明：《“文化折扣”理论的提出与应用——跨文化视野中的电影研究》，荣跃明主编：《以文培元四十载——上海社会科学院文学研究所成立四十周年学术文选》，上海：上海社会科学院出版社，2019 年，第 533 – 540 页。

看。而韩剧《步步惊心：丽》将原剧清朝的历史背景置换成高丽时期，避开了令海外受众难以接受的造型，使得该剧相较于中国电视剧来说更容易获得海外观众的选择。与之不同的是，《哲仁王后》将《太子妃升职记》的架空历史嫁接于真实历史，但选择的历史时段和人物不能与底本中的人物背景相适应，如历史上的哲宗李昪并非剧中那般正直机敏。该剧播出后受到大量观众的质疑，因美化韩国历史上的暴君被批评，引起国民的反感与抵制。如此改编虽然是为了在空间文化上弥补“文化折扣”，但是弄巧成拙，不仅给韩国观众留下扭曲历史的印象，而且在关注韩剧的海外观众心中也留下了对韩剧的负面印象。

因此，在改编的过程中，故事的背景设定要考虑空间维度上的差异，嫁接得合情合理，才能尽可能降低“文化折扣”，更大程度地便于观众理解接受。对于底本的故事背景、人物设定、文化环境有全方面的把握，将之与嫁接的时代背景、人物个性等进行比对，选择合理的情节、性格发展动因与观众接受度较高的文化背景，适当拉近受众与底本之间的审美距离，才能更好地做到既尊重历史又能与原剧情相适应。

2. 作底本和受众的桥梁

电视剧在改编的过程中要关注时间流动的变化，考虑到历时性因素在“文化折扣”中产生的重要影响，要立足于空间地域关切文化传播的理解、接受，更要关注观众当下的情感价值需求与喜好变化，不能沉浸于原有剧集的成功中而一成不变，与时俱进才能更好地为观众接受。

（1）底本适应时代发展：与时俱进，破旧立新。

近年来，观众对影视剧的喜好取向逐渐从对夸张狗血剧情的新奇转向疲乏，更趋向于接受温馨治愈的日常向①影视内容。现实生活中，三角恋、工作倾轧、遇人不淑屡见不鲜，使现代人的心理疲乏不堪，促使更多的观众期望温馨治愈的故事发生。在这种大趋势下，泰国版《致我们暖暖的小时光》并没有把握国产版大火的核心原因，虽然相较于大多泰剧已经明显轻快，但是其对原作温馨治愈特质的延续仍旧十分不足，反而更加应和原

① 网络文化用语，通常指的是那些以日常生活为背景，有轻松愉快的氛围，通过普通人的日常故事来反映生活哲理或提供心灵慰藉的作品，一般用于网络文学、动漫和影视作品。

著小说的内容。原著小说于 2009 年 4 月发表，完结于 2010 年 9 月，2017 年出版，整体情节现在看来较为老套，有许多三角恋来回拉扯、感情游移不定的剧情。泰国版《致我们暖暖的小时光》在很大程度上保留了这些情节，使得许多观众大失所望。不同于对国产版《致我们暖暖的小时光》副线（即男女配角）巧妙及时化解三角恋的夸赞，泰国版副线剧情成为国外平台上的吐槽重灾区："老实说，他们本可以取消其他不必要的东西，如 time（即男三）角度或 ta（即男二）角度。"①

过分趋近现实的内容显得冗杂而老套贫乏，失去了审美的距离感，容易使观众将自己或者类似的经历带入其中，从而产生背叛、纠缠的沉浸感而无法抽离，失去了积极乐观的价值取向，也背离了观众对美好纯粹感情的期待。尤其是类似负面情绪的生产，对于轻松的娱乐消遣毫无意义，也不能对现实生活中解决类似问题有更多全新的帮助，使得观众对此类剧情感到疲乏厌倦，甚至放弃追剧。

（2）流通路径的顺序性：扬长避短，推陈出新。

输出后进一步内返的创作模式中，出海中国电视剧作为一个相对成功的范例在前，改编的过程中应当关注时间的顺序性，从前例中吸取跨文化交流的成功经验，汲取降低"文化折扣"的成功方法，并积极思考原作的不足之处加以改善，努力弥合异族文化之间的沟壑，搭建沟通的桥梁，才能使改编获得一定的价值，简单地照抄只能事倍功半。

泰国曾经翻拍"九夜茴"的小说《匆匆那年》，从主角人设、故事剧情到画面构图等方面都与中国电视剧相差无几，接近于中国电视剧的复刻，其收视效果远不如原作。翻拍剧《致美丽的我们》在翻拍的过程中也没有抓住《致我们单纯的小美好》的故事内核，将男主角的原生家庭创伤弱化，软化其高冷内敛的性格特点，又过度幼稚化女主心智，失去了救赎向上的积极意义，使翻拍剧明显表现出内核驱动不足的短板，沦为假大空的爱情故事，失去了过程中的成长意义，在播出后好评率不高。《微微一笑很倾城》《杉杉来了》的翻拍也是如此，在改编的基础上并未做到取长

① 引自 MyDramaList *Put Your Head On My Shoulder*（2021）的评论，原文为："honestly they could have cancelled on the other unnecessary stuff like the time angle or the ta angle."

补短，反而将故事线索剪辑得混乱冗杂，降低了故事本身的内涵。

由此可见，单纯地照搬照抄并不能给观众带来新鲜感，大量的重复带来的只有审美疲劳，即使打着翻拍的噱头，也只能博取一时关注，并不能为产品赢得好的口碑，更无法真正体现翻拍剧的价值。与之相反，《哲仁王后》保留了网剧《太子妃升职记》的喜剧基调，参考原著丰满了权谋向的故事情节，展现了立体多面的人物形象，并融入了美食、性别流动等元素，使得故事框架饱满而张弛有度，一时引得海内外热播。

对于文化传播来说，尤其是有基础的回旋式文化流通，更应该借鉴原作的经验教训，保持一个恰当的距离去考察现有内容的反馈评论，虚心、客观地接受批评与称赞，总结经验教训，扬长避短。简单浅显地借用故事内容，置故事内核与意义传递于不顾，只能与观众接受错位，使新内容失去新意。取其精华、去其糟粕，抓住中国电视剧成功流通的原因，及时更新、细化受众的心理与期待视野，才能更好地推动电视剧文化交流。

无论是从空间地域还是时间先后的角度考量，电视剧的跨文化改编都应发扬已成功流通的共同文化价值，创造更多基于全球化视野的共同价值，降低文化折扣，紧跟日新月异的时代变化，推陈出新才能出奇制胜。

（二）亚文化全球性：借助同好理解提高通译性

亚文化原指在主流文化的大背景下，属于某一区域或某一集体所特有的观念或生活方式。在世界日益紧密联系的今天，亚文化更大程度上突破了区域范围的限制，以独特的价值观念与取向为联系，在世界范围内发展同好，形成一种全球性趋势。

1. 音效的象征意义：传递情绪动因

音乐作为脱离语言文字的艺术，在今天更具有跨文化意义。泰国与中国的交往源远流长，其历史文化中的音乐接受本身就蕴含中华文化潜移默化的影响。西方文艺传遍全球之后，更多的文艺理论、实践在世界各地建立起共识。世界范围的文化潮流，由星星之火成燎原之势遍地传播，更为音乐跨文化的传播打下坚实的基础。同时，不同的声音效果能够引发各异的意义联想，不同音乐的节奏韵律背后蕴含各异的情绪动因，由此可以诱发听众在音乐中共情，实现情感的跨文化传递，间接表达情绪价值与内涵。

在宠物亚文化流行的大众视域下，猫通常有着高冷、傲娇属性，自带口嫌体正直[①]的效果；而狗则代表着忠诚与热忱，常表现出热情开朗、活泼黏人的一面。这两种动物在一定程度上形成了固定的印象体系，逐渐在大众文化传播中凝结成固定的文化符码，使得接受者在面对这两种动物时自觉联想到其背后所代表的个性含义。同时，这两种动物的印象意义形成了接近两极化的反差，使得二者的对比效果更加突出。

国产版《致我们暖暖的小时光》抓住了猫狗文化的差异性，以狗指代顾未易，以猫指代司徒末，通过两种符号的对比加重男女主人公人设的反差色彩，配合身高差营造"反差萌"效果。在情节发展的过程中不时插入猫狗音效，配合男女主人公的表情动作来展现人物心理，达到"尽在不言中"的效果，使得视听语言表达更加含蓄而富有趣味性。有外国网友评价该剧："贯穿整部戏的猫狗音效很可爱。"[②]"此外，猫和狗的音效使这部电视剧更有趣。"[③] 进一步佐证猫狗音效在跨文化传播中的成功。

2. 具有代表性的文化元素：彰显民族特色

电视剧《哲仁王后》则在原作背景上添加了韩剧惯用的美食叙事，通过美食这一贯穿古今的媒介将现代与古代、本国与世界融通起来，将男主人公的现代工作设定为国家级厨师，为后文他穿越到古代之后借助美食成功获得国王王后的青睐做铺垫，且推动许多戏谑的情节顺利开展。这一元素的注入既使得故事架构更加具有韩国风味，也借助电视剧进一步宣扬韩国饮食文化。

亚洲文化与欧美文化在地域上距离较远，认知行为模式更是大相径

---

① 网络的一个流行梗。这句话源于日语"口が嫌だと言っても体は正直なものだ"的汉字缩写。其意思是：嘴巴上说假话，身体行为倒如实地反映了自己内心的真实想法。通俗讲就是"嘴上说不要，身体却很诚实"。

② 引自 MyDramaList *Put Your Head On My Shoulder*（2019）的评论，原文为："The dog and cat noises throughout the drama were really cute though."

③ 引自 MyDramaList *Put Your Head On My Shoulder*（2019）的评论，原文为："Also the cat and dog audio effects makes this drama a lot more fun to watch."

庭。中、泰两个版本的《致我们暖暖的小时光》同属亚洲文化，在海外接受中均受到一定的影响。该剧采取了中方出资、泰方摄制的合作模式。编剧、导演、演员等几乎是纯泰国制作班底，为该剧注入了更多本土色彩，创造了不一样的新鲜文化活力。故事架构方面，在原著的基础上做了大量的本土化改编，使中国味十足的故事架构变得更加符合泰国人的认知、行为模式。在风格方面，泰国版为男女主角的互动设置了许多浮夸的桥段，充满了荒诞与滑稽感。而这种夸张的色彩，正是大部分泰剧给观众的一贯印象。此外，泰国恐怖片的处理手法独具特色，在世界恐怖片风格类型中也是别具一格。该剧中，一些桥段发展强调了恐怖氛围的营造，结合泰国风格的音乐与惊悚的悬念制造手法，更凸显泰国特色。泰国版《致我们暖暖的小时光》在相同的故事架构下追求不一样的风格色彩，其改编做到了入乡随俗，实现了中国故事的本土化改造。如此制作既能使观众体会类同的故事氛围，又能找到不一样的发展、转折，避免情节大量重复导致审美疲劳，使观众获得更多的新鲜感。

音效中蕴含的情绪动因及亚文化的全球性，跨越了不同语言、文化之间的障碍，能够更好地凸显不同人物的性格特点，诠释作品中的象征意味，实现情感的跨文化传递，提升作品的观赏趣味与价值。在传播过程中应当抓住投放对象与本国的文化内源关系，找出文化圈的交集与共同性，从剧目内容发掘具有文化共通性的表达方式，适当融入亚文化因素，紧跟时代潮流热点，借助共性的视听语言传播中国态度，塑造更新的中国形象。

三、跨文化传播：播出与推广

作品要想成功跨越文化壁垒实现落地交流，需要政策、平台与宣传方面的共同支持，以友好的姿态跨越文化壁垒，实现文化的交流互鉴。

（一）联合播出：中外合拍的进阶落地发展

联合制作一直是中国电视剧向外输出的重要手段之一。早在 1980 年，中国向外输出的第一部电视剧《望乡之星》就是采用中日合拍的制作模式。此后，我国又与日本、美国、加拿大、俄罗斯、巴基斯坦等国合作，通过合资、合拍等形式实现了电视剧联合制作，将中国故事传出海外。何晓燕、杨军指出："合拍是电视剧生产国在资源、资金、市场等要素实施跨国界和地区配置的表现，但合作双方在寻求合理的剧情内容、各自文化元素整合、价值观念表现等方面需要予以更多的思考和实践。"①

1．政策优势：合作打破文化壁垒

进入21世纪以来，文化软实力成为综合国力的重要影响因素之一。随着互联网发展，世界范围内信息流通的便利程度得到了明显提高，文化的流通市场范围逐渐扩大，呈现出全球化的大格局。在这种发展趋势下，各国都推出了相应各异的文化准入政策，以应对当前文化自由流动的趋势，抵御不同国家在文化方面潜移默化的入侵；同时积极鼓励本国文化生产，抢占国际市场，进行文化输出。在世界文化战的背景下，各国竖起的文化壁垒限制了国家之间的（尤其是正规渠道的）文化交流。

在电视剧方面，各国每年都会在外国影视剧引入方面限定一定的数目，控制文化交流的体量。中外合拍模式可以有效降低来自政策方面的准入限制，在联合制作的背景下，项目在两国均有了相应的本地优势，相较于纯进口项目更容易获得本国的发行权，借助本地渠道进行有效传播。

2．联合制播：平稳实现落地发行

泰国版《致我们暖暖的小时光》作为国家广播电视总局国际合作司2019—2020年度亚洲影视交流合作计划项目之一，借助亚洲广播影视交流合作搭建的国际合作平台，获得正规、稳定的合作对接渠道，大大降低了国际合作中可能存在的风险。在拍摄制作方面以泰国团队为主导，借泰国对外来企业的税收优惠等政策，在保证制作水平的前提下降低成本，优化资本配置，将更多的资金投入宣传方面，以扩大知名度，尽快实现资金回笼。亚洲影视交流合作计划以文化互鉴共赏为目标追求，中国故事《致我们暖暖的小时光》在改编过程中带上泰国影视独有色彩，更加适应国际化

① 何晓燕、杨军：《中国电视剧海外传播的历程及发展启示》，《当代电视》2012年第8期，第18－19页。

传播，更符合中国引入影视剧的条件，进一步实现落地传播，完成文化内返。电视剧《辣妈正传》亦采用中日合拍的方式进行翻拍，之后于日本 Amazon Prime Video 和中国 B 站同步播出，跨越了文化壁垒，实现了落地投放的成功开展。

联合制作的方式打通了双向交流的渠道，在准入方面突破了两国的限制，成功借力传输，得以实现两国投放，解决了落地播出的最大难题。获得版权与发行权，尊重知识产权，并在联合制作的基础上推进联合播出，打破文化壁垒，更好地实现跨文化传播。建立友好合作交流平台，更有利于文化双向流通，携手打造文化向外输出新桥梁，共同促进文化繁荣新发展。

（二）平台发展：建设、运维逐步开展

早期，中国电视剧“走出去”大多依靠政策支持，向他国赠送优秀剧目，以推介中国文化，讲述中国故事。但近些年来，西方主导的影视文化国际市场逐步形成，互联网科技的发展使得电视剧脱离电视频道，向各视频平台流动，从而形成了更加自由的贸易环境与更加广阔的交易市场。在此基础上，欧美的影视文化资源获得了更广阔的交流传播空间。相较之下，我国原有的仅依靠国家政策出海的电视剧市场规模则稍显拘束。现如今，中国电视剧“走出去”已被列入《“十四五”中国电视剧发展规划》，要抓住“走出去”的主动权，视频平台作为承载中国电视剧“走出去”的桥梁，其重要性不言而喻。

1. 平台建设：软件功能开发完善

目前国际上流量较大的视频网站以 Netflix、YouTube 为代表，均为西方话语体系下的视频内容平台，主要面向海外观众，投放剧目以英美等西方国家产出为主。近些年中国电视剧虽然在这些平台上有所投放，但是在准入限制、推荐位、广告投放等方面的宣传策略上都受到很大的限制。近些年来，为响应习近平总书记对“推进国际传播能力建设，讲好中国故事、传播好中国声音，向世界展现真实、立体、全面的中国，提高国家文化软实力和中华文化影响力”的号召，腾讯视频、爱奇艺等平台陆续上架

了海外版的视频软件供国际观众使用，在语言、字幕等方面作出了相应的调整与拓展，语种覆盖范围广泛，更便于国际受众观看。以 WeTV（腾讯视频海外版）为例，其上发行的不同剧目有不同语种的字幕支持，覆盖繁体中文、英文、泰文、越南文、印尼文、马来文、韩文、葡萄牙文、阿拉伯文等，收录的电视剧也不限于中国电视剧本身，亦接受印尼剧、泰剧等不同国家的剧集投放。其中中国电视剧的更新速度与国内保持一致，能够支持观众第一时间收看自己喜欢的内容。

但这些软件仍处于初创阶段，在电视剧题材分类、弹幕投放、讨论等方面的建设还未达到国内软件的水平，在观众喜好把握、改编内容选择、营销策略等弹性投放方面仍有相当大的进步空间。

2. 运营维护：社交媒体账号运营维护

优秀剧目的推广可以为视频平台引流，有助于开拓国际市场，建设有国际话语权的海外视频内容投放阵地，升级拓展电视剧海外营销发行体系。

在电视剧《致我们暖暖的小时光》《微微一笑很倾城》等剧的评论中，有网友提到自己是从 Facebook、YouTube、Netflix、Viki 等国外知名社交平台、视频网站上了解到该剧，后前往 WeTV 观看，这为 WeTV 扩大了观众基数。腾讯视频在 YouTube 平台上注册了数个账号投放丰富的视频资源，涵盖电视剧、电影、综艺、动漫等不同类型的视频，通过短视频的形式发布不同剧目的精彩片段，吸引观众兴趣，将观众引介至 WeTV 观看完整剧目。但这些账号的关注量差距较大，管理运营水平也参差不齐，许多账号的运营时断时续，内容投放时间间隔一年以上，且视频内容下的许多评论及疑问没有被及时回复，消耗受众的耐心与关注。这会降低用户黏性，同时容易造成不良观感，引起用户反感，不利于平台持续地输出内容。

平台的建设要靠前期的开发，更要立足于投入使用后长期的运营维护，将中国电视剧“走出去”的大门开好，且要将迎进来的客人服务好，才能进一步发展友好交流关系，使得文化的共赏互鉴得到充分开展。

（三）本土宣传：精准定位，深入交流

本土化的营销策略精准定位受众群体，借助本土化平台、策略对观众

心理进行更加细致的把控，营造更适合目标观众的期待视野，以达到更好的宣传效果。同时，借助已有的本土平台、渠道，可以有效降低营销成本，在更大的范围内进行资金的合理配比，实现资源的优化配置。

1. 新旧联动：打造宣传合作

许多翻拍电视剧虽然在中国有投放渠道，但是并未掌握国内市场的营销手段，宣传推广并没有深入透彻地铺展，未能在国内引起原受众群体的关注，很容易落入无人问津的窘境中。联合制播在一定程度上能够缓解这一困境：中方在泰国版《致我们暖暖的小时光》的联合制作过程中负责出资及后续宣传。该剧的宣传团队主要由中国人组成，熟悉国内宣传手段及操作流程，能够较为精准地聚焦捕捉国内受众对网剧的关注点及热门话题。在平台方面，该剧被投放至国内头部视频门户之一——腾讯视频独家播出，奠定了一定的观众基础。同时，腾讯视频作为国产版《致我们暖暖的小时光》的独家播放渠道，对原剧观众来说更具有亲和度和熟悉感，能够利用资源之便制造两部剧联动宣传的效果，借国产版《致我们暖暖的小时光》为泰国版造势；也通过泰国版的播映联动国产版，进行"回忆杀"宣传，掀起重温热潮。

从营销策略角度分析，该剧明显采取了中国本土化的营销模式。吸取国产版《致我们暖暖的小时光》的在场宣传经验，泰国版更加关注本土化宣传的重要性。首先，该剧在微博注册认证了官方账号"泰国版《致我们暖暖的小时光》"，从播出前一直到结束后都保持与主演以及特别参演的国产版男主角林一的微博账号互动，进行热度铺垫、流量转引。在该剧的更新过程中，该账号保持高度活跃，随着剧情的推进发布相应的预告、花絮、照片等，辅助观众展开讨论，进一步稳定并提高观众对该剧的关注度与话题讨论度。同时，该剧在播放之初就不时以国产版男主角友情参演为切入点在微博等社交平台上发布通告，制造话题，堆积热度，吸引一大批演员粉丝及国产版粉丝前去观看。腾讯视频播出的前两集的弹幕中频频出现"林一什么时候出现"等字样，可见该话题对观众吸引力非同一般。

由此可见，将改编后的版本与国产版联合，联通资源与受众，提升改编作品的知名度与热度，更能够推动文化交流互鉴。

2. 在地宣传：主动与观众沟通互动

在地宣传主要指的是电视剧有意识地“走出去”，在更广阔的文化环境中主动讲述中国故事，采用见面会、发布会等形式，制造时空上的在场感，拉近主创团队与受众的距离，在交流的过程中阐释故事，在阐释的过程中传播故事。国产版《致我们暖暖的小时光》在泰国大火后，两位主演赴泰国曼谷参加粉丝见面会，现场观众摩肩接踵，新闻报道、视频素材在多平台上传，引发热议。目前，国内在剧目的宣传发行方面已经有了相对固定的营销模式，这对剧目的推广传播起到了重要作用，要进一步推动中国电视剧走向世界，就要真正具有世界市场的眼光和远见，借鉴国内营销策略积极走入世界观众的视野之中，主动讲述中国故事，推广国产剧目。

除了现实的在场之外，借助发达的互联网科技也能够实现“拟在地”的效果。国内逐渐推广的直播宣传可以实现主创与观众的共时交流，增强观众的互动体验，分享主创们的心路历程及有趣经历，充分调动观众期待，为观众对剧目内容的期待创造“召唤结构”（接受美学的一个概念，指艺术作品因布满空白点和未定点呈现为一种开放性的结构），使观众有充分的参与感与获得感，更有利于中国电视剧“走出去”。在“酒香也怕巷子深”的年代，等待观众主动发现只会错失先机，逐步丧失市场份额；只有主动出击，才能在世界文化繁荣发展的舞台上占据一席之地，让世界听到中国的声音。

《哲仁王后》多次在微博、抖音等平台上得到推介宣传。在韩剧持续输出、长期积累下形成的一定规模的受众群体自发向各大社交平台投放相关内容，并由一定的渠道进行管理引导，使得并没有正式渠道播出的韩剧在微博热搜上持续占据高位并获得高热度的讨论与关注，真正做到了在地宣传深入化、黏性化。通过不同剧目积累下来的关注者、观看者再一次成为潜在的宣传渠道，通过“润物细无声”的传播更大范围地扩大受众群体，实现一本万利的宣传效果。

在宣传过程中，本土化的营销策略使得该剧在中国市场中更具针对性，以达到更为中国观众所接受、所推广的宣传效果。

四、结语

从中国电视剧跨文化翻拍剧集来看（见本节附录表3－1、表3－2），翻拍多是因中国电视剧输出之后反响热烈才引入该IP进行深度的版权购进、改编创作，可见电视剧在输出形式中占据较大的比重，且更容易受到海内外观众的关注和重视。因此，可以将电视剧视为输出的前锋，将这支“部队”打磨精锐，才能更全面、更深入地促进中华文化海外传播。

外传－内返模式呈现出多样化交流、现代化制作等特点，对于中国电视剧乃至国家文化交流具有一定的意义。

一方面，该模式能够改变国外观众对中国文化产业（尤其是电视剧）的固有形象认知。更新国外观众对中国电视剧宏大叙事的固有认知，打开“小而美”中国电视剧的向外输出市场。补充国际观众对中国电视剧的期待视野，扩大对中国电视剧类型的认知，培养国际观众的熟悉度与黏性，更好地辅助中国电视剧乃至中国故事的传播。

另一方面，回旋型输出的模式更新了观众对双向文化的认知。在传统出海影视作品宏大叙事的背景下，日常向电视剧既更新了国际观众对中国形象的认知，补充了日常化、温馨的中国形象，也一定程度削弱了苦难叙事对中国形象的负面影响，对国家正面形象的建设起到辅助作用；同时帮助国内观众拓展国际视野，丰满对不同国家形象、文化的认知。

随着中国电视剧越来越多地迈出国门，被外国制作方购买版权进行翻拍，从而走向世界，中国电视剧已经突破了传统的单向对外传播模式，搭建起沟通的平台。相信未来中国电视剧能够搭载更多优秀的中华文化出海，实现以中国故事为基础的跨文化对话交流。

本节附录

表 3-1　中国电视剧跨文化翻拍剧集信息（一）

类别	底本	小说底本	国产版首播时间、平台	英文名	MyDramaList		Viki 评分/参评人数
					评分/参评人数	观看人次	
已翻拍	《步步惊心》	2005 年起在晋江文学城连载	2011 年 9 月 10 日于湖南卫视	Treading On Thin Ice	8.4/5035	12195	9.3/8717
	《辣妈正传》		2013 年 9 月 14 日于安徽、东方、浙江、深圳、山东等卫视	HOT MOM!			
	《杉杉来了》	2007 年 9 月起于晋江文学城连载	2014 年 7 月 8 日于江苏卫视	Boss & Me	8.1/13083	29621	
	《匆匆那年》	2007 年 4 月起于晋江文学城连载	2014 年 8 月 4 日于搜狐视频	Back in Time	7.4/107	969	
	《太子妃升职记》	2010 年 8 月起于晋江文学城连载	2015 年 12 月 13 日起于乐视网更新，B 站跟更	Go Princess Go	7.7/2674	6543	
	《微微一笑很倾城》	2008 年 8 月起于晋江文学城连载	2016 年 8 月 22 日于东方、江苏等卫视首播，2016 年 8 月 24 日在安徽卫视跟播，次年 3 月 15 日在日本播出	LOVE O2O	8.3/42273	79354	9.5/99342

（续上表）

类别	底本	小说底本	国产版首播时间、平台	英文名	MyDramaList		Viki 评分/参评人数
					评分/参评人数	观看人次	
已翻拍	《狐狸的夏天》	《当总裁恋爱时》2015 年 3 月起于晋江文学城连载	第一季于 2017 年 4 月 5 日在腾讯视频首播；第二季于 2017 年 5 月 4 日在腾讯视频首播	The Fox's Summer	7.9/6263 7.9/4102	12646	9.1/73850 9.3/44720
	《致我们单纯的小美好》	2010 年 6 月起于晋江文学城连载	2017 年 11 月 9 日在腾讯视频独家播出	A Love So Beautiful	8.3/29943	57016	9.4/88998
	《莫，末末，寞》	2009 年 4 月起于晋江文学城连载	《致我们暖暖的小时光》于 2019 年 4 月 10 日在腾讯视频播出	Put Your Head on My Shoulder	8.4/34461	61898	9.6/90811
待翻拍	《三十而已》						
	《以家人之名》						
	《赘婿》						
	《开端》						

注：表中已翻拍剧集来源于腾讯、爱奇艺、优酷、B 站、芒果 TV 视频网站中的电视剧频道，数据截至 2023 年 2 月 15 日。

表 3-2　中国电视剧跨文化翻拍剧集信息（二）

类别	底本	翻拍剧	首播时间	原名	翻拍国家	平台	类型	MyDramaList		Viki 评分/参评人数
								评分/参评人数	观看人次	
已翻拍	《步步惊心》	《步步惊心：丽》	2016 年 8 月 29 日	달의인 인-보보 경심려	韩国	优酷	古代、宫廷、穿越	8.7/60795	122628	
	《辣妈正传》	《辣妈正传》	2021 年 3 月 19 日	ホットママ、	日本	B 站	都市、婚姻、爱情	7.6/163	583	
	《杉杉来了》	《杉杉来吃》	2021 年 11 月 11 日	รักนี้เจ้านายจอง	泰国	芒果 TV	爱情、偶像、都市	7.7/350	3222	
	《匆匆那年》	《匆匆那年》	2019 年 6 月 6 日	กาลครั้งหนึ่งรักของเรา	泰国	B 站	青春、爱情、校园	7.3/153	813	8.6/799
	《太子妃升职记》	《哲仁王后》	2020 年 12 月 12 日	철인왕후	韩国	已经下架	爱情、喜剧、古装、穿越	9/33892	65919	9.7/167922
	《微微一笑很倾城》	《灰姑娘 online 中！》	2021 年 1 月 21 日	シンデレラはオンライン中!	日本	优酷、FOD	现代、言情、青春	6.7/489	1945	
	《狐狸的夏天》	《你是我的心跳》	2022 年 3 月 2 日	จังหวะหัวใจนายสะอาด	泰国	腾讯	偶像、青春、爱情、都市	7.9/793	3023	

（续上表）

类别	底本	翻拍剧	首播时间	原名	翻拍国家	平台	类型	MyDramaList		Viki 评分/参评人数
								评分/参评人数	观看人次	
已翻拍	《致我们单纯的小美好》	《致美丽的我们》	2020 年 12 月 28 日	치아문단순적소미호	韩国	腾讯、wavve、TVING、WAT-CHA、Netflix	青春、校园、爱情、成长	7. 8/15615	29100	
	《莫，末末，寞》	《致我们暖暖的小时光》	2021 年 9 月 26 日	อุ่นไอในใจเธอ	泰国	腾讯、WeTV	都市、青春、爱情	7. 9/1607	4078	
待翻拍	《三十而已》				韩国					
	《以家人之名》				土耳其、泰国、韩国					
	《赘婿》				韩国					
	《开端》				韩国					

注：表中已翻拍剧集来源于腾讯、爱奇艺、优酷、B 站、芒果 TV 视频网站中的电视剧频道，数据截至 2023 年 2 月 15 日。

第二节　中国网剧在韩国的传播

中国网剧自 2000 年出现以来，没有一个权威的定义。[①] 本节的研究对象——网剧是指由网络平台方自身以及其背后的网络科技公司所制作的，

① 王勇、张建国、王磊、张建龙：《我国网络剧的基本理论与发展现状研究综述》，《昆明理工大学学报（社会科学版）》2019 年第 3 期，第 96 - 106 页。

在互联网平台首播或网台同播，以互联网平台为主要播放渠道的影视作品，大多为青春偶像剧、悬疑推理剧、都市职场剧等，更为迎合当下年轻人的审美趣味。随着互联网融媒体环境的重构，中国网剧在2014年开始全面发展，2017年进入了与电视剧并驾齐驱的“全盛时代”，如今已然占据了市场的主导地位。

韩国自古深受中国传统儒家文化的影响，成为中国网剧出口海外的重要市场。1992年，中韩两国正式建交，次年，中国电视剧便进入韩国市场。近年来，随着韩国OTT平台的发展，越来越多的中国网剧走进韩国。因此，了解中国网剧在韩国的传播显得十分必要。

一、中国网剧在韩国的传播现状

美国学者H. 拉斯韦尔于1948年首次提出了构成传播过程的五种基本要素，即传播主体、传播内容、传播途径、传播受众、传播效果，为系统地理解传播活动提供了较为完整的思路。本节以拉斯韦尔提出的5W传播模式为理论框架，梳理中国网剧在韩国的传播现状。

（一）传播主体

中韩两国的电视剧贸易和网剧贸易由中韩两国政府协商制定，两国电视台与各影视公司负责引进发行。1992年，中韩两国正式建交，同年签订两国之间第一个文化交流协定，即《中华人民共和国政府和大韩民国政府科学技术合作协定》，拉开了中韩两国影视传播的序幕。① 2015年，中韩两国签订《中韩自由贸易协定》，突出两国之间的人文交流，积极开展两国在影视方面的合作；2022年7月21日，中韩两国已启动《中韩自由贸易协定》第二阶段谈判。② 中国网剧的具体传播主体多为民营影视公司

---

① 고유,「중국영상콘텐츠의초국적전파: TV 드라마의한국전파를중심으로」. 한국외국어대학교박사논, 2017.

② 《中韩自由贸易协定》，百度百科，https：//baike. baidu. com/item.

（如华策影视），以及中国视频平台背后所依托的网络科技公司，如腾讯、爱奇艺、优酷等。

（二）传播途径

中国网剧在韩国的传播渠道主要为韩国的电视台、OTT 平台和中国的 OTT 平台。

1. 韩国的电视台

韩国的电视台包括无线免费电视台和付费有线电视台。无线免费电视台主要为韩国广播公司（KBS）、韩国文化广播公司（MBC）、首尔广播公司（SBS）三大广播公司。由于韩国的文化保护政策，三大电视台几乎不播中国网剧，往往只有个别中韩合拍的电视剧才能登上三大主流电视台，如“KBS 电视台播出的《北京，我的爱》（2004 年）和 SBS 电视台播出的《飞天舞》（2008 年）”[①]。

付费有线电视台是韩国播放中国网剧的主要渠道，主要包括中华 TV、CHING TV、ASINA TV。中华 TV 创立于 2005 年，是韩国最具代表性的专门播放中剧（包括中国电视剧和中国网剧）的电视机构，全年全天连续播出。CHING TV 和 ASINA TV 是随后成立的。中华 TV 和 CHING TV 往往播出最新最热的中剧，古装偏多，ASINA TV 偏向重播在韩国广受欢迎的武侠剧和历史剧。[②]

2. 韩国的 OTT 平台

随着网络技术的发展，网络视频平台的便利性日益凸显，逐渐取代电视成为人们观看影视剧的主要平台。韩国的主流电视台均创立了自己的视频网站，与电视台播放内容一致。除了国外 OTT 平台 Netflix 以外，韩国国内可观看中国网剧的 OTT 平台均为韩国本土运营的平台，最具有代表性的为 Wavve、Tving 和 Watcha Play 三大平台，分别为 2021 年度韩国本土 OTT

① 고유,「중국영상콘텐츠의초국적전파: TV 드라마의한국전파를중심으로」. 한국외국어대학교박사논, 2017.

② 고유,「중국영상콘텐츠의초국적전파: TV 드라마의한국전파를중심으로」. 한국외국어대학교박사논, 2017.

平台排行榜第一、二、四名[①]。SK Telecom 运营的 Oksusu 平台和三大无线电视台联合创办的 POOQ 平台结合，于 2019 年 9 月 18 日正式推出韩国最大 OTT 平台 Wavve。[②] Wavve 提供实时频道、综合频道、新闻频道、职业棒球、原创内容、海外系列等服务，是韩国国民级的视频平台。Tving 由韩国 CJ ENM 和 JTBC 两家公司合作运营，于 2016 年 1 月 1 日创立，提供两家公司旗下的内容和实时频道，且与中华 TV 合作，平台上的中国网剧数量众多，且多为中国国内热播网剧。Watcha Play 由韩国软件公司 Watcha 于 2016 年 1 月 31 日推出，通过与节目制作公司、演播室、广播公司的合作提供各种内容，不提供实时频道，被称为“韩国型 Netflix”，且仅限韩国境内使用。[③]

3. 中国的 OTT 平台

通过整理韩国搜索网站 Naver 上的中剧论坛信息，可以发现韩国观众为了观看还未被韩国引进的中国网剧，会积极利用中国的 OTT 平台，如腾讯视频、爱奇艺、优酷等。这些观众大多数不懂中文，但为了同步收看自己喜爱的演员的最新作品，通过十分烦琐的操作成为中国的 OTT 平台付费会员，享受 OTT 平台服务。[④]

（三）传播内容

韩国的 OTT 平台所提供的中剧内容服务一般是指中国出品的电视剧和网剧，Wavve 平台也不例外。Wavve 提供海外系列电视剧内容服务，涉及美剧、日剧、中剧、英剧等共 2109 部，中剧共 570 部，占比 27%。[⑤] 570

---

① 이소율, 박현준, 「국내 OTT (Over-The-Tops) 서비스 성공 요인에관한 비교 연구」, 한국산업정보학회논문지, 2021.

② 배현주,「한국 수용자의 중화권 드라마 콘텐츠 관련 : OTT 이용 특성에 관한 연구」, 글로벌문화콘텐츠학회학술대회, 2020.

③ 이소율, 박현준, 「국내 OTT (Over-The-Tops) 서비스 성공 요인에관한 비교 연구」, 한국산업정보학회논문지, 2021.

④ 이소율, 박현준, 「국내 OTT (Over-The-Tops) 서비스 성공 요인에관한 비교 연구」, 한국산업정보학회논문지, Vol. 26, No. 6, 2021, pp. 135 – 154.

⑤ 数据来自 Wavve 平台，时间截至 2022 年 10 月 7 日。

部中剧中，中国网剧361部，中国电视剧209部，以中国网剧为主。其中，中国网剧包括359部中国大陆（内地）网剧、1部中国香港网剧《战毒》和1部中国台湾网剧《恶作剧之吻》（2016年版），具体分布如表3－3所示。

表3－3　2022年Wavve平台上的中剧分类

地区	中国电视剧（部）	中国网剧（部）
中国大陆（内地）	170	359
中国香港	21	1①
中国台湾	11	1②
合拍③	7	0
合计	209	361

同时，从图3－1可以看出，韩国2015年引进第一部中国网剧④，2016—2021年韩国市场对中国网剧的需求保持上升趋势，2022年有所下降。

通过统计梳理，359部中国大陆（内地）网剧中，古装剧187部，现代剧167部，民国、近代等时代剧5部，古装剧仍是中国网剧传播的主流，但现代都市剧的数量也基本已与古装剧持平。如图3－2所示，通过检索，Wavve平台的中国网剧中，青春爱情类网剧占66%、玄幻类网剧占21%、悬疑推理类网剧占8%、喜剧类网剧占4%、家庭类网剧占1%。青春爱情

---

① 中国香港网剧《战毒》是由陈国华、何耀宗执导，黄宗泽、吴卓羲等领衔主演的缉毒剧，2020年7月9日在腾讯视频、爱奇艺、优酷等平台播出，2021年引入韩国。

② 中国台湾网剧《恶作剧之吻》是由聚力传媒、智传文化、SPO Entertainment Inc、王牌娱乐联合出品的青春偶像剧，由林清芳执导，李玉玺、吴心缇等主演，2016年12月8日在PPTV聚力首播，2017年引入韩国。

③ 合拍电视剧中，中国大陆与中国台湾合拍3部，中国内地与中国香港合拍1部，中国香港与中国台湾合拍3部。

④ Wavve平台上显示2015年引入的中国第一部网剧为《初恋了那么多年》，但该剧出品时间为2019年，2020年在优酷首播，可认定为平台错误，为了保持数据的统一性，故仍以平台数据为主，特此说明。

类网剧占据C位，玄幻类网剧是中国网剧的独特标识，悬疑推理类网剧逐渐打开韩国市场，喜剧类网剧叠加爱情元素会更受关注，家庭类网剧的在韩传播具有一定的困难。总的来说，在韩传播的中国网剧数量众多，题材多元，颇具潜力。

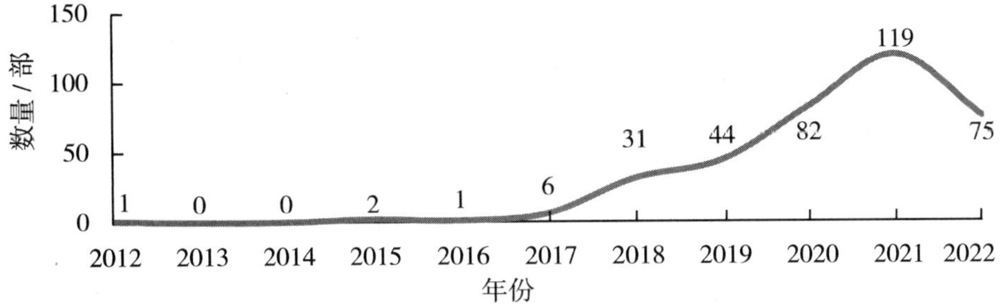

图3－1　2012—2022年Wavve平台中国网剧的数量及走势

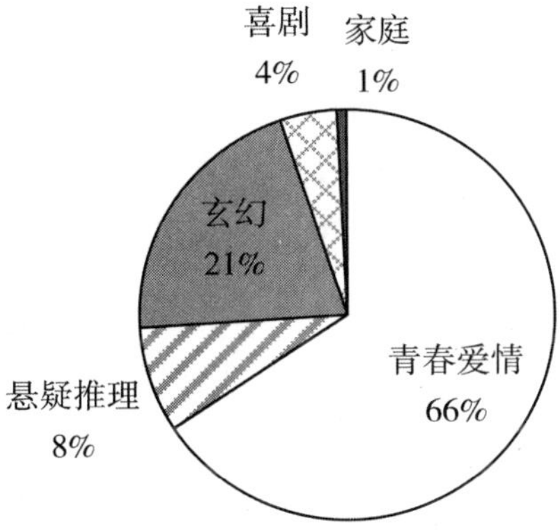

图3－2　2012—2022年Wavve平台中国网剧类型分布

（四）传播受众

数据显示，Wavve平台于2015年首次引进中国网剧，至此之后，韩国引进的中剧主要为中国网剧。我们以2015年为分界线，介绍2015年及之后的中剧的受众群体。中韩建交以后，韩国的大学、中学，甚至小学，都开设了汉语课程，汉语补习班的数量和规模也越来越大①。因此，最初中剧的韩国受众主要为少数粉丝和汉语学习者，相对而言受众不多。

互联网的发展为韩国受众分享、评价、转发提供了交流平台，有相同兴趣的受众形成一个固定的受众圈层，持续关注中国网剧的播映、更新。2015 年，中国网剧已有固定的韩国受众群体，这些群体活跃在各大影视论坛，其中中国网剧论坛（Cafe）2015 年会员约 13 万人。② 伴随着中国网剧的发展完善，韩国受众群体也逐渐壮大。2022 年中国网剧论坛会员增至 96 万人。除受众数量之外，从性别上看，中国网剧的受众群体中女性数量较多且满意度较高；从年龄上看，20～40 岁的人群对中国网剧认可度较高。③

（五）传播效果

下文主要从韩国的媒体报道和翻拍两个维度探讨中国网剧在韩国的传播效果。

1. 媒体报道

在韩国最大的搜索引擎 Naver 上搜索“中国网剧”，共有 49 个热门“主题区”④，涉及单部的中国网剧、OTT 平台上的中国网剧、中国网剧的不同题材、中国网剧演员、中国网剧推荐和中国网剧的热门文章等几大部分，具体主题区如《少女大人》（单部中国网剧）、Wavve 上的中国网剧推荐，中国武侠剧、中国浪漫爱情剧、张凌赫（《少女大人》中的男主角扮演者）等。49 个主题区共有文章 9521 篇，平均每个主题区有文章约 195 篇，绝大部分文章的内容为推荐中国网剧和介绍剧情等积极正面的内容。同时，在 Naver 搜索“美剧”和“日剧”，相关的主题区分别为 36 个和 33 个。以 Naver 的热搜主题数量为依据，中国网剧在韩国市场相比美剧和日

---

① 고유,「중국영상콘텐츠의초국적전파: TV 드라마의한국전파를중심으로」. 한국외국어대학교박사논, 2017.

② 김병현.「중국에 대한 스키마가 중국드라마 시청 선택에 미치는 영향에 관한 연구 」. 학위논문(석사) 연세대학교 언론홍보대학원: 송영상전공, 2015.

③ 남연매.「한국인의중국 TV 드라마시청동기가」. 앙대학교석사학위논문 . 2017, p. 71.

④ “主题区”按主题对内容进行分类，以区为单位提供，以帮助用户快速轻松地找到所需内容，并了解与搜索关键字相关的各种趋势，即使他们只输入简单的搜索字词也一样。

剧拥有更高的关注度。

2. 翻拍

中国电视剧进入韩国市场后，受到了韩国观众的喜爱，一些中国电视剧甚至被韩国翻拍。从2014年开始，韩国电视台开始翻拍在韩广受欢迎的中国电视剧。2014年，tvN电视台将中国台湾电视剧《败犬女王》翻拍成《魔女的恋爱》播出；同年，MBC电视台制作和放映了中国台湾偶像剧《命中注定我爱你》，SBS电视台将中国台湾偶像剧《我可能不会爱你》翻拍为《爱你的时间，7000天》；2016年，中国大陆古装剧《步步惊心》被翻拍为《步步惊心：丽》等。[①] 近几年，韩国翻拍的中国网剧也很多，如2020年的热门韩剧《哲仁王后》翻拍自《太子妃升职记》，韩剧《致美丽的我们》翻拍自《致我们单纯的小美好》等。一直以来，韩流在中国市场占据主导地位，中国往往会模仿、翻拍韩国的综艺、影视作品，但近年来，韩国开始翻拍中国网剧。这意味着中国网剧在韩传播的巨大成功。

二、Wavve（웨이브）平台上中国网剧的接受情况

（一）中国网剧与美剧、日剧的接受情况比较

1992年，中韩两国建交，次年，两国开始电视剧等文化交流活动，而此时，美剧和日剧早已抢占韩国市场。近年来，随着制作水平的全面提高、题材类型的多元混合、情节逻辑的认真打磨，中国网剧在韩国掀起了一股有力的“华风”。对比美剧、日剧在韩国Wavve平台的接受情况，更有助于梳理中国网剧在韩国的接受情况。

截至2022年10月7日，Wavve平台的海外系列中，中国电视剧209部，占比约10%，中国网剧361部，占比约17%，美剧313部，占比约15%，日剧509部，占比约24%。从数量上看，中国电视剧和中国网剧具有一定的数量优势。从图3-3可以看出，中国网剧和中国电视剧的增长趋

① 구경모（Koo Kyung-Mo）. 중국드라마의 한국 진출과 그 수용 양상 소고. 중국학 76. -（2021）: 561-578.

势一致，中国电视剧、中国网剧、美剧、日剧的引进数量都在稳定上升。在2015年以前，美剧数量占据优势；2015年之后，日剧和中国电视剧、中国网剧的引进数量开始急剧增长，远远超过美剧；2021年，日剧引进数量下降，中国电视剧和中国网剧引进的数量远超日剧，占据主导地位。

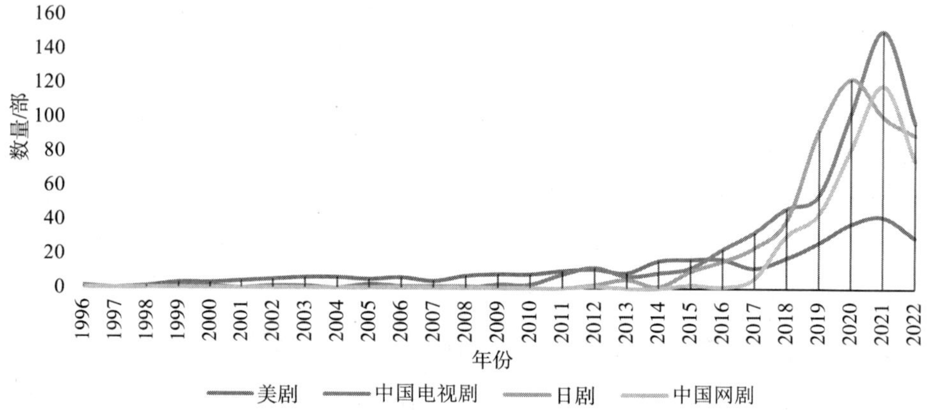

图3-3　1996—2022年Wavve平台中国电视剧、中国网剧与美剧、日剧的数量走势

统计、整理Wavve平台公布的2022年上半年最受欢迎的中剧①、美剧、日剧TOP50排行榜②，可以得出：中剧最受欢迎的类型为都市/爱情剧，其次为古装剧；美剧最受欢迎的类型为犯罪/调查剧，其次为悬疑/科幻剧；日剧最受欢迎的类型为爱情/喜剧，其次为医疗剧。从题材类型来看，美剧、中剧、日剧呈现出互补的状态，各自拥有占据优势的剧集类型。韩国受众偏爱加入爱情元素的剧类，如中国的都市/爱情剧、古装剧，日本的爱情/喜剧。

与中剧、日剧相比，美剧大多为注重季播的系列剧。在Wavve平台上，美剧短则2季，长则23季，“利用季播化培养观众的约会意识，打造

① 中剧TOP50排行榜中，只有3部电视剧，分别为《甄嬛传》《若你安好，便是晴天》《半暖时光》。

② Wavve平台公布的中剧、美剧、日剧TOP50排行榜中，实际只有39部美剧、45部日剧、47部中剧。

品牌，实现剧集系列长期稳定发展”①，这为美剧积累口碑、培养受众提供了便利。中国网络悬疑剧虽然借鉴了美国悬疑剧的拍摄经验，但是在季播化进程的发展上与美剧相差甚远，始终没有形成自己的品牌口碑。与中国网剧相比，中国电视剧却形成了自己的品牌，如电视剧《包青天》系列共12部被韩国全部引进，且多年来热度不低。同时，中国国内4个版本的《倚天屠龙记》、3个版本的《神雕侠侣》、4个版本的《天龙八部》等全部被韩国引进，且每个版本都表现不俗，这便是电视剧的品牌效应。如何形成自己的网剧品牌，加快季播化建设进程，是摆在中国网剧面前的一道难题。

统计、梳理2022年上半年最受欢迎的中剧、美剧、日剧TOP50排行榜的点赞数，如表3－4所示，大部分中剧、美剧、日剧的点赞数都在500以下，点赞数在500以上的剧集较少，点赞数在1000以上的各有一部。Wavve平台2022年上半年最受欢迎的韩剧TOP50点赞数最低为933，最高为70670，点赞数在10000以上的韩剧共有12部。经过对比发现，韩国市场中韩剧处于绝对优势地位，海外系列在韩国市场均处于弱势地位，无法与韩剧相提并论。从引进数量趋势看，中剧拥有更高的认可度；从爆款数量看，中剧与美剧、日剧同样具有引进数量多、爆款少的问题。

表3－4　2022年Wavve平台中剧、美剧、日剧的点赞数

点赞数（次）	中剧（部）	美剧（部）	日剧（部）
100以下	17	21	19
100~500	16	9	14
500~1000	3	3	4
1000~2000	0	1	1
2000~3000	1	0	0
暂无	10	5	7

① 张智华主编：《中国网络影视发展报告（2020）》，北京：中国电影出版社，2021年，第135页。

（二）中国网剧与中国电视剧的接受情况比较

韩国引进的570部中剧中，电视剧209部，占比约37%；网剧361部，占比63%。网剧数量占据优势地位。从图3－4可以看出，中国网剧的引进数量呈线性增长趋势，并在2018年首次超越中国电视剧的引进数量，2019年之后在韩国市场处于绝对优势地位；1996—2010年中国电视剧在韩国市场份额很少，每年引进的剧集不超过2部，2011—2017年整体呈增长趋势，2018—2019年为低谷期，因中国网剧的崛起导致引进数量减少，2020年之后又呈现小幅度增长趋势。整体来说，韩国市场对中国网剧和电视剧的需求呈增长趋势，但近年来，韩国市场更青睐中国网剧，中国网剧的引进数量具有压倒性优势。

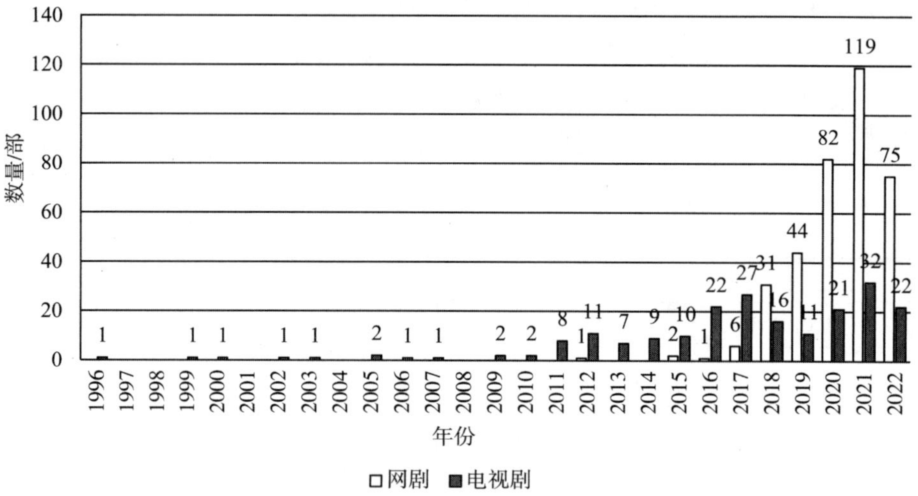

图3－4　韩国引进中国网剧与电视剧的数量比较（1996—2022年）

2020—2022年中国电视剧的引进数量为75部，中国网剧数量为276部。在276部中国网剧中，古装剧仍为主流，古装言情剧和古装玄幻剧偏多；现代剧与古装剧基本持平，爱情剧占据绝大部分，表现亮眼，悬疑、刑侦、犯罪、复仇、励志、女性、喜剧等题材均有涉及，看点纷呈。同时，75 部中国电视剧多为长中篇剧，均在 30 集以上；276 部中国网剧多为短篇剧，在 30 集以下。相较于中国电视剧，中国网剧具有题材多样、内容精简等优势，更符合韩国受众的审美趣味，在韩国市场中更具优势。

Wavve 平台官方公布的 2022 年上半年中剧 TOP10 排行榜中，9 部为中国网剧，排名第 8 的为中国电视剧《甄嬛传》，具体见表 3－5。通过对 Naver 上关于《甄嬛传》的评论发现，中国古装历史剧、宫廷剧乃至武侠剧仍是中国电视剧的一张名片，在韩国拥有一批固定的受众群体，积累了一定的口碑。同时，这与近两年韩国市场对中国电视剧的需求呈增长趋势相一致。但以《陈情令》为代表的中国网剧仍在韩国市场中拥有电视剧无可比拟的优越性，成为中剧传播的主力。

表 3－5　2022 年上半年 Wavve 平台中剧 TOP10

排名	片名	引进年份	类型/题材	豆瓣评分	Naver 点赞数
1	《嘉南传》	2022	古装、爱情	3.8	212
2	《暗格里的秘密》	2022	青春、校园	6.7	223
3	《天龙八部》（2021）	2021	古装、武侠	3.4	19
4	《你是我的城池营垒》	2022	剧情、爱情	7.2	暂无
5	《延禧攻略》	2018	古装、爱情、宫廷	7.1	339
6	《上阳赋》	2021	古装、剧情	5.6	86
7	《雪中悍刀行》	2022	古装、武侠	5.8	暂无
8	《甄嬛传》	2011	古装、宫斗	9.4	534
9	《陈情令》	2019	古装、仙侠	7.7	2548
10	《风起洛阳》	2022	古装、悬疑	6.3	55

（三）中国网剧与同时期的韩剧接受情况比较

Wavve 平台公布的 2022 年上半年最受欢迎的中剧、韩剧 TOP50 排行榜显示：中国网剧中，有古装剧 28 部、现代剧 20 部、民国剧 1 部，类型大多为都市爱情剧、古装言情剧、古装玄幻剧、青春校园剧等，悬疑剧和特殊题材剧[①]也有涉及；韩剧中，有古装剧7部、现代剧42部，类型多为浪漫爱情剧、悬疑推理剧、家庭喜剧等，医疗、法政等题材也有涉及。

与同时期的韩剧相比，古装剧仍是中国网剧的优势类型。在韩剧TOP50排行榜排名第49的为古装剧《步步惊心：丽》，翻拍自中国古装剧《步步惊心》。可见，在韩国市场，古装剧一直是韩国受众关注的类型，在一定程度上填补了韩国市场的空缺，满足了韩国受众对古装剧的需求。浪漫爱情剧是笼络韩国受众的热门题材，也是在韩国市场最受追捧的类型。这类题材的共性就在于"甜宠"，不管是古装言情还是都市爱情、校园青春，都摒弃了以往的"虐"套路，凭借轻松、愉快的观看体验，养眼的演员配置，精致的"服化道"等优势，受到了广大观众（尤其是女性群体）的欢迎。中国网络悬疑剧、喜剧也逐渐打开了韩国市场，受到韩国观众的注意，但还未形成一定的热度。

根据表3-5，部分豆瓣评分较低的古装剧在韩国点赞数较高，在韩国点赞数较高的现代剧，其豆瓣评分通常也较高，这在一定程度上反映出韩国受众对中国网络古装剧的包容度较高，对网络现代剧的审美标准与中国受众相近。其中，点赞数排名靠前的为2019年的《陈情令》、2011年的《甄嬛传》、2018年的《延禧攻略》，其次为2022年的新剧《暗格里的秘密》和《嘉南传》。同时，点赞排名前三的中剧同样是中国国内热度很高的经典剧。这意味着只有制作精良的网剧才能在海外经久不衰，中国网剧出口的关键在于网剧质量的全面提升。

总而言之，近几年，中国网剧在韩国市场的关注度和认可度皆有所提升。古装剧和爱情剧为中国网剧出口韩国的两大重心，现象级作品集中在古装题材，都市爱情剧持续发力，题材类型与韩剧相近，趋向多元化、垂直化。

---

① 特殊题材剧有电竞题材剧《你微笑时很美》、运动题材剧《穿盔甲的少女》。

三、中国网剧在韩传播的问题与策略

通过对中国网剧在韩传播的现状和接受情况的分析，我们发现存在以下问题：传播主体单一，传播积极性不足；网剧出口类型增多，但仍以古装剧和爱情剧为主；爆红个案难掩整体颓势。基于韩剧对华出口策略的借鉴，针对中国网剧进一步扩大韩国市场提出以下建议：

（一）中国政府应加大对网剧出口的支持和服务力度

韩剧在中国市场的成功离不开韩国政府的大力支持。韩国政府为促进韩剧的出口，出台了一系列服务政策，例如：成立影音制品出口支援中心，免费翻译出口电视剧的中文字幕，免去制作公司请翻译以及制作的费用；每年在海外举办影视作品放映展，为所有参与的韩国企业免费提供场地；主动帮助销售较好的韩剧申请免税等。[①] 成本的保障和高额的收益刺激了韩国制作公司的积极性，使韩剧在中国市场中占据一席之地。

中国政府也应加大对中国影视企业网剧出口的支持力度，制定相关的激励政策，如成立网剧出口字幕翻译机构，设置网剧出口资助基金，提供网剧出口的专业指导等。这些政策都能为中国网剧开拓国际市场提供重要保障。

（二）在韩国市场采取有针对性的出口策略

韩国会将韩剧的海外市场进行细分，针对不同的收视地区和收视群体进行策划和生产，有效保证韩剧的顺利出口。在内容上，韩剧尽量选择中国人普遍感兴趣的话题。“韩国文化产业振兴院就曾组织专门的调查问卷，针对中国观众的收视习惯进行调研，以满足华语收视的需求。”[②]

---

① 赵晖：《中韩两国电视剧产业战略与策略研究》，北京：中国电影出版社，2012 年，第 153 页。

② 赵晖：《中韩两国电视剧产业战略与策略研究》，北京：中国电影出版社，2012 年，第 152 页。

中国同样只有深入了解韩国的电视剧市场和韩国受众的需求，才能更好地推进中国网剧在韩传播。中国网剧国内市场广阔，播出平台众多，导致中国网剧几乎都是为国内观众生产的，没有为韩国观众量身定做的电视剧。但中国网剧的海外发行企业可以针对韩国受众的观剧习惯和审美趣味，形成二次创作的“韩国版”中国网剧，提高中国网剧在韩国的关注度和认可度。

（三）强化网剧内容的国际化

从电视剧《还珠格格》《包青天》《流星花园》《步步惊心》到网剧《致我们单纯的小美好》《陈情令》等，中剧拥有深受韩国喜爱的国民剧集，但这样的剧太少了。出口数量多、爆款少，是中国网剧在韩传播的长期性问题。

韩剧之所以成功占据中国市场，是因为韩剧将东亚儒家文化和欧美电视剧的结构形式、文化内容成功组合，加工成符合东亚情结的成熟形态。[①]与中国传统文化相近，会引起中国受众的共鸣，降低“文化折扣”；以西方电视剧的方式表达，会使中国观众产生新奇感，进而成功笼络中国受众。中国网剧的创作应依托传统框架，加以运用国际流行的电视剧结构，选用具有普适性的热点话题，在传播中国文化的同时兼具人类共通的情感，才能进一步扩大海外市场。

（四）完善行业生产体系，培育专业影视人才

由于韩国国内市场狭小，主要播出平台三足鼎立，韩国政府及韩国制片公司都极其重视开拓海外市场，进而形成以编剧为主导的制作体系，确保韩剧的内容质量，选用外貌姣好且演技成熟的明星偶像作为主角确保较高的收视，培养灯光、音乐、摄影等专业人才，确保韩剧的制作水准。

中国政府和影视协会已经出台了一系列的政策来规范中国网剧的生产体系，如“限薪令”“限时令”“限古令”等。但现今的网剧制作体系依

---

① 储钰琦：《中国电视剧产业史》，北京：中国广播电视出版社，2014 年，第 174 页。

然不够完善，如演员素质参差不齐，网剧配乐时好时坏，影视画面与灯光无法与韩剧相提并论等。中国政府应与相关的专业院校、影视协会交流完善编剧、演员、摄影、录音、美术、服装、化妆、道具等专业人才的培养体系，形成适应电视剧发展的专业化团队。

（五）完善网剧衍生产业链，拉动各产业共同发展

陶东风曾提出粉丝产业包含的三种消费行为，即购买产品产生的消费行为，购买和追星过程中产生的附加消费，以及包括品牌效应在内的无形资产。① 第三层消费即意味着通过电视剧产业促使粉丝进行周边消费，带动大量产业的共同发展。韩剧已经形成了非常完整成熟的衍生产业链，一部韩剧的火爆往往能带动餐饮业、旅游业、服装业和美妆业的发展。但中国网剧的产业带动能力则一言难尽。一部网剧的成功并不只体现在网剧的高点击率或收视率，还体现在经济上带动各产业共同发展，形成各产业协同共进的良好局面。中国网剧在完善网剧衍生产业链这条路上任重而道远。

四、结语

中国网剧是中国文化的重要载体之一，在提供休闲娱乐、审美享受的过程中传播中国文化，是提升中国文化软实力的有效手段。中国网剧在韩国的传播是中国网剧海外传播的重要组成部分，吸引韩国受众是中国网剧走向国际化的重要一步。

近年来，中国网剧在韩传播的规模不断扩大，受众日渐壮大，在韩国市场的关注度和认可度皆有提升，虽然依旧存在一些问题，但是无可否认中国网剧在韩传播的良好趋势。依据中国网剧在韩传播的现状和接受情况，借鉴韩剧成熟的对华出口策略，进而调整中国网剧在韩的传播对策，对扩大中国网剧的韩国市场乃至整个海外市场具有重要意义。

---

① 张智华主编：《中国网络影视发展报告（2020）》，北京：中国电影出版社，2021 年，第 107 页。

第三节　借鉴：Netflix 的“球土化”战略

“球土化”（glocalization）观念融合了“全球化”（globalization）与“地方化”（localization）两个概念，于 1994 年由美国学者罗伯逊提出。罗伯逊将“球土化”看作是“全球化”概念的一种进化，认为“全球化”的概念只包含了文化上的同化，代表着一种特定文化占领其他文化的过程，而忽略了各种不同文化对于全球化的本土化改造过程。罗伯逊由此提出了“球土化”的概念。①

不同于作为学术概念的“球土化”，美国的跨国企业一直将“球土化”作为自己的行为准则，其中又以文娱企业执行得最为彻底。它们的“球土化”有两个阶段。第一阶段，它们去挖掘各个国家本土的文化资源，并将其改编成为更具当代性的形象，典型的例子如《花木兰》《功夫熊猫》。第二阶段，它们直接进入各个国家的产业内部，将该国的本土消费者作为首要满足对象，如迪士尼在中国运营的玲娜贝儿。Netflix 则选择跟各个国家的专业团队合作，在满足该国消费者的前提下辐射周边国家，《鱿鱼游戏》就是在这个战略下诞生的“爆款”。

美国流媒体公司基本上都属于 OTT 平台，即“过顶内容平台”。不同于传统影视业，平台上的影视内容一般不受当地法律法规控制。Netflix 作为全球最强势的 OTT 平台，在各个国家越来越受到当地学者的重视。荷兰研究者 Joni Wisse 表示：“当 Netflix 已经开始引领荷兰的媒体业，它在荷兰的生意就值得学术上的重视。”②

事实上，在打造出《鱿鱼游戏》这样的现象级爆款之前，Netflix 的一整套依靠“算法”的内容生产模式已经被诟病许久，其中最大的问题就是

---

① R. Robertson, “Globalisation or glocalisation?”, *The Journal of International Communication*, Vol. 18, 1994, pp. 191 – 208.

② Joni Wisse, *Going Dutch Localization Strategies for Netflix's Brand in the Netherlands*, PHD Dissertation, Rotterdam: Erasmus University, 2021.

缺乏新意和虎头蛇尾。《鱿鱼游戏》的出现，可以被视为 Netflix 发展史上的一个“大事件”，这也是本节选择该剧作为研究对象的原因。

本节的内容包括：第一部分简单梳理 Netflix 的发展史，从中了解其对于“算法”的创造性使用；第二部分解析《鱿鱼游戏》获得成功的因素；第三部分结合 Netflix 出品的其他韩国影视作品，以此剖析 Netflix 在韩国的“球土化”布局；第四部分将进一步探究 Netflix 给韩国产业带来的问题以及“球土化”概念本身的使用逻辑；第五部分将总结 Netflix 对我国“内容出海”和“平台出海”的启示。

一、Netflix 的“算法”基因

Netflix 是一家对于科技进步非常敏感的公司，在其发展中的几个重要节点均作出了当时看来很大胆的决策。其发展史可以概括为三个过程：从 DVD 到流媒体；从平台到出品；从美国到世界。

Netflix 发家于 DVD 租赁业务。不同于当时实体店覆盖全美的录像租赁连锁企业 Blockbuster，Netflix 的 DVD 租赁起始于线上。Netflix 占了 DVD 播放机取代录像机的市场先机，从而挤掉了行业大佬 Blockbuster，还因为没有线下资产，在流媒体时代来临时没有“尾大不掉”的问题，转型流媒体时更加流畅。2011 年 9 月，Netflix 的内容供应商 Starz 拒绝继续为其供应迪士尼和索尼公司的影音内容，导致当季 80 万订阅用户取消订阅。Netflix 因此决定自己进行内容生产，其制作的《纸牌屋》首季于 2013 年 2 月 1 日上线，全世界的消费者和行业内人士几乎都给予了很高的评价，Netflix 正式开启了“网飞出品”的时代。[①] 在自己生产影视产品之前，Netflix 的流媒体平台服务早已遍布世界。有了内容出品业务后，Netflix 的“球土化”进程也有了质的变化——不仅是满足当地的观众，而且是嵌入当地的生产系统，进行影音产品的生产。

Netflix 的影音产品生产从《纸牌屋》开始，就深度依赖大数据的指

① 屈鑫：《网飞的创新性发展研究》，西南大学硕士学位论文，2021 年，第 1－2 页。

导。在大数据管理上，Netflix 将其从 DVD 租赁起收集的用户数据进行分析计算，培养了一批对影视产品进行细致分类的专门人员，将用户的喜好进行细化分类整理，形成“微标签”。这样的“微标签”一共有七万多个，Netflix 据此建立了用户偏好数据库。通过多年积累，这些数据成为 Netflix 重要的战略资源。依据这些数据的指引，Netflix 在平台上可以精确地将最符合用户兴趣的内容推荐给用户，更是在制作内容时可以做到精准立项，生产满足用户需求的高质量影视产品。①

然而，这样对于算法的重度依赖也让 Netflix 遭遇了滑铁卢，其于 2014 年出品的《马可波罗》就是其中被诟病最多的一部作品。该剧问世以前，曾以创下全球电视剧制作成本最高纪录的 9000 万美元制作费作为宣传的噱头。《马可波罗》描述了一个发生在中国的故事，但这种基于大数据算出来的中国故事没有使中国观众满意。截至 2021 年 12 月 28 日，该片在豆瓣上的评分为 6 分。与此同时，该剧在西方观众当中也没有引起足够的反响。在 IMDb 上，6.9 万余名观众给其打出了 8 分，这个分数并不算差。但本剧意图对标的作品是由 HBO 出品的《权力的游戏》，而该剧第一季在 IMDb 上的评分高达 9.2 分，这个分数来自 190 余万名观众。

Netflix 自此改变了其在世界其他市场的制片模式，选择同输出地的创作团队深度合作，由它负责提供资金和必要的技术以及发行渠道。这样既可以获得输出地观众的认可，也充实了平台的内容库并择优输出给世界各地的观众。可以说，《鱿鱼游戏》的成功，并不完全归功于 Netflix 的算法，反而是 Netflix 不再过分依赖算法的结果。算法真正助推《鱿鱼游戏》大火的阶段是在 Netflix 洞悉其传播潜质后，将它及时地推到世界观众面前。

二、《鱿鱼游戏》获得成功的因素

韩国是 Netflix 海外布局的重镇。近五年来，Netflix 在韩国投资 7700 多

---

① 王腾飞、丁友东：《Netflix“量子理论”在影视推荐中的运用研究》，《传媒》2021 年第 4 期，第 52 – 54 页。

亿韩元，《鱿鱼游戏》的投资是 200 亿韩元，相较于其他影视作品并不能算“大制作”，因此它也成了一个“以小博大”的经典案例。

《鱿鱼游戏》的故事里，456 名在社会上遇到了各种困难的人收到了神秘人的邀请，来到一个与世隔绝的孤岛上参与一场大逃杀，大家彼此厮杀的目标是 456 亿韩元，而最后只有一人可以存活。这个过程中，几个从世界各国而来的权贵会在这些人身上下注，看着他们搏命，从中取乐。[①]

开播后，该剧迅速刷新了收视纪录，开播前四周全球观看用户数高达 1.1 亿，在 28 天内在全球 94 个国家和地区拿下了单日收视冠军。在《鱿鱼游戏》开播的一个多月里，Netflix 的股价大涨 10%，是一次惊人突围。此外，剧中扮演女配角的郑浩妍从前只是一位名不见经传的模特，之前在 Instagram 上的粉丝数为 40 万，在该剧开播后逐渐涨到 1600 万，一跃成为粉丝数最多的韩国女演员。《鱿鱼游戏》的影响力并未停留在影视剧层面，它还带动了诸多衍生品的热销和世界范围内的各种线下、线上活动，剧中同款服饰也在世界各大电商平台涌现。

作为一部投资并不算很大的电视剧，《鱿鱼游戏》无疑取得了空前的成功。但为什么是它？这个问题可以从社会情感、内容形式、符号营销三个方面来回答。

首先，在社会情感方面，《鱿鱼游戏》的内核是残酷的，它将社会阶级用非常直接的方式呈现在了观众面前——社会底层为了生存奋力搏杀、九死一生，上位者则作壁上观、好整以暇。剧中的社会底层并不是模糊的符号，他们有各自的背景和职业：有如主角这样一直身居底层，在家中啃老的无业者；也有主角的邻居，出身寒微，但凭借过人的天资考上了首尔大学金融系，而后成为证券从业者，却因为自身贪念几乎要身陷囹圄。不管这些人是否一直在底层，他们的存在都宣告着一种出身决定论，这也暗合了韩国所谓“勺子阶级”（韩国网络用语，类似于中文“含着金汤匙出生的人”）的一种悲观情绪，在韩国引起了强烈的共鸣：无论一个普通人

① 秦云：《〈鱿鱼游戏〉为何火爆?》，《人民政协报》，2021 年 11 月 22 日第 12 版。

天资如何、努力与否，只要他行差踏错一步，就有可能万劫不复。[①] 除了人物的阶级设置，该剧还在情节设置方面贯彻了这种主题，比如剧中主角偷年迈母亲的积蓄去赌马的情节跟上位者“赌人”的情节形成了某种互文：上位者拿着观马的眼镜看向“参赛者”，这种“非人化”的处理使得观众能够更直观地感受到“肉食者”对底层的压迫，使观众一方面达到情感上的共振，另一方面又可以透过权力的视角看向这些底层，产生某种隐秘的快感。

其次，在内容形式方面，作为剧情核心的六个游戏，从一二三木头人、抠椪糖、拔河、猜弹珠、走玻璃桥，到最后的鱿鱼游戏，都是规则简单的儿童游戏，输掉的下场就是即刻死亡。[②] 观众在观剧时会有强烈的反差感。这种反差感不仅仅来自死亡和儿童游戏的结合，更是来自一种集体经验——几乎每个观众都有类似儿童游戏的经验，而观看《鱿鱼游戏》对观众来说就是一次反经验。在画面处理上，游戏在装饰成儿童乐园的室内举行，主创人员使用了高饱和的粉红色等颜色，配合城堡式旋转楼梯打造出幼龄感。当被野蛮切割过的尸体悬垂在旋转楼梯的顶部，或是殷红的鲜血在这样的场景当中四溅时，观众便产生了一种很直接的视觉快感。

最后，《鱿鱼游戏》精确提炼了易于传播的各种符号，从而助推了营销，保证了观众真正接受剧中信息并主动加入该剧的传播链条之中，最终在各个媒体平台上形成裂变式传播。在场景设计上，韩国英文教科书中的少女被设计成了游戏中巨大的杀人娃娃，童年回忆里的小猪存钱罐变成了巨型透明的诱饵，高悬于游戏参与者的头顶，见证着也引诱着一场场的杀戮。在人物设计方面，剧中的游戏参与者都穿着同样的绿色棒球服，在粉色的游戏背景中十分显眼。棒球服在韩国深受青少年的欢迎，这样的服装设计迎合了本土市场的趣味，又为世界观众带来了新鲜感。相应地，剧中的压迫者阵营都戴着面具，普通的士兵按级别高低分别戴着印有圆形、三角形和方形图案的面具，这样常见的图案跟刽子手的身份联系在一起，很

---

① 李浩瑄：《〈鱿鱼游戏〉背后的韩国现实困境》，《廉政瞭望》2021 年第 19 期，第 64 - 65 页。

② 秦云：《〈鱿鱼游戏〉为何火爆?》，《人民政协报》，2021 年 11 月 22 日第 12 版。

快引起了世界各国青少年的模仿热潮。[①] 同样易于传播的还有诡异的童谣，它节奏简单又不断重复且伴随着死亡，也很快在传播过程中成为该剧的一个标志和世界各地网友的“社交货币”。同时，全球各网络平台上有影响力的博主为了赶上这一波热潮，挑选了不同符号进行二次创造，又使得该剧的热度进一步发酵。

三、Netflix 的“球土化”战略

事实上，在《鱿鱼游戏》之前，Netflix 曾有很长一段时间没有世界性爆款出现。该剧的出现存在一定的偶然性，但也是 Netflix 对于韩国“球土化”产业布局的结果。Netflix 在韩国的产业布局特点可以被归结为以下三个方面：一是在主题选择上尽力提炼时代的公约数；二是在内容设置上对成功模式进行移植；三是对于一国市场的整体性嵌入。

主题选择正确是一部影视作品可以引起世界性反响的前提。如前文提到，《鱿鱼游戏》对于韩国这样笼罩在“财阀”下的资本主义社会做到了一定程度的揭示，它首先在韩国被观众深刻认可，这源于主创对于自己所在社会的提炼能力。但世界上的国家各有各的问题，即使同为资本主义国家，各国社会结构也不尽相同。有的国家并没有像韩国那样富可敌国的显性财阀，但世界上绝大部分国家都有因阶级分化、贫富悬殊而产生的阶层之间的对立关系。从普遍性和特殊性这组矛盾来看，财阀是韩国的“特殊”，而“剥削”和“阶级问题”是世界的“普遍”。《鱿鱼游戏》这部作品并没有设置特殊的显性财阀，而只用了阶级这个具有普遍性的时代背景，使得它的故事内核可以在世界的各个地方被观众接受。跨文化交流往往会碰到“文化折扣”的问题，《甄嬛传》出海的成绩平平就是其中一例。这部戏在中国本土深受观众喜爱，开播十年常演不衰，在社交平台上更是变成了新的文化语码，并不断被解读和二次创作。《甄嬛传》进入中国台湾地区的市场后，一时风光无两，其数次重播都打败了该地区之前的收视

① 赵爽：《“鱿”点不同》，《中国服饰》2021 年第 12 期，第 32－33 页。

冠军——综艺节目《康熙来了》。但“甄嬛出海”在西方观众中几乎没有引起足够注意。中华文化语境较高，如果没有对于主题的全球化提炼，出海受挫几乎是可预见的结果。但若掌握了从东亚儒家文化圈这样的文化地区中提炼出“普遍”的能力，这些国家对于 Netflix 此类跨国文化公司来说便不只是需要维护的市场，也是优质内容的输出地，可以充分扩充其平台内容的丰富性，为其世界化的平台提供多样化的内容服务。目前看来，这种站在本土的立场上提取全球化的公约数的能力，也是 Netflix “球土化”战略能够奏效的核心条件。

对于成功模式和类型的把握是 Netflix 的一个核心能力。Netflix 掌握了大量数据，以此研究全球各地观众喜好的故事模式。Netflix 的许多故事不完全是写出来的，也是算出来的。因此，《鱿鱼游戏》虽然成功，但是并不是众人心中的“精品”，至少不是 Netflix 在韩国拍出来的最“叫好”的作品。很大一部分观众觉得这部作品“不新鲜”，这种“不新鲜”体现在故事结构、故事细节及符号提炼上。首先，从故事结构上来说，“世界上的故事只有 36 种”，这是许多故事创作者的一个共识。大逃杀类型的故事源自日本，并不断被翻拍，甚至如今火爆全球的“吃鸡类”游戏也源于此。而“上位者”对于“底层”的肆意践踏也不是一个新故事，远一些的如斗兽场中人与人的角斗，近一些的则有《饥饿游戏》这样的热门电影。其次，从故事细节上看，影片中在天真童谣中制造死亡的桥段，以及任何人可以杀死任何人的法外孤岛模式，最初都是兴于阿加莎·克里斯蒂的《无人生还》。国内娱乐产业对此也多有借鉴，比如爱奇艺迷雾剧场的《隐秘的角落》中的童谣《小白船》，以及综艺《明星大侦探》中备受好评的《恐怖童谣》。最后，对于符号的提炼，《鱿鱼游戏》用图像代表某种人群的方式也有先例，比如好莱坞电影《V 字仇杀队》和《小丑》。《鱿鱼游戏》播出后，抗议者在韩国数万人的罢工游行中着装为剧中同款，而世界各地的抗议者曾经也用过《V 字仇杀队》和《小丑》的造型。即使有如此多的珠玉在前，以至于批评者对《鱿鱼游戏》冠之以“缝合怪”的评价，这部剧仍然在世界范围内成为“爆款”。Netflix 在这部剧里表现出的“缝合能力”，也是 Netflix 能够在短时间里生产大量影视内容的核心能力。

以往谈 Netflix 的全球性和地域化，总会谈到它对于亚洲市场或欧洲市场的整体性布局。这是对 Netflix“球土化”战略的中观理解，难以看到它对于某一国影视产业的嵌入程度。Netflix 通过自制、联合制作、购买播出权等方式参与到韩国影视产业的整个生态之中，正如其在美国已加入美国影业协会（MPAA），成为除华特迪士尼、派拉蒙、华纳兄弟、环球电影、索尼影视之外的第六位成员，即“Big Six”当中的一员。在韩国，Netflix 成为改变三大台垄断状态的“第四大台”，韩国国内的流媒体平台更是在各个方面难以望其项背。除了《鱿鱼游戏》这样以“爆款”基因编码的应时之作，Netflix 旗下有《阳光先生》这样题材沉重、剧本精良的战争类作品，融合了丧尸和权谋元素的古装剧《王国》，揭露军队内残酷霸凌的《D. P：逃兵追缉令》；还有展现韩国传统优势的浪漫爱情剧《爱的迫降》，该剧的男女主角分属朝鲜、韩国，却在阴差阳错中爱上了彼此。这些韩剧在韩国和周边地区都十分受欢迎，均属于“叫好且叫座”的作品。比如《爱的迫降》在播出一年之后，新浪微博话题“《爱的迫降》播出一周年”占据热搜榜单，可以看出这部剧在中国观众心中的分量，以及 Netflix 在选择平台内容时的能力。

综上所述，Netflix 在韩国的布局是一种整体性的嵌入，这代表着全面化和差异化。从全面化的角度来看，Netflix 利用韩国成熟的影视工业体系，打造了一个面向不同观众的产品网络，将消费者尽可能地纳入其中。而差异化战略则出于 Netflix 既是内容出品方也是流媒体平台的考量，它需要所有的韩剧迷都可以在 Netflix 的平台上找到自己喜欢的剧。2016 年 Netflix 进入韩国，2018 年 2 月平台上仅 40 万订阅用户，但 2019 年 10 月这个数字就已经达到了 200 万。除了在韩国，Netflix 在日本和泰国作出了同样的战略安排，并取得了很好的成绩，以此完成在亚洲的整体布局。

四、“球土化”战略的问题

每枚金牌都有它的背面。跨国影视公司的“球土化”战略理念虽然早已有之，但是 Netflix 将其发展到了一个新高度，真正嵌入了当地的产业。

本部分将分为两个方面：一方面，将重新审视“球土化”这一概念，探究其背后遮蔽的内容；另一方面，将从韩国文化输出的视角，探究 Netflix 的“球土化”内容生产给韩国带来的问题。

“球土化”虽然是本节对于 Netflix 战略选择的基本定义，但是并不能替代我们对于“全球化”这个概念整体性的思考，不加思考地使用“球土化”这个概念会遮蔽掉“全球化”本身的复杂意涵。德国学者贝克把“全球化”概念细分为全球性、全球主义、全球化三个层次。其中全球主义指：“用世界市场排挤或者取代整治行动，这也就是说，世界市场统治的意识形态，新自由主义的意识形态，它们单一地仅从经济上处理问题，把全球化的多范畴性简单化为单一的经济范畴，试图按照自由市场的逻辑和跨国公司的模式，建立经济帝国主义。”① 这种全球化模式正是 Netflix 在世界影视产业的主要行为逻辑。而它的本地化战略既是它的生存需求，也是它给全球订阅用户提供的一个更加丰富多彩的视觉菜单，正如麦当劳的口号“更多选择，更多欢乐”。当人们从这些思考中再看向“球土化”三个字，就会发现无论罗伯逊是在怎样的思考后创造了它，相比于全球化这样有着严肃意味的学术词语，它虽然是作为全球化的 2.0 版本而存在，但是与此同时也几乎完全消解了全球化背后复杂的消极意涵，成了一个更加适合商业环境的词语。因此，我们需要在厘清它背后意义的前提下去使用它。

韩国总人口为 5200 万，其娱乐产业注定是“外向型”发展模式，韩流（Hallyu）席卷世界的背后是韩国的全力支持，韩国演艺团体甚至时常跟随其国家领导人出访各个国家。与此同时，韩国财阀中的外资比例也高得惊人，如三星的电子股权结构中，普通股有 53%、优先股有 73% 被外国投资者持有，美国的机构投资者更是其中的绝大部分，似乎 Netflix 的进入只是在另一种形式上由美国“控股”了韩国的影音内容制造。然而，Netflix 给其文化带来的直接影响是其他任何产业难以与之相比的。正如日本学者岩渕功一（koichi Iwabuchi）在 21 世纪初日剧在亚洲爆红时所指出的，

① 蔡拓：《全球化认知的四大理论症结》，《教学与研究》2002 年第 3 期，第 29－36 页。

日剧之所以受到他国观众的喜爱，并非日本文化优越性的彰显，只不过是日剧将美国文化翻译成了更容易被亚洲人接受的版本，所以“走红并没有挑战美国流行文化在全球的霸权，反而加强了美国霸权”。①

如今韩剧碰到的问题较之日剧更加严重，因为 Netflix 是当今世界最强势的流媒体平台，除少数几个区域没有其业务，它可以有选择地将它选定的内容推荐至世界各地的订阅用户面前，这完全是基于它的算法。但算法中包含了大量的刻板印象，并不断生成新的刻板印象。韩国以刺破阶级的《寄生虫》拿下了奥斯卡奖，阶级问题在世界观众眼里成为韩国的一个标签。如今《鱿鱼游戏》又一次加深了这种世界观众对于韩国“肉食者鄙”的印象。而泰国影视剧中的校园元素和灵异元素被世界所熟知，于是就有像《禁忌女孩》这样再一次复刻这些元素的剧集。迄今为止，Netflix 造出的“大势韩剧”并没有像当年的《大长今》一样输出韩国人引以为豪的个人品质和带有文化烙印的生活经验，而是用不同的肤色、不同的元素，让世界感受了一次次“奇观”。

五、Netflix 带来的启示

直到 2022 年，中国仍是世界上少数几个没有被 Netflix 业务覆盖的国家。Netflix 在 2016 年 10 月的第三季度财务报告中称：“短期内我们会将我们的影视内容授权给中国现有的流媒体服务商，而不是直接提供服务……但我们对中国市场仍有长期规划，最终要直接服务于中国人民。”② 然而，这并不影响我国观众通过各种渠道收看 Netflix 的影视剧，这些作品往往在国内外同步发酵，如同《鱿鱼游戏》的大火，呈现出的景象就是一种“环球同此凉热”。尽管在淘宝和拼多多平台上搜索“鱿鱼游戏”均显示“没有结果”，《鱿鱼游戏》在我国线上线下的火爆已经成为事实，直至 2021

① 周潞鹭：《韩流不韩：〈爱的迫降〉和韩国爱情剧在何种程度上展演了“韩国性”?》，《戏剧与影视评论》2020 年第 6 期，第 115－130 页。

② Ramon Lobato, *Netflix Nations: The Geography of Digital Distribution*, New York: NYU Press, 2019, pp. 130－131.

年最后一天，国内还有许多酒吧以《鱿鱼游戏》的视觉元素为主题进行跨年夜商业活动。Netflix 自 2015 年引进《甄嬛传》起，一直没有停止对中剧的关注，Netflix 的中剧资源越来越多，被 Netflix 引进这件事也成了一部剧在国内宣传时的噱头。因此，对 Netflix 进行关注和研究很有价值。同时，这个行业巨头也为我国带来了重要启示：其一是影视内容生产的“出海”；其二是流媒体平台的“出海”。

从影视内容生产的“出海”来看，Netflix 除了有《北平无战事》《白夜追凶》等获得我国观众好评的作品，也有如 2018 年版《流星花园》那样在我国收视口碑双输的作品。一方面，Netflix 这种“荤素不忌”体现了它作为世界性流媒体平台对于华语市场的觊觎和耕耘；另一方面，它也可以作为我国影视产品走向世界的一个窗口。但这需要我国的从业者保持对成功作品的学习态度，学习它们的符号提炼能力、嫁接成功模式的能力、回应时代问题的能力。在处理现实主义题材时要从过于悬浮的整体性的幻梦里走出来，还原生活本来的粗粝和真实；在处理浪漫主义题材时则需要有更加奇妙的想象。我国近年来在这点上做得最好的当数米哈游的二次元游戏《原神》，它的成功值得我国影视从业者进行跨媒介的学习。

此外，Netflix 对流媒体的“球土化”运营方式也值得我国流媒体平台学习。其实 Netflix 的发展经验跟国内流媒体不尽相同，Netflix 在美国有强大的先发优势，版图之战才刚刚开打。① 而我国流媒体“爱优腾”的格局导致平台以瓜分市场为主，都没有实现盈利。可尽管如此，Netflix 的“球土化”发展方式仍然是值得借鉴的。2021 年 12 月 1 日，爱奇艺在亚洲电视论坛上宣布，将跟东南亚团队合作，新增六部东南亚原创剧集，其月活跃用户同 2020 年相比增长翻倍。截至 2021 年 10 月 31 日，爱奇艺国际版 APP 在马来西亚、泰国和越南的下载量均排名第一。这已然是一个不错的成绩。但 Netflix 的经验告诉我们，要将输出地市场开发好，只靠数得出的几部影视作品是不够的，只有真正嵌入当地影视产业，才能最终达到平台和内容的互相成就。

---

① 屈鑫：《网飞的创新性发展研究》，西南大学硕士学位论文，2021 年。

第四章　海外社交媒体短视频呈现的中国形象

第一节　“歪研会”及相关研究综述

5G 时代的到来让社交媒体、短视频平台乘势而起。中国媒体正在逐步形成海外传播矩阵，力图以多渠道、多方式、多角度弘扬中华优秀传统文化，提升中华文化在世界的影响力，塑造良好的中国形象。放眼海内外，瞄准中国为内容取材的自媒体并不在少数。其中，华侨华人、海外留学生等特殊的群体，在中华文化“走出去”的过程中起着重要作用。“歪研会”作为“洋网红”的代表之一，其视频是海外网民了解中国的“窗口”，对于塑造中国形象、传播中华文化有着重要作用。

YouTube 是目前世界上最大的视频分享网站。它成立于 2005 年 2 月，以视频为主要生产内容，具有立体化、高效率的传播特点。YouTube 网站生态用户大多采用 UGC 方式，即用户生成内容（User-Generated Content 或 User-Created Content，一般统称为 UGC）方式进行内容生产，发布几乎不需要门槛，吸引了一大批来自不同文化背景的网络用户，由此构建了高活跃度的网络社区。

“洋网红”是其中具备一定特殊性的群体，在本书中指“非中国籍网络红人”，而不限于在中国平台。“洋网红”是基于中国视点提出的概念，要求其在海内外社交媒体平台具有一定规模的粉丝数，形成了相应的传播效能与意见领袖功能。根据用户画像，可知他们大多具有在中国生活或留学的经历，会自发在海内外的社交平台生产文化内容并传播。目前“洋网红”呈现井喷式发展的态势，广泛涌现于各个社交媒体。B 站作为具有代表性的国内视频弹幕网站，站内用户覆盖了老、中、青等不同年龄层的群体，具备“Z世代”高度聚合的特点。以B站为例，目前入驻B站的“洋网红”数量繁多，如“口语老炮儿马思瑞”“我是郭杰瑞”“不是柯桑德”等，都在B站拥有过百万的粉丝数，形成的传播效应不可小觑。

与一般个体为建构单位的“洋网红”自媒体不同，“歪研会”是团队型运营模式。它进入中国市场早，粉丝增长迅速，对于其街头采访的后起模仿者亦数不胜数。“歪研会”在YouTube上的平台账号为“歪果仁研究协会YChina”，由北京大学的留学生组成，会长高佑思、副会长李星悦，他们最初取“外国人”谐音“歪果仁”为名，通过每期确立不同议题进行街头采访在华外国人的形式，展示着这些“跨文化旅居者”在中国的生活状态及其对中国社会文化生活的看法。自2016年12月起，“歪研会”开始在微博、B站等平台推出系列短视频。由于视频具备高质量、趣味性、笑点密集等特点，“歪研会”在网络迅速走红。

以形塑中国形象为视点，可从对内与对外两个作用向度分析“歪研会”视频的作用。对内而言，“洋网红”这一称呼本身就带有“他者”的视角，区别于中国人长期以来习惯的传播主体，给观众带来新奇的体验和别样的视角。“洋网红”在中国的视频生产与投放，亦符合其在中国取景、拍摄并制作的亲密信息源原则，能够强化国民的民族自豪感，在“他者”的眼光里了解中国，强化民族认同。对外而言，“歪研会”的视频同时发布于海外平台，包括Facebook、YouTube等具有海量用户的社交媒体网站，受众的主体拓展到了世界用户。由于网络民族主义与意识形态对立等思潮愈演愈烈，政治的纷争一定程度上阻滞了海内外网民的友好交流，使得部分外国人对于中国形象的认知迟迟未有更新。以高佑思为主体的“歪研会”，正借助个体经验、丰富文化背景等特性，在中国文化传播上持续发力。他们制作的视频具备中国与海外的双重视角，并通过跨文化优势建立起与海外用户的天然信任基础，吸引更多人了解“真实的中国”。

寻找根源、突破旧有限制，是在新时代探索中国形象塑造新路径的有效方法。因此，以新视角、新平台，全面、立体地看待“歪研会”在国际传播中取得的实践效果，分析其在特定海外社交媒体上对中国形象呈现的效能，都具备一定研究意义。本书将通过评论抓取探讨并分析“歪研会”在海外社交媒体网站 YouTube 的传播效果，拓展中国形象国际传播的思路，从中吸取经验与教训，为我国优秀文化的海外传播提供借鉴。

“歪研会”走红后不久，就吸引了众多研究者的注意力。对于“歪研会”的研究，从纵向发展而言，大体可分为三个阶段：

第一个阶段是初始期，即 2018 年，研究者多立足于内容生产的描述现象等分析内容故事框架，对于“歪研会”的探究停留在表层的内容分析，以于靖园从“外国人的中国梦”切入，分析外国人 2.0 时代和对中国内容制作的探究为代表。① 第二个阶段是探索期，即 2019 年，则由浅入深，主要对于“歪研会”的议题设置②、讲述路径③以及中国形象的传播作用④等方面展开考究，对于“歪研会”的生产机制、走红路径等进行分析，强化对内容设置的机制探索及对于中国形象的塑造，细化用户画像。第三个阶段是蓬勃发展期，即 2020 年前后至今。这一阶段的成果呈现了两种不同的发展趋势：一种是立足跨文化传播视角的探究，如进行跨文化传播启示⑤、“去他者化”的跨文化自媒体探究⑥等，将“歪研会”作为代表性自媒体，分析中国文化传播的多模态话语；另一种路径则是深化对于“歪研会”塑造中国形象的认知，对其传播策略⑦和互动仪式链构建⑧进行探究。成果则以硕士学位论文与期刊论文为主，地域分布较为分散。

---

① 于靖园：《歪果仁研究协会：外国人的中国梦》，《小康》2018 年第 3 期，第 78 - 79 页。

② 杨萌：《跨文化类视频的内容生产及价值呈现——以“歪果仁研究协会”为例》，《新闻研究导刊》2019 年第 1 期，第 13、89 页。

③ 刘国荣：《“他者”视角下自媒体讲述中国故事的路径研究》，东北财经大学硕士学位论文，2020 年。

④ 刘春燕：《外国人短视频塑造的中国形象研究——以抖音短视频为例》，兰州大学硕士学位论文，2021 年。

⑤ 罗兰秋：《短视频在跨文化传播中的应用研究——以“歪果仁研究协会”为例》，淮北师范大学硕士学位论文，2021 年。

⑥ 邹蓓琳：《“去他者化”视域下的跨文化自媒体研究》，河北大学硕士学位论文，2020 年。

⑦ 义亚森：《跨文化视域下“洋网红”短视频的传播策略及效果研究》，黑龙江大学硕士学位论文，2022 年。

⑧ 王燕妮：《洋网红跨文化传播的互动仪式链构建——以哔哩哔哩账号“歪果仁研究协会”为例》，《科技传播》2022 年第 14 期，第 65 - 67、78 页。

姚蓓在分析中指出，“歪研会”始终致力于构建“双边（bilateral）”关系，助力中国—美国、中国—以色列等双边关系发展，并通过采访等形式，吸引不同国家的人加入队伍[①]。根据研究方法与研究视角归纳可得，目前学界对于“歪研会”的研究大致可以分为三个方面：

一是针对“歪研会”本身进行的内容生产探究，从故事框架、传播策略等方面进行实践性探究。蔡雨耘用框架理论分析其讲述中国故事的叙事策略及其框架构建的影响因素，认为讲述中国故事应当关注“他者”讲述的内容框架及叙事编排，辩证性地看待其文化逻辑、传者逻辑、受众逻辑三层逻辑的构建作用[②]；杨萌以 B 站为视点，通过分析跨文化类视频在内容主题、视频标题、时长控制、分发渠道等方面的生产策略，认为其具有满足“他者”心理诉求、为讲好中国故事提供新视角的优势。[③]

二是立足跨文化传播视域的探究，强化对于“歪研会”的跨文化传播策略、内容生产启示的探索。王滟雨使用内容分析法探讨“歪研会”的议题设置，分析其议题特点、价值倾向，并挖掘其中反映出的跨文化传播特性，认为与中国“本土化思维”契合的视频点击量较高，在海外传播受到高低语境以及新媒体内容竞争激烈的挑战，目前的传播效果仍存在一定局限性[④]。马小迪从“歪研会”的视频受众、主题、文化相关性等角度入手，认为此类视频有益于对外汉语教学。[⑤] 王燕妮从互动仪式链的构建入手，认为其具有确立受众的虚拟在场、设置局外人的“仪式边界”，以及共同关注焦点的累积衍生情感能量等特性，能够有效打破刻板印象、助力中国

① 姚蓓：《抖音“洋网红”短视频传播的多模态话语分析》，西安外国语大学硕士学位论文，2021 年。

② 蔡雨耘：《“他者”视角下的中国故事框架分析——以“歪果仁研究协会”为例》，《传播力研究》2018 年第 15 期，第 35 – 36 页。

③ 杨萌：《跨文化类视频的内容生产及价值呈现——以“歪果仁研究协会”为例》，《新闻研究导刊》2019 年第 1 期，第 13、89 页。

④ 王滟雨：《跨文化传播视域下“歪果仁研究协会”短视频中的议题设置研究》，中南民族大学硕士学位论文，2019 年。

⑤ 马小迪：《在华外国“网红”与中外跨文化交流——以“歪果仁研究协会”为例》，《新媒体研究》2019 年第 21 期，第 106 – 107 页。

形象传播。[①] 燕明佳选取“歪研会”“我是郭杰瑞”等比较有代表性的“洋网红”，对其视频数量、内容进行梳理，基于媒介影响力形成的接触、接受、保持、提升 4 个环节，从“广度因子”“深度因子”“强度因子”“效度因子”4 个主题构建传播力维度。[②] 董文欣以“歪研会”所生产的短视频为例，以符号互动论作为理论基础，探究跨文化类短视频在传播中使用的符号，并基于对视频中语言符号及非语言符号的分析，归纳了符号建构的意义，并对评论区文化符号使用的意义进行了解读，认为其内容深度仍有所欠缺。[③] 以上是目前学界取得成果较多的研究类别。

三是立足于中国形象构建的视点，探索“歪研会”内容传播实践取得的传播效能。周增妹以李子柒和“歪研会”两大中外自媒体为代表，采用跨文化传播理论和议程设置作为理论基础，借鉴语料库语言学的方法，对相关报道、视频字幕以及网民评论语料中的关键词、词语搭配、语义韵等显著信息进行挖掘，认为二者都正向促进了中国形象的构建，提升了海外对于中国的认知，最终得出汉语国际教育促进中国文化传播的启示。[④] 刘国荣采用“他者”视角理论，运用内容分析、实证分析等研究法，以“歪研会”在海内外社交平台上发布的视频内容为研究对象，以视频观看量、弹幕数、点赞量为衡量指标，认为其在标题、语言上均凸显了文化适应下的中西对比，使受众感受到其文化接触后的真诚理解，有助于讲好中国故事。[⑤] 史田歌运用内容分析法对其视频内容进行量化统计，对点赞量、评论量、转发量之和最高的十条视频内容进行了分析，认为其能够克服语

---

① 王燕妮：《洋网红跨文化传播的互动仪式链构建——以哔哩哔哩账号“歪果仁研究协会”为例》，《科技传播》2022 年第 14 期，第 65－67、78 页。

② 燕明佳：《跨文化传播视域下“洋网红”短视频海外（平台）传播力研究——以“歪果仁研究协会”“我是郭杰瑞”等为例》，华侨大学硕士学位论文，2022 年。

③ 董文欣：《跨文化类短视频的传播实践》，青海师范大学硕士学位论文，2021 年。

④ 周增妹：《中外自媒体视频关于中国形象的跨文化传播研究——以李子柒和“歪研会”为例》，北京外国语大学硕士学位论文，2020 年。

⑤ 刘国荣：《“他者”视角下自媒体讲述中国故事的路径研究——以歪果仁研究协会为例》，东北财经大学硕士学位论文，2020 年。

言、文化差异，但是存在话题标签没能完全明示视频内容等局限性。①

目前对于“歪研会”的研究集中在国内的视频平台，因此用名也是使用全称“歪果仁研究协会”居多，而不使用“歪果仁研究协会 YChina”进行指称。目前鲜明提出海外平台视点的是彭文庆，他将 Facebook 上的“YChina”短视频作为研究对象，采用内容分析法从短视频主题、内容基调层面分析了“YChina”短视频对多维中国形象的呈现，认为 Facebook 用户对“YChina”短视频呈现的文化形象、国民形象、环境形象整体上表现出了正面的态度偏向。但其对科技形象、城市形象进行了协商式解码，认为视频在经济形象上所接收的负面情绪明显，需要寻找在华他者的独特优势，进一步找寻跨文化传播的媒介。②

综上所述，过往对于“歪研会”的研究集中在硕士学位论文，研究方法以内容分析、文本分析居多，主要立足于跨文化传播、中国形象构建等开展研究。其样本来源包括网站弹幕、评论等，国内平台多选取微博、抖音、B 站等当下青年人热衷的社交媒体平台，海外平台则为 Facebook。总体而言，歪研会在海外视频平台 YouTube 的传播概况常因传播延展效果一般而受到忽视。因此，其海外平台的传播效果及用户反馈仍存在一定的研究空间与价值。

“歪研会 YChina”是“歪研会”在海外视频网站 YouTube 上增设的海外账户，基本受众为国际用户，内嵌字幕为中英双语，基本符合海外受众的观看习惯。视频配以俏皮的动画效果和音效，封面多数采用英文字幕和大胆的色彩设计风格，呈现生动活泼的特点。

“歪研会”由来自以色列的高佑思担任会长，来自美国的女孩李星悦担任副会长，来自北京大学的中国人方晔顿担任 CEO，组成了一个富有创造力和跨文化思维的团队。至 2021 年 9 月，“歪研会”已经组织起一支拥有多元文化背景的工作团队，团队成员 60 余人。其中 20% 的成员来自海

---

① 史田歌：《跨文化视角下“洋网红”视频中呈现的中国形象——以“歪果仁研究协会”为例》，《商业经济》2023 年第 2 期，第 78－79、87 页。

② 彭文庆：《外国人在华拍摄短视频对中国国家形象的呈现研究——以 Facebook 平台“YChina”为例》，浙江传媒学院硕士学位论文，2021 年。

外，如美国、德国、以色列、韩国等，其他中国员工多数亦拥有海外求学经历。"歪研会"对于团队有高要求：一是必须拥有"long China"的信念，对当下中国发生的事情有热情、感兴趣，相信中国未来在世界舞台上会扮演越来越重要的角色；二是拥有较高的表达力及理解世界的细微颗粒度[①]。以此为标杆，"歪研会"曾公开表示希望团队成员可以真实记录自己在中国看到和体验到的一切。它还为这些博主提炼了新的概念，即"COL（Cultural Opinion Leaders）"，意为具有跨文化表达能力的人。方晔顿曾在多个专访中表示，旗下成员都是在中国经济社会和互联网科技快速发展的时代来到"歪研会"，怀揣着用新媒体连接中国和世界的梦想人[②]。如实呈现中国当下的事情，就是讲好中国故事的一种方式。

从视频内容上看，"歪研会"以介绍中国文化及分享在华外国人的中国体验为主要节目内容。其介绍部分包括方言、传统节日、传统美食等传统文化，中文歌曲、表情包、中国综艺节目、中国电视剧等亚文化，以及疫情等系列时事热点新闻事件，少部分时候还涉及种族问题、国家间的刻板印象等争议问题。由于地区政策等因素，部分争议问题的内容存在国内外平台投放不同的差异现象。如 *From Lock down to Rebirth：What is Wuhan like in November* 2020？（《从封城到重生：2020 年 11 月的武汉》）以温情的语调呈现了武汉从疫情之初的封城到逐步恢复正常的模样，书写了中国人坚韧的精神。该视频却没有投放在 B 站上。由此可见，在不同的视频平台上，"歪研会"会针对不同的平台，构建不同的内容筛选与投放机制，并呈现不一样的运营风格。

---

① 《歪果仁研究协会，是个什么东东?》，腾讯新闻，发布日期：2021 年 9 月 8 日，浏览日期：2023 年 4 月 12 日，https：//new. qq. com。

② 《90 后创立"歪果仁研究协会"，5000 余外国人在这儿讲述中国故事》，搜狐网，发布日期：2021 年 5 月 12 日，浏览日期：2023 年 4 月 12 日，https：//www. sohu. com。

第二节 国际网友对中国形象的认可度：基于“扎根理论”的评析

“扎根理论”（grounded theory）是一种质性研究方法，由美国社会学家巴尼·格拉泽（Barney Glaser）与安塞姆·施特劳斯（Anselm Strauss）提出。扎根理论，通过系统收集和分析资料，从资料研究历程中衍生出理论，注重“发现逻辑”而非“验证逻辑”。这种方法分为3个环节：资料收集和分析；资料编码过程（开放性编码—轴向式编码—选择性编码，即open coding，axial coding，selective coding）；理论生成与检验。“扎根”是一个自下而上认识世界的仿真过程和研究过程，是一个不断提出问题、进行比较、建立分类、建立联系、发现理论的过程。这些特点可以避免实证研究中经验观念或者理论预设对素材和资料的限制，比较契合本节的探索性研究。

截至2022年10月初，“歪研会”在YouTube上一共发布了230余条视频。考虑到全部视频的评论体量过大，且重复过多，本节选取了点击量前

30 位的视频①，节选了每一条视频下前 100 条（部分视频评论不足 100 条，故全部摘选）热门的网友评论。由于研究者的语言能力有限，仅收录了英文评论留言，采用“扎根理论”的方法，先后对原始资料进行开放性编码、轴向式编码、选择性编码，在此基础上进行理论建构。

一、开放性编码

在实际操作中，由于部分热门视频的英文评论不足 100 条，故摘取这些视频的所有英义评论，整合所有摘取评论，即本次分析资料数据样本共

---

① 其中播放量第一的是 *Why do people "hate" your country? Episode 2!*，共 127 万次；播放量第二的是《为什么中国疫情恢复这么快？外国人去武汉街头找到答案》，共 75 万次；播放量第三的是 *LIVE REACTION! "Mom, this is my foreign girlfriend!"*，共 66 万次；播放量第四的是 *When you get addicted to Chinese night snacks...*，共 65 万次；播放量第五的是 *What I saw in Xinjiang working as a Cotton Farmer*，共 65 万次；播放量第六的是《中国十大未解之谜》，共 45 万次；播放量第七的是《采访香港 6 个不同职业的普通市民，他们如何应对混乱？》，共 45 万次；播放量第八的是 *When you realize that there are more than 50 Chinese dialects...*，共 39 万次；播放量第九的是《没想到！2020 用谷歌搜“*China*”会有什么奇葩答案？》，共 39 万次；播放量第十的是 *I interviewed 10 random Xinjiang locals, this is what they told me*，共 38 万次；播放量第十一的是《从斯坦福大学退学后定居中国农村，这美国人疯了吗？》，共 36 万次；播放量第十二的是《中国街头最常见的十大人群：兰博美女、快递小哥、舞神大妈》，共 35 万次；播放量第十三的是 *What's the BEST place to take an Instagram photo in China?*，共 34 万次；播放量第十四的是 *Why would someone choose to study overseas?*，共 33 万次；播放量第十五的是《美国亚马逊上最火的中国产品竟然是这些?!》，共 33 万次；播放量第十六的是《我走进了新疆的三个家庭，他们这样告诉我……》，共 32 万次；播放量第十七的是《自从这群歪果仁发现中国同学的真面目以后》，共 31 万次；播放量第十八的是《自从这群歪果仁的国家被讨厌以后……街采居然变群殴》，共 31 万次；播放量第十九的是 *Why do people "hate" your country?*，共 30 万次；播放量第二十的是 *THE BIGGEST vacuum bottle factory in China: the story of making china#TOP1 vacuum bottles*，共 29 万次；播放量第二十一的是 *What's the most welcomed snack for foreigners in China? Chinese snacks you've never tried before!*，共 29 万次；播放量第二十二的是《被爸爸“绑架”到全山东最大的中国工厂，谁来救救我?》，共 29 万次；播放量第二十三的是《10 万口罩从海外送到中国有多难？一吨医疗物资送往黄冈全纪录》，共 28 万次；播放量第二十四的是《带蜘蛛侠看川剧变脸，为何他被吓得一脸懵圈?》，共 28 万次；播放量第二十五的是《如何用 BBC 的方式制造一个纪录片?》，共 27 万次；播放量第二十六的是《自从这群歪果仁被〈一剪梅〉洗脑循环以后》，共 27 万次；播放量第二十七的是《我回中国了！买了 5000 刀天价机票！疫情之下飞中国攻略》，共 27 万次；播放量第二十八的是 *When you can't decide what to eat in China...*，共 25 万次；播放量第二十九的是 *When you try to navigate Chinese politeness...*，共 25 万次；播放量第三十的是 *REAL COMMENTS on NeZha: How do foreigners in China find this BLOCKBUSTER movie?*，共 25 万次。

2778 条。

先对以上所有的原始评论资料进行开放性编码。开放性编码是用概念来标示资料和现象的资料诠释过程，通过拆解和理解文本来确认和发展概念，并在对其进行比较分析后最终提取范畴。包含 3 个步骤：一是概念化，提取原始文稿中含感情色彩的内容，提取独立句子中编码要素，完成通俗化语言向精练化语言的转变，形成初步概念；二是概念分类，对概念进行优化、分析和筛选，把同一类属的概念聚集起来，分析词语间的联系，形成属于同一范畴的概念丛；三是范畴化，对概念进一步抽象并命名。在开放性编码中，由于有不少国内网友的评论（如“I'm Chinese”“I'm from Hong Kong”等在评论里直接亮明身份的字眼），我们都针对性地予以剔除，尽量保持国外网友的原生态评论，最后一共确定了 50 个码号。①

① 这些编码及其内容是：（1）video（视频、录像）；（2）Thank you（感谢）；（3）the different between western and China（西方和中国的不同）；（4）show（演出、展示）；（5）interesting/funny/witty（有趣的）；（6）background（背景）；（7）pandemic（大流行病）；（8）Wuhan（武汉）；（9）Xinjiang（新疆）；（10）Hong Kong/HK（香港）；（11）people（人民）；（12）language（语言）；（13）more than 218 distinct dialects recorded in China!（在中国有超过 218 种不同的方言被记录）；（14）interviewed locals（采访了当地居民）；（15）feel so touched by the story（被这个故事感动了）；（16）truth（事实、真相）；（17）respect/salute（尊敬、尊重）；（18）food（饮食、食物）；（19）culture（文化）；（20）foreigners can find more good aspects of China!（外国人可以发现中国更多好的方面）；（21）more facts, less conspiracies（多一点事实，少一点阴谋）；（22）real/factual（事实的、真实的）；（23）traditional virtue（传统美德）；（24）quality（质量、品德、特质）；（25）very different approach of China（中国的做法非常不同）；（26）When international student will back in China?（留学生什么时候回中国）；（27）people think China is probably in the 1800s（人们认为中国可能是在 19 世纪）；（28）quirky facts and positive vibes（离奇的事实和积极的氛围）；（29）help voice out for those who really love their country they call home（帮助那些真正热爱他们的国家的人发声）；（30）situation（情况、形势）；（31）value（价值、重要性）；（32）It takes courage（需要勇气）；（33）main stream media would not talk about（主流媒体不曾谈论的）；（34）an objective observation（有目的的观察）；（35）justice（公平、正义）；（36）full of meeting kindness and generosity（充满了善良与慷慨）；（37）judgment and choice（判断和选择）；（38）You restore humanity（你重修了人道）；（39）making such an ordinary yet extraordinary little piece（做出如此平凡却又不平凡的小作品）；（40）admire their life（羡慕他们的生活）；（41）represent（代表、表现）；（42）title（标题、主题）；（43）positive energy（正能量）；（44）session（一场、一节、一段时间、正式会议，在评论中多指观众认为该自媒体能够根据某段时期或某些会议的内容及变化进行议题设置，因此部分评论区会高频出现特定关键词）；（45）cultural atomization（文化原子化）（46）werid（奇怪、不寻常）；（47）mainstream（主流）；（48）political（政治的）；（49）personal（个人的、人身攻击的、亲自的、人际的）；（50）social media（社交媒体）。

二、轴向式编码

上述编码都是“歪研会”视频中热门评论的关键词、句及高频词。从中可以看出，这些评论都是针对中国国内一些特定地区或城市所发表的议论，尤其是对于在这些城市近年来发生的有国际影响力事件的真相和实际情况等进行了表态；“the difference between western and China”“culture, language, more than 218 distinct dialects recorded in China!”“very different approach of China”等表现出用户对中西文化差异与选择的认识和感受；“interesting/funny/witty”等体现出视频轻松、诙谐的呈现形式，对大多数用户和观众来说是易于接受的，趣味性和科普性的结合效果反馈较好。

我们对上述开放性编码中的50个码号之间的关系进行分析，从这些模式与概念中找到联系，采用类属分析的方法，将热门评论分为三个类别。

（一）对中国城市经历的感观

值得注意的是，在“歪研会”已上传的视频中，不少视频题材都与城市相关，如“My Trip To Xinjiang”这一视频专栏截至目前共制作了4期，累积观看量超过3000亿。

而在收集的播放量前三十的视频中，关于社会热点事件的相关制作排名靠前，“歪研会”通过实地考察和采访当地居民，尽可能真实地呈现出了现实情况下中国的局部形象和决策、选择。因此，不少网友除了使用“Thank you”“It takes courage”“truth”“real/factual”等来表达对视频内容真实性的体会和感受外，还对以往接受的媒体导向进行了评论，如“But unfortunately this is also exactly what BBC, CNN and other west media don’t want the world to see”（但不幸的是，这正是BBC、CNN和其他西方媒体不希望世界看到的），“main stream media would not talk about”（主流媒体不曾谈论的）。网友通过将视频中呈现的一些细节和整体氛围、环境与主流媒体的报道进行对比与强调，体现了对视频记录和反映中国真实状态的认可。

在这一类视频归属里，因受国际舆论和时事热点的影响，中国网友介入的现象比较突出，具体表现在评论区里明显增长的“刷屏”和“楼中楼”现象。如在“My Trip To Xinjiang”这一视频专栏中，中国网友的评论量会较其余类型的视频有明显增加。除了用中文来进行评论之外，不少中国网友还会使用英文来进行评论，用“As a Chinese”或“I used to live in Xinjiang”等表述来直接点明自身的国籍。而往往在这些评论下方会引起中国网友与外国网友之间的讨论，形成“楼中楼”的评论现象，其中最高能达到80+的“楼层数”。用英文评论的中国网友大部分来自视频所在的地区，在进行评论时多是通过“现身说法”来对“歪研会”和视频内容表示感谢与认可。“歪研会”视频作为在他者视角下呈现出的中国面貌，因其自带的“洋网红”和“他者”属性，自然地表现出一种来自第三方的公正和客观性，其与部分海外媒体对中国报道的出入也成为中外网友讨论的热点。因此，当事件发生时，YouTube 里有关的视频适时地满足了我国网友寻求共鸣的心理，自然地也就成为我国网友的舆论战地，“刷屏”和“楼中楼”的现象也恰恰表现了一种话语权的争夺和舆论势力的输出。

仅从“歪研会”的评论环境来看，多数外国网友的评论态度是积极的，如“If BBC go to this village, it would be the poor children been taken from their parents and locked up in a concentration camp. Thank you for showing such a moving story and great respect to Mr. Linden”（评论摘选自《从斯坦福大学退学后定居中国农村，这美国人疯了吗?》这一期，点赞数284，回复量73）。尤其在针对中国网友的英文评论回复进行整合与梳理时，外国网友的态度主要可以归为以下三类：表达日后想要亲自来到中国感受；对中国的支持和应援；态度中立的回帖。从体量和占比来看，后者较前两者比重小。这种现象一方面与视频的内容与质量有关，另一方面也与中国网友参与营造的评论气氛和该频道外国网友收看情况有关。但总的来看，“歪研会”制作的中国城市系列视频是有一定影响力的，虽然有一定的利用时事热点蹭流量的创作趋向，但是其在内容和质量上都有较好的处理和呈现，故能形成很好的双赢局面——不仅为频道取得很好的点击数据，而且能在一定程度上维护中国形象、拓展国际影响力、获得国际舆论支持等。

（二）面对中国与西方的文化差异

一方面，该类评论集中在语言（尤其是方言）、饮食、待人接物和选择、生活习惯等方面，通过“quirky facts and positive vibes”“more than 218 distinct dialects recorded in China!”“food”一类的词句反映出对该方面差异的惊讶与好奇，并表现出对中国一定程度的向往和探索心理。如在播放量中排第八的 *When you realize that there are more than 50 Chinese dialects...*，通过展示各地外国人学习中国各地方言的情况，引起了不少外国网友的热议，如“Cantonese and Mandarin more diffcrent than half of the European languages are from each other”（粤语和普通话的差异超过了一半的欧洲语言），表达了对中国方言复杂性和丰富性的惊讶。还有不少外国网友处在学习普通话的阶段，并发出了自嘲式的共鸣，如：“I gotta stop watching these videos while I'm still at an HSK 3 –4 level as someone said before, it's just frightening. Seriously, that guy wasn't able to understand some things after 5 years of learning Mandarin ?”（我不能再看这些视频了，我的 HSK 水平还在 3 ~4 级，就像之前有人说的那样，太吓人了。说真的，那家伙学了 5 年普通话，有些东西还是听不懂?）不论是什么形式的评论，总体都可以看出外国网友对中国语言的兴趣还是很高的，体现文化差异与中国独特文化的相关视频都有相当高的讨论度。

另一方面，该类评论在看到中外差异时，会产生一定的共鸣和对其自身现状的反思。如“This guy represents the long lost true American values”（这个人代表了久违的真正的美国价值观）摘选自《从斯坦福大学退学后定居中国农村，这美国人疯了吗?》一期，点赞数 892，回复量 52。在该条评论的回复中，不少外国网友表示赞同，更有网友发长文以自己的实际生活经历来发表意见。这样的现象其实不少，当视频内容涉及文化、社会和人物专访时，就能在评论区看到外国网友“扪心自问”的表现。他们在和中国的比较中，发出对自我生活现状和对社会精神文化的反思和感慨。这也能够引起多数外国网友的共鸣，形成较为激烈的讨论现象。

（三）对“洋网红”记录方式的态度

“歪研会”的主要成员都是外国人，以短视频的形式 + 外国人的视角去记录在中国的生活，视频内容既有老生常谈的文化符号，还有中国迅捷的移动支付、发达的网购与物流、舒适的高铁、可靠的安全环境等。这些基于“他者”视角的中国形象塑造与输出，对外国网友来说有着先天的接受优势和低接受门槛。从传播学视角看，国家形象即国家通过大众传媒长期形塑并传递给公众的具有辨识力的统一形象。面对外国不同媒体基于一定政治目的和背景对中国形象的歪曲与刻板印象，以及本国媒体的形象塑造形式等在外国遭遇“水土不服”的情况，“歪研会”通过展现更多小人物形象和真实生活体验，以及展现外国人在中国的情况等，将多元、动态、积极、真实的中国形象传播出去，获得了多数外国网友的认同。例如，“foreigners can find more good aspects of China”（外国人可以发现中国更多好的方面），“making such an ordinary yet extraordinary little piece”（做出如此平凡却又不平凡的小作品），“admire their life”（羡慕他们的生活），“It takes courage”（需要勇气），等等，反映出在跨文化背景下外国网友对该类视频及其制作的认可，也反映出“歪研会”的视频具有一定的说服效果和可信度，可以成为新时代中国形象塑造的新途径。

三、选择性编码

选择性编码要求通过结构识别，从主范畴中进一步甄别出核心范畴，再反过来围绕核心范畴把其他主范畴系统地、有机地联系起来，构成一个新的理论框架，同时回到原始资料中验证之间的关系。综合上述用户评论轴向式编码，我们可以基于此来重新审视以“歪研会”为代表的“洋网红”视频的传播优势与局限。

在优势方面，“洋网红”作为一种由时代发展催生的特殊现象，以类似“第三文化人”的跨文化身份介于不同国家与民族之间，产生了独特的传播效应。我们知道，以“歪研会”为代表的“洋网红”背后离不开互联网发展、全球化浪潮，以及社交、视频平台流量的吸引等因素。这类群体的出现可以看作是历史发展与时代进步下的新兴产物和阶段现象。而其前缀“洋”与“网红”这一新造词的搭配，可以体现出这个群体所带来的一种“惊奇”效应。这里所说的“惊奇”效应作用的对象不只是“洋网红”们所在的外国（即非“洋网红”们实际的国籍与民族，而是与之相异的文化环境，目前留学或生活的国家，尤其指其在社交平台及视频网站所上传内容的背景所在地，如“歪研会”所在的外国就是中国），还有“洋网红”们实际所来自的国家民族及其他具有同样文化背景的国家等。

“新奇”效应最主要的影响是对这些处于不同文化背景下的人群进行一种他者文化的陌生化、重塑化、更新化。就以“歪研会”来说，他们制作的视频中很重要的一个专题就是在中国各个城市的生活记录。城市，一方面有着很鲜明的地方文化差异和丰富的展示素材，另一方面也是构成西方话语体系中对中国印象标签的重要影响和组成因素，且中国的个别城市，如北京、上海等往往成为中国形象的代表和中国印象的讨论热点与焦点。“歪研会”正是抓住了这个切口，以实际走访、亲身体验、街头采访等形式，向世界，尤其是西方文化社会下的人们展示与欧美主流媒体报道不同的中国面貌。对于通过欧美新闻报道来认识中国的人来说，“歪研会”这样的“洋网红”的出现无疑是对他们过往经验的冲击与颠覆。

这样的“新奇”效应不只是对其他国家受众的文化与心理两个层面产生了独特的吸引效果，也正是他们能成为“洋网红”的重要原因。进入21世纪后，以科技为首的力量既加快了社会物质方面更新换代的速率，也提高了人们对新兴事物和差异现象的接受心理，尤其以“Z世代”及其后的人群最为突出。作为“网生代”“数媒土著”的他们，并不固守于主流声音及过往经验等所形成的印象模板，而更倾向于发现一些“叛逆”的声音，对新兴的现象保有较高的关注和接受度。一方面，“洋网红”的视频既很好地满足了新世纪人们对新鲜感和陌生感的追求，以一种“文化打假”的姿态，表现出对主流媒体的反抗态度，同时向人们展示出他们不知道的中国文化“新面孔”，构建出一种“文化奇观”。另一方面，在上文我们可以看到，“歪研会”多以城市、民生、热点事件、文化、科技等为视频内容，以街头采访或类似 vlog、纪录片等形式呈现视频内容，这都是符合西方文化逻辑和接受习惯的。因此，“歪研会”等“洋网红”的视频作品很好地满足了收看用户的心理需求，较好地构造了对中国的文化兴趣。

20 世纪中后期以来，新媒体很快地成为国际交流和国家形象构建的重要阵地。而近几十年来，由于意识形态及国家利益等因素的介入，西方媒体对中国进行了长期的“抹黑”，造成了国际受众对中国的刻板印象和偏见。西方价值体系主导下的国际受众对中国媒体大多持不信任的态度。调查显示，来华外国人中真正相信中国英语媒体的只有 24. 2%，大多数受众（60%）持谨慎或保守态度。①

而“洋网红”的出现在一定程度上消解了这种媒体的偏见，以非官方的立场，从普通民众的他者视角，跳出国内媒体外宣“自说自话”的圈子，在可信度和接受度方面有天然的优势。② 与传统的媒体相比，“洋网红”作为一种自媒体，外交、时政等硬新闻成分较少，降低了政治严肃性和接受门槛，视频内容更多地聚焦中国衣食住行及中外文化差异等，通过讲故事而不是播报的形式，将事件故事化、人物细节化。他们独特的观察视角，配以创新的传播方式，将一个具有中国特色的现代化形象展现出来，契合了如今网络用户的接受心理，让外国人能无负担地打破对中国的刻板偏见和认识误区，减少了国际主流媒体传播中的“文化折扣”。

但“洋网红”的这种“惊奇”效应也有一定的局限与需要注意的地方。一方面，“洋网红”的运营往往是多平台、国际化的，但值得注意的是，中外视频平台上都有大量中国网友观看，这在上文对“歪研会”的评论分析中也可以看到。于是，这就导致部分“洋网红”倾向于制作吹捧中国的内容来博得中国网友的好感，在标题上设置吸睛的关键词或明显的“捧中踩西”的字眼，从而获得可观的流量与热度。这一类视频诚然会带来较高的讨论热度，但套路化的内容制作以及“踩一捧一”的赞美在新鲜感消失后很容易使受众失去兴趣而产生审美疲劳，甚至会导致一种矫枉过

---

① 郭可：《当代对外传播》，上海：复旦大学出版社，2003 年。

② 杜国东：《试析如何发挥洋网红中国国际传播中的作用》，《国际传播》2019 年第 6 期，第 67 – 77 页。

正的文化误导。“洋网红”作为如今国际传播的重要赛道，应该清楚地意识到形象建构和国际交流并不等于单向的表扬与宣传，重流量而轻质量的视频创作是不可取的。中国虽然发展迅速，但是也存在问题，如何把握好“惊奇”效应的尺度，制作出客观真实的作品，值得“洋网红”去思考。正如纪录片《中国面临的挑战》的主持人罗伯特·库恩博士所言：“故事怎样讲很重要，并不一定要完美才好看，有问题、争议和矛盾，就有话题，反而会更吸引人。”①

另外，“惊奇”效应能否持续发挥积极作用，以及再次实现突破性的影响，需要“洋网红”们关注。“洋网红”在发展扩大的过程中，大多都注意到通过“惊奇”效应来引起受众的注意，以实现文化传播和吸引流量等目的。但随着这个群体的逐渐扩大，同质化现象愈发明显，换汤不换药的视频制作让受众不再感到“惊奇”，逐渐产生审美疲劳，亟需“洋网红”们去挖掘新的视频素材、观察视角及呈现形式，创新跨文化身份的输出内容，让“惊奇”效应再次在中外发挥突破性的辐射影响。在高速发展的时代背景下，“洋网红”们应该去找准中国想讲的和外国想听的内容交会点，在中外不同的视频网站与平台上区分好国际受众，深入研究不同文化背景的接受习惯和兴趣所在，做到精准有效的传播，突破讲中国故事给中国人听的局限，真正实现中国故事、中国发展、中国特色“走出去”。

第三节　“歪研会”在B站和YouTube的热度对比

一、“歪研会”在B站

B站是中国年轻世代高度聚集的文化社区和视频网站，于2009年6月26日创建。十多年来，B站已经由早期的创作与分享ACG（动画、漫画、

① 《直面真实社会问题：〈中国面临的挑战〉海外热播》，中国新闻网，发布日期：2015年1月22日，http：//www. chinanews. com. cn.

游戏）内容的视频网站，成功转型为围绕用户、创作者和内容的不断产生优质内容的生态系统，是一个涵盖7000多个兴趣圈层的多元文化社区。B站2022年第二季度财务报告显示，截至2022年6月30日，B站的月均活跃用户数达3.06亿，日均活跃用户达8350万；其中90%为25岁以下，即以“95后”和“00后”为主要用户群体，呈现年轻化特点。

“洋网红”活跃于各个海内外视频平台，B站是国内的代表性平台之一。B站上的“洋网红”UP主数量多、活跃度高。本节的研究对象“歪研会”在B站的注册时间为2016年10月13日之前，视频总数超过400个，粉丝量超400万，评论、弹幕的语言以中文、英文为主；在YouTube的注册时间是2017年4月26日，视频数200余个，粉丝量25.7万，评论以中文、英文为主。“歪研会”在B站上线的第一个视频是2016年12月14日的《自从这群歪果仁尝试了微信红包以后》。截至目前，“自从这群外国人……”街头采访系列还在持续更新，视频累计共148条，约占其视频总数的33%，在热度排名前20的视频中有11条都属于这一系列。“歪研会”团队在北京创立，从时间上来看，在YouTube的注册和运营均在国内账号已经稳定运营之后，因此属于“出海”。

二、“歪研会”中外接受对比

为了更清晰直观地呈现出“歪研会”在海内外传播与接受中的共同点和差异，笔者分别统计了截至2022年10月YouTube和B站上热度排名前十五的视频的有关数据，见表4－1和表4－2。

表4－1　YouTube上点击量前十五的视频

排名	视频名称	播放量	点赞量	评论量	所属类别
1	Why do people “hate” your country? Episode 2!	1278855	1.2万	2542	街头采访

（续上表）

排名	视频名称	播放量	点赞量	评论量	所属类别
2	From Lockdown to Rebirth：What is Wuhan like in November 2020？	755710	2.9 万	6052	街头采访（社会热点）
3	LIVE REACTION！“Mom，this is my foreign girlfriend！”	669493	7153	1185	整蛊类
4	What I saw in Xinjiang working as a Cotton Farmer	656680	4.5 万	9947	实地探访与体验
5	When you get addicted to Chinese night snacks…①	654269	4065	1169	街头采访（美食）
6	Top 10 crazy things your teacher never told you about China	453465	3378	386	趣味科普
7	Hong Kong Today：What do the people have to say？	450832	1.9 万	5457	街头采访（社会热点）
8	When you realize that there are more than 50 Chinese dialects…	391036	3863	752	街头采访（传统文化）
9	SHOCKING！What do foreigners ask about China on Google？	390213	1 万	1165	趣味科普
10	I interviewed 10 random Xinjiang locals，this is what they told me	382554	2 万	4072	街头采访（社会热点）
11	Why this American LEFT Stanford and moved to a Chinese Village？	361387	1.3 万	1389	实地探访与体验

① 与下表中的“自从这群歪果仁中了中国零食的毒以后……”为同一视频。

（续上表）

排名	视频名称	播放量	点赞量	评论量	所属类别
12	Top 10 Street Legends of China ｜ Lamborghini Girls, Scooter Boys, Raving Grandmas & More!	352658	2071	188	趣味科普
13	What's the BEST place to take an Instagram photo in China?	342983	1149	269	实地探访与体验
14	Why would someone choose to study overseas?	336151	558	133	街头采访
15	Unbelievable! These are most popular Chinese products on AMAZON ｜ Reading Comments	336023	4701	1251	趣味科普

备注：由于在 YouTube 上，用户设置的语言与文章标题的语言呈强相关关系，因此为瞄准海外用户，该处的标题是笔者设置语言为英文即“British（UK）”所呈现的标题。该表统计视频情况时间截至 2022 年 10 月。

表 4－2　B 站上点击量前十五的视频

排名	视频名称	播放量	点赞量	评论量	所属类别
1	自从这群歪果仁被中式英语带跑偏以后……	8562423	17.6 万	6791	街头采访类（文化交流）
2	自从这群歪果仁被中国方言虐到怀疑人生以后……	4215210	7.6 万	10102	街头采访类（传统文化）
3	自从这群歪果仁的国家被讨厌以后……	3765969	28.9 万	5544	街头采访类
4	从以色列找到 10 万只口罩直接送到湖北，湖北加油！	3676442	76.7 万	24637	社会热点类

（续上表）

排名	视频名称	播放量	点赞量	评论量	所属类别
5	“我再说一次，我是在中国晒黑的！”	3616670	4.1 万	5137	趣味科普类
6	自从这群歪果仁开始逛淘宝以后……	3610314	6.7 万	953	街头采访类（社会生活）
7	“大家好，我要去中国香港了！”	3417227	23.4 万	7158	实地探访与体验类
8	【歪一旦】偶遇一位外国友人，帮他完成了一个心愿	3383759	14.8 万	2780	其他类
9	十年来最冷清的香港机场，有些害怕的旅客	2935010	19.3 万	5156	街头采访类（社会热点）
10	国外知乎上关于中国最火的问题是哪些？	2913505	23.3 万	4158	趣味科普类
11	自从这群歪果仁谈了中国对象以后……	2780036	3.6 万	2677	街头采访类（社会生活）
12	自从这群歪果仁中了中国零食的“毒”以后……	2778005	3.5 万	3360	街头采访类（美食）
13	自从这群歪果仁每天上 B 站以后……	2750477	13.4 万	3180	其他类
14	自从这群歪果仁沉迷于中式“休闲”以后……	2643504	2.9 万	2383	街头采访类（社会生活）
15	自从这群歪果仁遇到地狱级别的中文以后……	2599306	6.0 万	3841	街头采访类（传统文化）

从表 4－1 和表 4－2 中我们可以看出，街头采访类视频在海内外平台上都是最受欢迎的一类。“歪研会”最初的视频定位就是以街头采访为主，采访对象会根据话题调整，主要为北京高校留学生或中国其他城市的外国

路人。在此类视频中，“歪研会”会通过一个问题了解来自不同国家的受访者的看法，形成观点的交锋。话题的涵盖面也较为广泛，包括社会生活、传统文化、社会热点、美食等不同方面。除此之外，“歪研会”还会发布实地访谈与体验类视频。与街头采访形式相比，这一形式更侧重于纪实，采访对象更少或没有采访对象，主要由主创团队和特邀嘉宾来分享观点和看法。从内容来看，实地访谈与体验类视频中涉及的话题往往更加严肃、更具争议。对于这些话题，“歪研会”客观陈述事实，表达对中国的独到看法，受到B站用户的认可，在YouTube上也获得了较高的关注度。

“歪研会”将一部分视频在两个平台上同步放送，并在平台间为中外网友沟通搭建桥梁。“歪研会”有一个观众评论专栏在B站和YouTube同步上线。其中外网评论的视频整合了各个平台上国外网友对中国的提问和评价，有针对主流文化的，如中国产品、中国节日、中国歌曲、中国城市等，也有针对亚文化的，如表情包。同时，B站本身是一个亚文化聚集地，所以视频中也会体现弹幕文化、鬼畜文化等，也可以通过“投币”的方式来支持“洋网红”自媒体，形式更为丰富多样。

三、“歪研会”海内外热度差异原因分析

总体而言，“歪研会”在YouTube上的热度低于B站，与其他“洋网红”的传播广度仍存在一定的差距。其原因是多层面的，包括运营风格不统一、没有击中海外受众痛点等，共同导致其在海外平台传播受限。

首先，没有形成完整的经营策略，海外运营风格不统一。“洋网红”视频语言功能的选择往往是其针对不同受众所采取的策略差异体现。如果选择中文作为视频内容的单一字幕呈现，则意味着其内容生产与目标受众大多是针对国内的群体，反之亦然。YouTube平台虽然配置了自动生成的字幕，但是视频内容本身所呈现的语言还是对受众的选择具备影响力。海外受众大多会观看接近自己原生地语言的视频，这种语言带来的天然亲近感有助于目标用户的情感触达。与此同时，众多“洋网红”的“洋”只是体现在文化背景的差异，没有把受众放置于全球的视角，因而无法在海外

形成规模性粉丝效应。

“歪研会”街头采访的视频，大多是以中文为沟通语言，采访外国人时也是尽量以中文为主导。这体现了一种视角的偏差，即适用于国内视频网站平台的运营策略无法在 YouTube 平台上畅通无阻。而到了后期，“歪研会”也注意到了这一个问题，即在部分具有深度的专题系列，如疫情、对于李子柒的中国形象构建评析等，都使用了以英文为主体的叙事模式，力求视频内容在海外具备更大的影响力。而从封面来看，“歪研会”早期大多是截取视频内容中的一帧画面作为封面，而没有鲜明的大字呈现，吸引力一般；后期则对封面进行了优化，用英文字、加粗、醒目的配色等，特地打造了一个海外版的封面系列，这是其运营更流畅的一个原因。

其次，对于不同国家的异质性挖掘不足，题材深度欠佳。对于中国受众而言，“洋网红”代表了新的视角，他们能够从异国的眼光展示中国的经济、文化等内容，并连同中国的相关因素进行对照。这个对照比较的视点在跨文化分享中所追求的并不是“跨文化认同”的最高层面，而是希望进行跨文化沟通、打造包容的桥梁与纽带、进行观点的交换与信息的分享等。在“洋网红”的视频里，部分是用自己在“跨文化冲突”到“跨文化适应”阶段出现的独特困境，如不懂中国文化里问路、用语的尴尬和窘迫等，让中国国内的用户能够通过心理置换达到“在地”的视觉文化观看体验，但不一定适用于海外用户。

“歪研会”的视频虽然聚焦于中国多个层面的文化，但是其街头采访的形式过于深入人心，导致对部分题材的挖掘不足、深度不够。流于表面、单一模式化的娱乐往往无法长期吸引受众，这也是“歪研会”长期以来在 YouTube 没有形成固定粉丝群体的原因。例如于 2020 年 2 月 3 日所涉及的对于中国功夫的采访，大多是采访外国人对中国的印象，对中国功夫长期、深入且全面的科普却很少。中国人可能会产生对中国功夫的认知与部分外国人相似的新奇感受。而对于海外受众而言，对自身文化心理的剖析，或是回答本身没有什么新意，长期观看难免觉得乏味。这部分的视频文化内容给海外受众的知识增量是少的，也没有展现对于中国形象的新解读，所以用户留存率极低。还有对于热水的解释，也缺乏对中国文化里历史和民众心理的科普。如果能够补充喝热水的传统部分来自战争时代对于细菌的惧怕这一信息点，将会使得视频更有深度（如 *SHOCKING! What do foreigners ask about China on Google?*）。

我们所见到的“洋网红”的视频话语基调是类似的，如对中国文化呈现认同的态度等，能够满足部分中国人追求共鸣的心理。相对而言，海外受众可能更喜欢具有突破原先认知的内容。让海外受众既能看到在中国经济、科技腾飞的大背景下每个中国人的努力，又能够感受“洋网红”对于社会深切的关怀，正是一个良好的尝试。

最后，海外受众对视频内容的选择性观看和刻板印象导致点击受限。外国人在进入中国后可能经历“跨文化冲突—跨文化适应—跨文化认同”三个阶段。他们具备跨文化的双重背景，可借助海内外社交媒体平台成为中外交流及文化传播的“桥梁”，最终成为我们所说的“洋网红”。“歪研会”只是其中之一，世界上的“他者”还有许多。“洋网红”着力于新时代中国形象的国际传播的同时，站在文化边缘审视不同国家的文化现象，从异质性找到沟通的纽带，从世界“他者”的“边缘”走向“中心”。

第四节　“洋网红”短视频海外传播的问题与优化

一、“洋网红”在中国形象构建中的“他塑”作用

“洋网红”在海外讲述中国故事，这样的传播模式在历史上已有先例。最早可追溯到元代的《马可·波罗游记》，明代则有《利玛窦中国札记》《大中国志》，清末则有《赫德日记》等。这些关于中国的讲述大多出自外国传教士或官员的视角，是更早的“他者”眼中的中国。彼时西方工业迅猛发展，西方人享受着工业化带来的红利；而中国相较于西方，则困囿于传统政治制度和思想观念，走在了西方国家后面。这也让西方人笔下的中国成为“前现代”的中国——中国是西方现代世界之“前现代”，即发展呈现出“未完成”状态。

西方人对于中国形象的“他塑”，从历史发展的眼光来看，很容易产生出以下问题：作为“前现代”的中国，与过去发展中的西方雷同之处颇多，略失新意。这样的视角犹如“管中窥豹”，将本应更丰富、更多元的中国扁平化、同质化，也将本该立体化的历史以线性发展的状态来看待。这都是“洋网红”在海外平台讲述中国故事时应当注意的问题。以现实中的海外短视频中的中国形象来举例，其中一大热点就是乡土中国——去城市化、扎根乡村，以古朴的乡野情调吸粉无数。网红李子柒就是凭借这一类型的视频享誉海外，而我们的研究对象“歪研会”也上传过关于乡村生活体验与实践的作品。关于这一类型的视频，一部分海外受众会将其归类为富有中国地域特色的乡村生活，区别于西方高度机械化的农业生产，他们对这种乡村生活充满向往、羡慕的正面情绪；而一部分人则认为这是中国尚未完全现代化的体现，由于密集的人口、错综复杂的地理环境，中国城乡生活差异巨大，乡村生活的背后是机械化难以普遍运用、技术不够先进的表征。基于此种问题，我们应该关注：“洋网红”如何通过镜头呈现出更多元、更丰富的中国？中国之“现代”与西方之“现代”有何不同，又因何而不同？“洋网红”们能否运用西方惯有的逻辑体系、话语体系完成对于中国的“阐释”？

对海外受众而言，“洋网红”以受众对中国社会生活、文化习俗的好奇作为创作选题的驱动，将目光聚焦于新鲜少见的事物。这样的“中国奇观”一定程度上增加了海外受众对中国小众的，具有地域、民族色彩的文化的认知，填补了他们的认知空白，满足了他们的好奇心，这也是基于短视频传播的特性。可是我们应当警惕：人们是否过分关注中外文化的差异，倾向于观看“中国奇观”，而忽视了我们所立足的真实世界和日常生活？“洋网红”应当有意识地规避这种现象带来的中国形象呈现上的空缺，让镜头更微观，将一部分精力转移到普通人的生活与社会普遍现象，从而在海外平台呈现出更加真实、完整的中国形象。

“洋网红”短视频海外传播中存在的普遍问题：一些“洋网红”的内容创作呈现同质化，局限于带有“中国”字眼的表象，而没有纵深挖掘中国文化、中国精神的深刻内涵。部分“洋网红”倾向于选择更具有普遍性的议题，如美食类、旅游类、生活类的内容，规避国际冲突、种族问题等争议话题和时事热点。而这些是跨文化传播中所真正缺乏的部分，也是打破国家间文化壁垒、构建人类命运共同体的必要条件。此类视频制作成本低，内容乏味粗糙，因而缺乏核心竞争力，在海外社交媒体平台上缺乏关注度。反观“歪研会”，其视频创作既包含轻松有趣的内容，如《让你后悔答应自己少吃点的十种中国美食》，*When you can't decide what to eat in China*，也不乏对于社会热点和争议话题的挖掘。以“歪研会”在 YouTube 上播放量最高的视频《自从这群歪果仁大胆说出自己最讨厌的国家以后……》为例，主创团队以街头采访的形式探讨了不同国家、不同种族之间的刻板印象问题。不同国家的人们在北京街头分享自己的经历与见闻，无形中向世界传递中国兼容并包、以和为贵的价值取向。“洋网红”要做中外文化的“交流窗”，致力于找寻传播双方共通的意义空间，而非“单面镜”“复读机”式地一味迎合特定受众的审美偏好。

二、“洋网红”短视频海外传播的优化路径

首先，“洋网红”自媒体应保持原创、高质量的视频产出，避免单一、刻板的程式化表演，以独特的文化中介视角向世界还原更加真实全面的中国。外国人在中国学习、生活的体验让他们身临其境地感受中国文化的魅力，进而通过视频创作的形式表达对中国的赞美和热爱，这原本无可厚非。同理，在国内短视频平台中我们也能看到长期生活在海外的华人博主向我们介绍当地的文化和生活。然而，当持有相似观点的内容大量涌现且呈现同质化特点时，我们必须警惕这种热爱成为一种“人设”。

自媒体时代也是注意力经济（attention economy）的时代。自媒体创作者能否取得成功，取决于其创作内容是否有足够的吸引力。根据 20 世纪 50 年代提出的“约哈里之窗”理论，可以依据传播与接受双方对于传播内容的熟悉程度将信息划分为开放区、盲区、隐蔽区、未知区四个部分。开放区大、盲区和隐蔽区小有利于传播。相对于中国本土的创作者而言，作为“他者”的“洋网红”与海外受众交流中的隐蔽区和未知区相对更少，

这也是“洋网红”的独特优势所在。“洋网红”在创作时应积极探索隐蔽区与未知区，不断扩大传播与接收双方的开放区，减少“文化折扣”，用更真实、更丰富的中国形象获得更好的传播效果。

其次，“洋网红”在创作视频时还应考虑海外受众的文化需求，关注不同平台用户对文化差异的接受程度，探寻不同文化背景下的情感共鸣。“洋网红”们应做到了解并尊重世界各国的文化习俗、宗教禁忌，根据受众的审美偏好、思维方式拟定标题，选用视频中采用的语言并进行准确翻译。从内容与选题来看，“洋网红”们可以利用他们的特殊身份，跨境收集素材，将中外的社会现象、人们的生活状态进行对比，从而打破海外受众认为中国是西方之“前现代”的误区，探讨不同环境下不同现代化模式的问题。除“不同”外，“洋网红”更需要注意，对于中外“不同”的过度关注是否遮蔽了作为普通人的各国人民更为真实的、具有共同性的日常生活？这样的内容可能缺乏“爆点”和流量，却是海外视角下中国形象中不可缺少的一部分。

最后，“洋网红”自媒体应在保证视频内容质量的前提下保持稳定的更新频次。以“歪研会”为例，该团队在 B 站能够保持每月更新 3 ~ 5 条视频，而在 YouTube 上的更新频率则低于 B 站，且更加不稳定。更新频次的波动可能会带来关注度降低、受众流失等问题。持续且稳定的更新能够让“洋网红”们用镜头记录社会变迁，见证中国发展，让海外受众从短视频中看见中国扎实地走向世界、走向未来的每一步，将动态的中国形象呈现在世界面前。

三、结语

高佑思在 2019 年谈到自己创作的初心，正是来源于“孤独”二字。语言、文化习惯的隔离带来的不适应感，是身边中国人的热情都无法消解的。他发现，这就是一种在中国语境下对“边缘”的关注（*YChina Year in Review* 2019）。“歪研会”选择街头采访的外国人，常常是生活在中国文化边缘的外国人。他们对于中国的理解，正是一种“从边缘到中心”的理解，并在其中不断消除误解，找到消融刻板印象的方法与桥梁。

反观当下，部分“洋网红”利用文化“他者”的身份，迎合中国受众的民族自豪心理，在一味的吹捧中获得流量。这类视频往往质量不高，而且会使人审美疲劳。这种吹捧模式仅限于国内传播的“自我感动”，对于塑造中国形象的作用甚微，甚至可能引发海外受众的反感。在国际交往日渐频繁的今天，中国形象的构建不应只是立足于国内民众的认可，而更应该探索以何种方式才能让中国形象的构建进一步触达海外受众，让海外听见中国声音。因此，对于 YouTube 上“歪研会”的考察，实则是在总结其如何于世界视频平台上使中国形象更好地对接海外受众，抓住跨文化传播中的痛点，并且在克服痛点的道路上前行。

“洋网红”现象的增加，背后折射出中国发展、中国故事对于外国人影响力的上升。它的出现与发展，有助于以新的视角、新的观点、新的主体来呈现中国故事与中国形象。立足中国视点，一方面，我们应当鼓励更多的“桥梁人群”加入与中国形象相关的视频内容生产上，借助“他者”的视角更加清晰地、真实地看待中国，感受这些海外人群在中国的体验与感悟；另一方面，我们又应当以冷静的目光看待其视频内容的优缺点，并且以友好、宽容的心态看待其所创造的文化内容，从中吸取讲述中国故事的路径及经验。

“洋网红”归根结底亦是“网红”，部分是真诚地传播中国文化、为呈现中国形象而努力的，也不可避免地带有商业性。对其内容进行鉴别、筛选，从“洋网红”成功的内容生产路径中得到传播中国故事的借鉴经验，在当前的中国显得尤为必要。希望以后能有更多的学者能够关注“洋网红”这一群体，关注其在海外社交媒体对于中国形象的塑造作用，并通过深入分析其内容特性和传播路径，进一步置换中外视角、了解海外受众的偏好，并为中国故事及真实中国形象的海外传播提供参考。

后　记

作为当代中国文化海外传播的主体力量，以网络游戏、网络文学、网络视听和短视频等为主要类型的中国网络文艺，在海外的影响越来越大。在国家提升中国文化国际传播力影响力的重大战略之下，研究中国网络文艺海外传播的历程、路径与经验，具有现实的迫切性。2021 年，我以“网络文艺与中华文化海外传播”为题，申报了暨南大学中华文化港澳台及海外传承传播协同创新中心年度项目。在开展项目的过程中，我指导的硕士研究生和部分本科生参与了为期 3 个月的专题工作坊，从研究的选题、跨文化传播的理论到研究方法与研究专题，进行了一轮又一轮的交流。在工作坊结束之后，在我的进一步指导下，由我部分学生以相关内容作为学位论文选题，进行更进一步的研究。本书正是在我的整体设计和指导下，由我与学生共同完成的。

本书各章节的完成情况如下：

第一章：第一节（郑焕钊、陈雅佳），第二节（肖曼宝），第三节（陈沐、郑焕钊），第四节（郑焕钊、赵子陕）。

第二章：第一节（刘彤彤、郑焕钊），第二节（郑焕钊、孔令钦、颜晨），第三节（刘彤彤）。

第三章：第一节（陈诗惠、郑焕钊），第二节（梁冰雪、郑焕钊），第三节（陈沐）。

第四章：李秋平、梁恩琪、李芷萱（不分节）。

不得不说，就这一领域而言，本书只是在做一些基础的工作，在深度和理论性上仍有不足。目前我正在承担的另一个项目“网络文艺提升中华文化国际传播力影响力研究”正是在本书的基础上，在系统性和理论性上作进一步提升。

值本书出版之际，特别感谢暨南大学中华文化港澳台及海外传承传播协同创新中心的课题立项资助，同时感谢中共中央宣传部宣传思想文化青年英才项目、广东省作家协会第二届签约文学评论家扶持项目和中央高校基本科研业务费专项资金对本书出版的支持。最后，感谢我的学生团队的鼎力支持。

郑焕钊

2024 年 1 月 26 日